Urlaubs
LESEBUCH

Zusammengestellt von

Karoline Adler

dtv

Originalausgabe 2022
2. Auflage 2022
© 2022 dtv Verlagsgesellschaft mbH & Co. KG, München
Alle Rechte vorbehalten
(siehe Quellenhinweise S. 274 ff.)
Umschlaggestaltung: www.bürosued.de
Satz: C.H.Beck.Media.Solutions, Nördlingen
Gesetzt aus der Garamond 10/12,5·
Druck und Bindung: Druckerei C.H.Beck, Nördlingen
Printed in Germany · ISBN 978-3-423-21993-8

Urlaubslesebuch

Reisebegleitung. Sommergepäck. Ruhepol. Freizeitspaß. Lesevergnügen.
Das Urlaubslesebuch ist alles in einem. Fünfundzwanzig Geschichten, die den Sommer noch schöner machen, von Autorinnen und Autoren, die ihr Bestes geben:

Ingvar Ambjørnsen, Maren Dammann, T. C. Boyle, John von Düffel, Horst Evers, Marlies Ferber, Axel Hacke, Romy Hausmann, Dora Heldt, Ulrike Herwig, Christian Pokerbeats Huber, Frieda-Alice Kahro, Mascha Kaléko, Wladimir Kaminer, Julia Karnick, Tomás Mac Síomóin, Sandra Niermeyer, Séamus Ó Grianna, Catrin Ponciano, Max Scharnigg, Florian Schneider, Alena Schröder, Ursula Schröder, Stefan Ulrich.

Karoline Adler arbeitet als Lektorin bei einem großen Münchner Publikumsverlag und stellt regelmäßig literarische Anthologien zusammen.

INHALT

DORA HELDT

Anfang terrible

Anna hat das schöne Wetter genutzt, um zum Grillen einzuladen. Im Vorfeld sagte sie mir, dass sie eine Freundin dazugebeten habe, die Axel, das ist Annas Mann, nicht leiden kann, weil sie immer so schlecht gelaunt ist. Dabei sei sie ganz nett, nur ein bisschen ungeschickt in Gesprächsanfängen.

Ich wusste erst gar nicht, was sie meinte, bis diese Freundin kam.

Wir saßen in Annas traumhaftem Garten, tranken kalten Weißwein, blinzelten in den blauen Sommerhimmel, und dann war sie da. Polterte auf die Terrasse, sah sich um und stöhnte: »Mein Gott, ist das schwül, es kommt bestimmt gleich ein Gewitter, dann könnt ihr alles wieder reinschleppen.« Alle waren irritiert. Auch als sie auf die von mir geschenkten Rosen deutete und fragte, ob die schon Läuse hätten, sie würden doch im Kübel niemals überleben. Das passierte alles in den ersten drei Minuten.

Da ist man als Gesprächspartner natürlich erst mal still. Vielleicht ist diese Freundin wirklich nett, möchte aber nicht am Anfang eines Abends ihr ganzes Sympathiepulver verschießen?

Ich hatte mal eine solche Kollegin. Sie kam morgens ins Geschäft und begrüßte mich entweder mit dem Satz: »Ich habe heute überhaupt keine Lust« oder »Was hast du denn gemacht? Deine Haare sind so komisch«. Wie soll man da die Kurve zu einer fröhlichen Antwort kriegen?

Anna kann auf diese Frage auch nur mit den Schultern zucken. Ihre muffige Freundin beginnt jedes Zusammentreffen auf diese Art. Beim letzten Mal trug Anna neue Schuhe, die Freundin warf einen Blick drauf und sagte: »Ach je, die hatte ich neulich auch probiert, die sind ja so schlecht verarbeitet, gehen sofort aus dem Leim.« Und als sie vorbeikam, um sich Annas neue Küche anzusehen, eröffnete sie den Besuch mit dem Satz: »Lackfront. Da hast du dauernd Fingerabdrücke drauf und putzt dir einen Wolf.«

Nach diesen Gesprächseinstiegen wird sie tatsächlich ganz nett, man glaubt es kaum. Sie muss nur am Anfang stänkern. Ich habe Axel gefragt, warum er sie trotzdem nicht leiden kann. Sie war auf seine und Annas Hochzeit eingeladen. Vor 15 Jahren. Und überreichte das Geschenk mit den Worten: »Dann wollen wir mal hoffen, dass es klappt. Ihr wisst schon, dass jede zweite Ehe geschieden wird?«

Seitdem mag er sie nicht. Und wenn er mit ihr reden muss, dann beantwortet er alles, was sie sagt, ernsthaft. So wie beim letzten Mal. Sie begrüßte ihn mit: »Du siehst aber schlecht aus.« Und er antwortete freundlich: »Ja, du aber auch.« Da war sie beleidigt.

Was lernen wir daraus? Wir eröffnen ab sofort jedes Gespräch mit »Was ist das heute für ein schöner Tag« und bewundern als Nächstes das Aussehen des Gegenübers. Dann läuft es.

Mit Komplimenten auf der Zunge grüßt
Ihre Dora Heldt

WLADIMIR KAMINER

Schwimmen gehen

Mit dem Alter ist die Schwerkraft immer schwerer zu ertragen. Bereits das Aufstehen am Morgen erfordert taktisches Denken und Konzentration. Man kann nicht mehr wie in der Kindheit aus dem Bett hüpfen, denn jede überflüssige Bewegung sorgt für Herzklopfen und Atembeschwerden.

»Nur im Wasser fühle ich mich noch wie ein normaler Mensch«, sagt meine Mutter jedes Mal, wenn wir ins Schwimmbad gehen. »Hier muss ich mich nicht anstrengen. Mein Körper fühlt sich leicht wie eine Feder an.«

Seit Jahren besuchen wir dieselbe Einrichtung mit dem pompösen Namen »Schwimm- und Sprunghalle Europasportpark«. Bei den Bademeistern fungieren wir unter dem Decknamen »Schriftsteller mit Mutti«, sie kennen und grüßen uns persönlich. Bei der Kassiererin, die unter dem großen Plakat »Drei Grundsätze der Schwimmbadordnung: Sicherheit, Sauberkeit, gegenseitiger Respekt« sitzt, haben wir Rabatt.

Ich bin in meinem Leben schon in vielen Ländern geschwommen, von daher weiß ich: Es gibt nichts Ordentlicheres als ein deutsches Schwimmbad. Die Ordnung hat den Zweck, verschiedene Schwimmergruppen zu trennen, damit sie einander nicht in die Quere kommen. In unserer Halle haben wir einen Schwimmer-, einen Nichtschwimmer- und einen Halbschwimmerbereich, außerdem eine extra Bahn für Rückenschwimmer, eine für diejenigen, die besonders schnell und breit schwimmen möchten, und eine für die anderen, die gerade anfangen, schwimmen zu lernen. Schulklassen müssen so lange auf der Bank sitzen, bis alle eine Gänsehaut haben, erst dann dürfen sie ins Wasser. Sie lernen dann schneller.

Die Badeordnung wird von vier Bademeistern mit Trillerpfeifen aufrechterhalten und ist nur ein einziges Mal durcheinandergekommen – als die Syrer kamen –, dazu gleich mehr.

Meine Mutter und ich gehen im Bad getrennte Wege: Ich ziehe mich schnell um und schwimme im sportlichen Teil des Bades auf der Bahn für Rückenschwimmer eine Stunde lang. Rückenschwimmen mag ich am liebsten, auf diese Weise kann ich gleichzeitig Sport treiben und das Leben um mich herum betrachten. Meine Mutter braucht eine halbe Stunde, um sich umzuziehen, wegen der Schwerkraft und der Trägheit. Danach liegt sie eine halbe Stunde auf dem Wasser im Halbschwimmerbereich. Beim Schwimmen verwendet sie die sogenannte Mondfischtechnik: Sie versucht mit einem Minimum an Bewegung voranzukommen, indem sie sich der Strömung oder den Wellen anpasst, die von den anderen Schwimmern ausgehen. Im Planschbecken zum Beispiel gibt es immer jemanden, der Wellen macht. Kleine Kinder spielen Ball und springen ihren Eltern auf den Rücken, hochschwangere Frauen bereiten sich auf eine natürliche Wassergeburt vor, Pärchen kuscheln am Beckenrand. Alle diese nicht schwimmenden Schwimmbadbesucher sorgen dafür, dass es im Bad immer genug Wellen gibt, damit meine Mutter mit ihrer Mondfischtechnik vorankommt.

Die größte Welle, die ich jemals in diesem Bad erlebt

habe, war die Flüchtlingswelle. Kurz vor Weihnachten sprangen plötzlich zwanzig Syrer in Unterhosen gleichzeitig ins Wasser. Unser Bademeister hat sich vor Aufregung beinahe an seinem belegten Brot verschluckt. Er dachte, die Syrer könnten nicht schwimmen.

»Die haben doch in ihrer Heimat kein Bad, diese Wüstenkinder, von großen Flüssen ganz zu schweigen«, erzählte er mir später. »Eigentlich sollten sich die Syrer bei uns nur duschen, denn in den Zelten am Flugplatz, wo sie untergebracht sind, gibt es zu wenige Duschkabinen. Also haben die öffentlichen Schwimmbäder die Flüchtlinge unter sich aufgeteilt. Die Syrer haben geduscht, sind aber aus Neugier weitergegangen und – zack! – rein ins Bad. Und ich, was sollte ich tun?«, fragte mich der Bademeister rhetorisch.

Ich widersprach ihm und sagte, dass Syrien eigentlich am Mittelmeer liege, insofern könnten Syrer schon schwimmen. Rein theoretisch. Doch diese konkreten Flüchtlinge vom Flugplatz hatten anscheinend vom Mittelmeer nicht viel gesehen. Sie gingen zuerst wie Steine unter, kamen jedoch wieder hoch, schlugen auf das Wasser und um sich, und manche konnten sich wie der lustige Baron am eigenen Schopf aus dem Wasser ziehen. Sie freuten sich wie Kinder, schubsten einander und sprangen erneut ins Wasser. Schnell stellten die Syrer fest, dass unser Bad unterschiedlich tief war. Also gingen sie im flachen Wasser in alle Richtungen – einige wollten sich als Zuschauer beim Workshop »Schwimmen in der Schwangerschaft« anmelden, andere wollten mit den Kindern Ball spielen. Das ganze Bad kam durch die Flüchtlingswellen durcheinander.

Wie wenig braucht ein Mensch, um glücklich zu sein, dachte ich. Eine solche ungetrübte Freude am Planschen habe ich hier selten gesehen. Nur die Bademeister liefen

Amok. Sie pfiffen unglaublich laut, gestikulierten und versuchten die Syrer alle zusammen in eine Ecke zu treiben, um ihnen die Grundsätze der Badeordnung beizubringen. Doch die schien endgültig baden gegangen zu sein. Sie funktionierte nicht. Die Syrer verteilten sich auf alle Bahnen, verbreiteten Chaos und Unsicherheit. Integration klappt eben nicht an einem Tag. Die Badbesucher hatten keine Lust darauf. Zuerst verschwanden die schwangeren Frauen – von der Flüchtlingswelle wie weggefegt. Wahrscheinlich wollten sie nicht von den Syrern angestarrt werden. Eltern mit Kindern und knutschende Pärchen gingen ebenfalls. Sie fühlten sich in ihrer Intimität gestört. Am längsten hielten die Sportschwimmer durch.

Noch nie hat unser Europasportpark so leer ausgesehen. Nur meine Mutter und die Syrer lagen auf dem Wasser. Meine Mutter hat sich sofort zur Trainerin aufgespielt und den Syrern gezeigt, welche Bewegungen sie machen mussten, um an der Oberfläche zu bleiben.

»Wir brauchen noch eine extra Bahn für die Syrer«, meinte der Bademeister später.

ALENA SCHRÖDER

Das Megafon

Die letzten Einwohner von Gummersdorf hatten sich schnell mit der Lage arrangiert, sie waren Kummer gewohnt: Ihr kleiner Weiler lag vergessen im Nirgendwo, in einem Funkloch, weitab von der nächsten Kleinstadt. Die Post kam unregelmäßig, der Bus hielt hier schon lang nicht mehr, da wunderte es niemanden, dass plötzlich auch die Festnetztelefone nicht mehr funktionierten. Vermutlich war bei Bauarbeiten an der nahen Autobahntrasse ein Kabel durchtrennt worden.

Ein paar Tage lang hofften die Gummersdorfer, das Problem würde gelöst und die Leitung wieder geflickt, doch nichts geschah. Die Telefone blieben stumm, und ein Brief, den Bernd, der 84-jährige Ortsvorsteher, an die Telefongesellschaft schrieb, blieb ohne Antwort. Sie würden sich wohl selbst helfen müssen, wie immer.

Die Jungen waren längst fortgezogen aus Gummersdorf, zurückgeblieben waren knapp zwei Dutzend Bewohnerinnen und Bewohner jenseits der 70, die in ihren kleinen Häusern rund um einen staubigen Dorfplatz lebten, auf dem noch ein rostiges Klettergerüst und ein Gedenkstein für die Kriegstoten stand. Sie zogen Kartoffeln, Bohnen und Stachelbeeren in ihren Gärten, einige hielten noch ein paar Hühner und stellten Eier für alle auf ein Tischchen an ihr Gartentor. Wer zum Arzt musste oder einkaufen, der fuhr mit Dirk einmal in der Woche in die Kreisstadt.

Dirk war der jüngste Gummersdorfer, ein zugezogener Aussteiger, der nach einer bewegten Zeit als Datenschutzaktivist das alte Pfarrhaus saniert hatte, um dort einfach nur noch seine Ruhe zu haben. Er war praktisch veranlagt und hatte ein Auto. Und er hatte auch eine Lösung parat, mit der man sich vorerst würde behelfen können, solange die Telefone nicht funktionierten. In seiner Garage lag noch eine Kiste aus seiner aktiven Zeit, als er Demos angemeldet und Protestaktionen koordiniert hatte, darin 20 Megafone. Genügend, um jeden Gummersdorfer Haushalt mit einem zu versorgen. Der Ort war klein genug und die Lage in einer Talsenke günstig, per Megafon würden sie im Notfall miteinander kommunizieren können.

Zunächst waren die übrigen Gummersdorfer skeptisch, man könne sich ja zur Not auch einfach besuchen, wenn es was zu bereden gab, die meisten von ihnen waren ja noch gut zu Fuß, aber irgendwann siegte die Faulheit. Isolde war die Erste, die sich ein Herz fasste an einem sonnigen Frühlingsnachmittag. Die Gummersdorfer werkelten in ihren Gärtchen, als es plötzlich knarzte und fiepte, und dann hörte man Isoldes Stimme laut durchs Dorf schallen:

ACHTUNG, ACHTUNG! LIEBE MITBÜRGERINNEN UND MITBÜRGER. HIER SPRICHT ISOLDE. ICH LADE EUCH ALLE … MORGEN ZU MEINEM SECHSUNDDREISSIGSTEN GEBURTSTAG EIN, ES GIBT KAFFEE UND STACHELBEERTORTE … OVER!

Kurz hing eine gebannte Stille über dem Dorf. Isolde feierte nun seit 40 Jahren ihren 36. Geburtstag, daran hatten sich alle gewöhnt, aber mit dieser Art der Einladung hatten sie nicht gerechnet.

Die Scheu vor dem Megafon war damit verflogen,

Franz war der Erste, der auf die gleiche Weise antwortete.

JA ... HALLO? HÖRT IHR MICH? FRANZ HIER! ISOLDE, ICH KOMME MORGEN UND BRINGE MILCHREIS MIT ... OVER!

Die übrigen Gummersdorfer holten nun auch ihre Megafone aus den Schachteln und probierten ein wenig herum, es war eigentlich ganz einfach, wenn man es mal begriffen hatte, man musste sich auch keine Nummern mehr merken, und die eigene Stimme auf blecherne und damit gewichtige Weise verstärkt zu hören gefiel ihnen nicht schlecht.

In den folgenden Tagen verlegte sich die nachbarschaftliche Kommunikation mehr und mehr aufs Megafon.

HIER BERND! HAT JEMAND NOCH RINDENMULCH ÜBRIG? BITTE MAL MELDEN ... OVER!

HALLO, HIER SPRICHT HANNELORE – GERDA, KANNST DU BITTE DIE EINWECKGLÄSER VORBEIBRINGEN? OVER!

WAS SOLL ICH BRINGEN??

DIE EIN! WECK! GLÄSER! OVER!

Die meisten Gummersdorfer trugen ihr Megafon nun ständig an einem Riemen über der Schulter, einige hatten auf ihren Terrassen aufgespannte Sonnenschirme auf den Boden gelegt, um den Schall besser fangen zu können. Die Sache mit den Telefonkabeln geriet mehr und mehr in Vergessenheit. Einige Gummersdorfer fragten sich zwar, wann ihre fortgezogenen Kinder wohl bemerken würden, dass die Telefone, auf denen sie normalerweise alle zwei Wochen einmal anriefen, um sich nach ihren Alten zu erkundigen, nicht mehr funktionierten. Andererseits waren die jungen Leute ja immer sehr beschäftigt, man sah es ihnen nach, und irgendwann hatten sich alle daran gewöhnt, einfach nichts mehr von ihnen zu hören.

Es war der Sommer des Megafons. Eine Zeit, in der sich die Gummersdorfer auf ganz neue Art und Weise kennenlernten. Es gab berührende Momente wie den einen Sonntagmorgen, an dem Gisela per Megafon »FROH ZU SEIN BEDARF ES WENIG« angestimmt hatte und die Nachbarschaft im Kanon eingefallen war. Es gab angespannte Momente wie bei dem Nachbarschaftsstreit zwischen Peter und Max, in dem es erst um die Frage gegangen war, wer mal wieder den Gehsteig nicht gefegt hatte. Aber bald beschallten die beiden das Dorf mit lang zurückliegenden Konflikten, die bis in ihre gemeinsame Schulzeit reichten. Schließlich mischten sich noch Isolde und Helga ein, es war ein ohrenbetörender Lärm.

»Jetzt kippt es«, dachte Dirk bei sich.

Seit Wochen bereute er seine Initiative mit den Megafonen. Alles, was Gummersdorf für ihn zum perfekten Ort gemacht hatte, war nun hinüber, und er hatte es selbst verbockt. Aus seinem Paradies der Ruhe und Einkehr war ein Ort geworden, der akustisch an einen Truppenübungsplatz erinnerte. Nicht mal in der sonst heiligen Mittagspause unterließen es die Gummersdorfer zu megafonieren, obwohl er mehrfach darum gebeten hatte.

Er musste etwas unternehmen. Er fuhr mit seinem klapprigen alten Passat in die Kreisstadt, nahm dort den Regionalexpress und schließlich einen ICE in Richtung Berlin. Er wollte persönlich am Hauptsitz der Telefongesellschaft vorsprechen und die Wiederherstellung der Gummersdorfer Telefonleitungen fordern, vielleicht sogar das Aufstellen eines Funkmastes für den Handyempfang. Als ein Mitarbeiter des Bordbistros mit einem

Tablett voller Kaffeebecher an seiner Sitzreihe halt-
machte und ihn fragte, ob er einen Kaffee wünsche, griff
er aus purer Gewohnheit zum Megafon, das in seinem
Schoß lag.

NEIN DANKE, SEHR FREUNDLICH!

Der folgende Tumult (herunterfallende Kaffeebecher,
ein zu Tode erschreckter und nun mit Kaffee begosse-
ner Bahnmitarbeiter, aufgebrachte Mitreisende, die sich
beschwerten, schließlich habe man ja nicht umsonst im
Ruheabteil reserviert) beschämte Dirk so nachhaltig,
dass er sein Megafon unter dem Sitz versteckte.

Als er in Berlin Hauptbahnhof ausstieg, ließ er es einfach liegen. Die Stille der Hauptstadt umfing ihn wie
ein vorgewärmter Bademantel, und er beschloss, zu bleiben und nie wieder zurückzukehren.

MASCHA KALÉKO

Erster Ferientag

Hinter Finkenwerder geht die Sonne auf. Zartgrüne Grasspitzen schimmern im frühen Licht. Weit drüben hinter den Schienen verklingt das Schnaufen der Lokomotive.

Diese Stille im Wald. Hast du je solchen Himmel gesehen?

Stunden später liegt die Sonne prall auf der Landstraße. Weiße Meilensteine blitzen auf. Alle paar Minuten knirscht ein Leiterwagen durch den körnigen Sand, zerknattern eilige Motorräder den klaren Morgen. Braungebrannte Burschen kommen mit Karren und Gerät, weizenfarbenes Haar hängt ihnen in die feuchte Stirn. Sie alle haben Werktag heute. Harter Werktag, aus dem wir kommen und in den wir zurück müssen, wenn uns die paar freien Tage entlaufen sein werden.

Nicht daran denken. Noch liegen die Tage vor uns wie weite reife Felder vor der Ernte. Wir haben Zeit, wir zwei. Die Welt blüht, du hast mich lieb und ich bin gerade zwanzig. Die Stunden hinter uns haben noch nichts von dem bitteren Nachgeschmack des Gewesenen, es sind ja noch so viele da. Diese ersten Stunden. Schönste der Freuden: Vorfreude. Alles liegt noch so herrlich ungewiß vor uns, Weg, Wandern, Ziel. Nur eines ist gewiß: wir sind frei. Und ich weiß mich neben dir, wenn meine Füße über knorrigen Waldboden stolpern, wenn sie sammetweiche Wiesen, den scharfen Kies glühender Straßen spüren.

Sieh dich doch um. Niemand. Birke, blauer See und wir.

Um Mittag ist der zarte Frühling zu einem kräftigen Sommer herangewachsen, der sich auf allen Feldern breitmacht. Staubige Chausseen glühen. Wegarbeiter halten Mittagspause. Nach siedendschwarzem Teer riecht es und würziger Erbsensuppe. Heiß dampft es in blauen Emailletöpfen, kühl schäumt das braune Bier aus den Flaschen. Blechlöffel klappern. Mahlzeit ...

Ab und zu gibt es mitten auf dem Weg guten Grund zum Stehenbleiben. Pst, ein Eichhorn. Weg ist es. Da, ein Segelboot an der Grenze zwischen tiefem Blau des Wassers und verwaschener Himmel-Bläue ... Sonst aber wird den beiden welligen Schatten da vorn, dem riesenlangen mit dem eckigen Rucksackbuckel und dem zappeligen kleinen mit wehendem Schopf gehorsam nachgefolgt. Und wenn dieses Türmchen da oben und jenes kleine Dorf da unten nahebesehen nicht das halten, was sie versprochen, so daß man einander enttäuscht ins Gesicht sieht, wie Spielkameraden, denen der bunte Ball ins Wasser gefallen ist, dann heißt es vorwärts, weiter, und die Füße wissen Bescheid. Bleiben die letzten Bauernhöfe mit Stachelzaun und bissigem Hund zurück, so grüßt hinter dem nächsten Strohdach schon der neue Wald, der neue See, der schweigend zwischen knochenhageren Fichten blaut.

Es ist so gleich, welcher Name auf dem Bahnhofsschild steht. Meilensteine haben überhaupt nichts zu sagen, und wenn es einem gerade so einfällt, könnte man glatt im Freien übernachten. – Falls es dem Mädchen nicht zu kalt wird. Aber das Mädchen ist ein halber Junge. Trotz des buntgeblümten Sommerfähnchens und trotz des lächerlichen Leinenbeutels, den die Kleine für einen Rucksack ausgibt. Zimperlich ist sie nicht. Stapft darauf los wie ein organisierter Pfadfinder in den winzigen Fünfunddreißigern mit Gummiabsatz und läßt sich diesen sogenannten Rucksack auch nicht einen Atemzug lang abnehmen, obgleich die schmalen Lederriemen über den Schultern einfach schneiden *müssen* ...

Zuweilen aber vergißt sie all die guten Vorsätze und springt ab vom Weg, ein paar gelbe oder blaue Blüten auszurupfen. Natürlich welkt das Zeug hinterher in der prallen Sonne, aber das können ja die Weiber nun mal nicht lassen. Und wenn es sie wirklich so glückselig macht, dieses Gemüse, dann mag sie nur ruhig die halbe Pflanzenwelt der Mark Brandenburg ausrotten! Den dicken Landgendarm grüßt sie frech mit einem Riesenstrauß im Arm. Wenn sie mit raffiniertester Stadthöflichkeit um Auskunft bittet, gibt es allemal freundlichen Bescheid und endloses Nachstarren. Sieht wohl merkwürdig aus, der lange Hornbrillenmensch neben dem lütten Kindergesicht, wie? So ein bißchen nach Verführung Minderjähriger mit fetter Schlagzeile im morgigen Lokalblättchen ... Fünf Schritte weiter äußert die »Minderjährige« eine recht vernünftige Ansicht über ein neuerschienenes Werk, das sie mit fachmännisch begründenden Worten in Grund und Boden verdammt. Was sie jedoch nicht daran hindert, ein bißchen Theater zu spielen vor Leuten, die einem geradewegs in die Arme laufen. Sie kennt merkwürdige Persönlichkeiten, die unbedingt kopiert werden müssen. Ein Lustspiel-Professor leidet an einer drolligen Krankheit, von ihr die »Konjugieritis« benannt, »Na, zum Beispiel: ›Bellinzona‹ – Ich bell in Zona, du bellst in Zona, er bellt in Zona. Oder ›Magdeburg‹: Ich mach de Burg, du machst de Burg, er macht de Burg ...« Und so weiter. – Ob Frösche wohl eine schwierige Grammatik haben?

»Weißt du, wann ich das letzte Mal so mit dem Rucksack in die Ferien gelaufen bin, warte mal, drei, vier, nein fünf Jahre – große Fahrt nach Thüringen. Mit anschließendem Klassenaufsatz. Damals habe ich noch den Gieseking angeschwärmt. Liebergott, … ist das her!«

Wie sie mit fünfzehn gewesen wäre? – Na, wie man da zu sein pflegt: innen schüchtern, außen frech. Reden wir nicht darüber.

Nach einem ernsthaften Gespräch gibt es einige Kilometer Schweigen. Dann aber fällt ein Stichwort: »Schulstreiche«, und wieder ist sie das vor die Klassentür gestellte *enfant terrible*, das Unfug stiftet hinter geschlossener Tür. Sie macht das alles noch einmal durch, jenes längstvergessene Mantelärmelzubinden, Mützenvertauschen, das Horchen am Konferenzzimmer auf dem mäuschenstillen Schulkorridor. Er, der riesenlange Schatten mit Hornbrille, lacht und sieht sie vor sich: das ungehorsame Schulkind, dem es zu langweilig geworden ist zwischen der großen Schuluhr und den ausgestopften Säugetieren in der Lehrmittel-Vitrine, das jetzt leise das Treppengeländer hinabrutscht und sich heimlich am Pedell-Fensterchen vorbeistiehlt …

Mittagsglut, die nicht weichen will. Die Schritte werden kleiner. Der Wind ist weit fort, hinter den Bäumen vielleicht. Die Vögel schlafen in der Müdigkeit dieses Sommertages.

»Du«, sagt sie etwas schüchtern – beide Daumen hat sie schützend unter die kneifenden Rucksackriemen geschoben –, »ich kannte mal einen, der sagte, wenn es so heiß wurde wie jetzt: ›So nun wird gerastet!‹«

Das kann ihr werden. Auch ein Schluck aus der Himbeerflasche wird bewilligt. »Was hältst du von dem Wald da drüben?«

– »Mehr Gegend als Natur.« Also weiter. Den kleinen Abhang links erklärt sie für eine »Entdeckung«. Farnkraut gäbe es, Zittergras und einen Saum von echtestem Laubwald. Ein paar Eichen auf dem »Gipfel« bemühen sich, majestätisch auszusehen. Und die kleine Wiese mit rosa Kleeblüten. Und Laternenblumen, die sich auspusten lassen. Löwenzahn darf nicht gepflückt werden. Bekanntlich. Weil man davon blind wird. In der Ferne gelbe Äcker, braune Äcker, grüne Äcker, hohe Weizenfelder und – kein Aussichtsturm! Ganz versteckt rieselt ein winziges Wässerchen, das auf der Karte mindestens lebensgroß gezeichnet ist.

»Und von hier aus, meine sehr verehrten Herrschaften, sehen Sie das idyllisch gelegene …«

– Was habe ich? Keine Ehrfurcht vor der Natur?! Stimmt … Ich finde sie herrlich und habe sie lieb. Und hast du schon mal erlebt, daß man vor Leuten, die man liebhat, »Ehrfurcht« empfindet? – So. Leider nein? – Hör auf, alter Pauker, an dir ist ein Oberlehrer verlorengegangen, du solltest den ehrlichen Finder veranlassen, ihn gegen eine entsprechende Belohnung wieder abzugeben. Sieh mal da unten die ziegelrote kleine Kirche, steht das ganze Dörfchen nicht da wie frisch aus »Ankers Steinbaukasten«?

Das Mittagessen hat eine sonderbare Speisenfolge, nichtsdestoweniger: die Servietten hat sie nicht vergessen. Zum Nachtisch fördert sie mit großzügiger Geste eine Packung Mokka-Krokant, kläglich weichgeschmolzen, aus der Tiefe des »Rucksacks«. Da aber ist für ihn die Stunde gekommen, sie mit einer Tüte luxuriöser Frühkirschen zu verblüffen.

Es geht einem verdammt gut, wenn man auf so einer

richtigen Wiese lang daliegen kann, Arme unterm Kopf, Nase in die Luft. Man kann die Beine baumeln lassen und den wolkigen Profilen am Himmel Namen geben, das zerfetzte da oben rechts mit der Papageiennase sieht aus wie die intrigante Kollegin aus Abteilung III, wenn sie wütend wird.

»Die mit dem gefärbten Haar?«

– »Ja, die!«

Es geht einem verdammt gut, wenn man auf einer richtigen Sommerwiese liegen darf, blauen Rauch in die Luft paffen und in engbeschriebenen Blättern kramen ...

»Was liest du da? Mal sehen.«

Dieser Tag ist wie ein Blütenstrauß,
Schönstes Phantasiegeschenk der Träume.
Durch das Blätternetz erwachter Bäume
Wirft der Himmel blaue Bänder aus ...

»Von wem?« fragt sie schnell. »Hübsch!« – Und dann, etwas kriegerisch: »Was ich daran hübsch finde? – Ist doch nett gesagt: ›Durch das Blätternetz‹ ... oder wie das so geht – ›wirft der Himmel blaue Bänder aus‹. Findstu nich? Na, dann versuch du mal, das schöner zu sagen, Herr Nörgler. Wie bitte? Das ist von dir? Na, nun laß mich aber, bitte, mal ernst bleiben. Fang nur an, poetisch zu werden. Fehlte gerade noch.«

– »Wenn ich gräßlich bin, kann ich ja gehen. Hast du eben das Eichhorn gesehn, klar war das ein Eichhorn!«

Dann gibt es Himbeerdrops und anschließend eine kleine Pause.

Himmel, Bäume, kleine Wolkenprofile, Gesurr zwischen den Halmen.

Sieh dir bloß mal den Himmel an!

»Mensch«, sagt sie plötzlich, »Mensch, wenn du keinem was weitersagst, will ich dir was verraten: ich bin unverschämt glücklich.

Im Büro machen sie jetzt die Monatsstatistik, und ich liege da und knabbere Grashalme an. Diesmal schreibe ich keinem von unterwegs. Pah! – Höchstens 'ne Ansichtskarte für meinen Chef. War doch anständig, mir die drei überzähligen Tage glatt hinzuzuschenken, wie? Ich habe ausgerechnet, wenn wir die Zeit richtig nutzen, habe ich knapp 280 Stunden Urlaub. Allerhand, was? Die Nächte gar nicht mitgerechnet. Natürlich. Man schläft doch ganz anders ohne die Angst vor dem Wecker am Morgen.«

– Spät ist es geworden. Unten im Dorfe geht der Abend langsam durch die Straßen und rastet in den kleinen Gärten vor kalkweißen Häuschen. Geranien flammen auf vor winzigen Fenstern im letzten Schein der Sonne. Groß leuchten die gelben Scheiben der Sonnenblumen hinterm Zaun. Ein weicher Wind führt den Duft von Sommer und reifenden Früchten durch die Luft und macht so müde.

Im Gasthof ist niemand. Nur die rundliche Magd in blauem Kattun zerreißt mit dem Klappern ihrer Holzpantoffeln die abendliche Stille. Die Milch im dicken Glas schmeckt kühl und echt. »Kuckuck« sagt eine altmodische Holzuhr an der Wand. Dann ist es wieder ruhig. Ab und zu fallen durch das geöffnete Fenster ein paar abgerissene Worte herein; Bauern sitzen mit der Pfeife auf der Bank vorm Haus.

Sagtest du etwas?

... Ein Tag ging vorbei. Der erste Tag. Vielleicht der schönste.

HORST EVERS

Auf dem Weg liegt das Leben

Samstagmittag. Rufe fröhlich durch die Wohnung:

»Ich gehe nur mal eben runter zum Briefkasten. Nach Post gucken.«

Die Freundin bittet mich, dann doch auch schnell das Altglas mitzunehmen, und deutet auf das Flaschen- und Gläsermeer neben dem Kühlschrank. Ich gebe zu bedenken, dass das im wesentlichen Pfandglas sei. Doch darin sieht sie kein Problem.

»Oh ja, stimmt. Da hast du natürlich recht. Gut, dass dir das aufgefallen ist. Das muss natürlich zum Spätkauf. Is aber nicht schlimm. Das ist ja nur zwei Häuser weiter. Da kannste sogar in Hausschuhen hinlaufen.«

Ich pflichte ihr langsam begreifend bei.

»Ja, Mensch, genau. Und was ich auch total gut in Hausschuhen kann, ist im Haus bleiben. Deshalb heißen die, glaube ich, sogar so. Hausschuhe. Ich wittere einen Zusammenhang.«

Sie guckt. Ich erkläre:

»Ich wollte nur schnell … weil ich ein kleines Päckchen erwarte … wollte ich nur gerade gucken, ob das nicht vielleicht in den Briefkasten gequetscht wurde … oder wir die Klingel nicht gehört haben … und da jetzt ein Benachrichtigungskärtchen …«

Sie unterbricht mein wirres Gestammel. Beruhigt mich mit einem:

»Ach natürlich. Is schon okay. Du hast ja recht. Ich

will mich da auch gar nicht einmischen. Mach einfach, wie du wolltest. Ist für mich alles in Ordnung. Selbstverständlich. Solange du nur nicht vergisst, das Pfandglas mitzunehmen.«

Die Tochter kommt in die Küche. Sieht mich die Flaschen in drei Tüten packen.

»Oh super, du willst tatsächlich Pfandglas wegbringen.«

»Na ja, die einen sagen so, die andern so.«

»Ich find's super. Kannst du dann bitte auch ein Brot mitbringen?«

»Vom Spätkauf?«

»Nee, aber der Bäcker ist ja nur ein paar Schritte weiter.«

»Ich bin in Hausschuhen!«

Die Freundin schaltet sich ein.

»Nix, nix, nix. In Hausschuhen gehst du mir aber nicht zum Bäcker. Die Leute reden eh schon.«

»Was? Seit wann kennen wir denn Leute? Und warum wissen wir, was die reden? Wieso interessiert mich das überhaupt. Ich will doch nur zum Briefkasten ...«

Die Tochter staunt:

»Der Briefkasten am Supermarkt?«

Die Freundin ist verwirrt.

»Wie Supermarkt? Also wenn du bis zum Supermarkt gehst, musst du mir das aber vorher sagen. Da hab ich doch 'ne Liste.«

Sie holt einen riesigen Einkaufszettel. Drückt ihn mir mit mehreren Einkaufsbeuteln in die Hand.

Rufe: »Halt, halt, halt! Das ist alles ein Riesenmissverständnis. Ich will gar nicht zum Supermarkt.«

Die Freundin ist verwundert.

»Aber wo willst du denn dann die ganzen Sachen einkaufen?«

»Wie? Warum? Ich will überhaupt gar nicht einkaufen.«

Sie nimmt meine Hand. Schaut mich mit großen, warmen Augen an. Spricht:

»Natürlich willst du das nicht. Das versteh ich gut. Und ich würde ja auch selbst gehen. Aber weißt du: Irgendwie sind die Sachen, wenn du sie kaufst, viel leckerer. Ich weiß auch nicht, wie du das machst. Offensichtlich hast du eine besondere Gabe. Ich gebe es nicht gerne zu, aber ich bin wirklich ein bisschen neidisch auf dich. Im Einkaufen bist du unschlagbar. Sagen auch meine Freundinnen. Wir reden da viel drüber. Was du einkaufen kannst, das ist schon nicht mehr normal. Da bist du ganz weit vorne. Der Allerallerbeste! Von allen! Keine Ahnung, wie du das immer schaffst. Aber du schaffst es immer wieder! Respekt.«

Sie lächelt.

Ich weiß, dass sie weiß, dass ich weiß, dass sie lügt. Aber sie weiß auch, dass ich weiß, dass sie weiß, dass ich keine Lüge lieber glaube als die, dass ich in irgendwas der Allerbeste bin. Denke, da kann man nichts machen, freue mich über meinen Triumph und ziehe mir die Schuhe an.

Die Tochter fragt derweil, ob ich auch zum Drogeriemarkt gehe. Weil von da braucht sie noch mehr.

»Warum zum Teufel sollte ich denn jetzt auch noch zum Drogeriemarkt gehen?«

»Na, weil der doch nun praktisch auf dem Weg liegt.«

»Was? Das stimmt doch gar nicht. Der liegt aber null auf dem Weg. Im Gegenteil. Der ist sogar noch deutlich *hinter* dem Supermarkt.«

Die Tochter nickt.

»Ja, klar. Aber nur, wenn du so rum läufst.«

»Hä?«

»Na ja, wenn du zuerst zum Drogeriemarkt gingest, läge der Supermarkt auf dem Rückweg ja quasi direkt auf dem Weg.«

Ich muss zugeben, da ist was dran. Bin zu meiner eigenen Überraschung stolz aufs Kind.

»Und da ist dann ja auch gleich noch der Bioladen«, ergänzt die Freundin.

»Welcher Bioladen?«

»Na der, der da dann auch auf diesem Weg da so mit bei liegt.«

»Was für ein Weg soll das denn sein? Der Bioladen! Also jetzt hört's aber wirklich auf. Der Bioladen! Weißt du, wie du da laufen musst, damit der auf dem Weg liegt? Der Bioladen! Der ist ja sogar noch hinter der Post ...«

Stille.

Zehn Sekunden lang Stille.

In der ich begreifen kann: Das war ein Fehler! Wobei, eigentlich wusste ich das ja sogar schon beim Sagen. Aber wer kennt das nicht? Dass man schon zu Beginn des Satzes ein inneres Schreien hört: »Neeeiiin!!!« Aber man kann nichts mehr machen. Der Satz ist nicht mehr aufzuhalten. Man schaut sozusagen dem eigenen Satz beim Gesagtwerden zu, bis er schließlich im allgemeinen Bewusstsein aufschlägt, um dort seine Kreise zu ziehen.

Und da kommt die Freundin auch schon mit zwei mittelgroßen Retourpaketen.

»Mensch, das ist ja toll, dass du auch zur Post gehst. Das hilft mir richtig.«

Zudem drückt sie mir diverse Abholzettel in die Hand, vom Schuster, der Reinigung und ein paar Geschäften, von denen ich immer dachte: Wer geht denn da rein? Jetzt weiß ich: Ich. Ich bin das, der da reingeht.

Werde kurz ohnmächtig. Aber nur so eine geheime Ohnmacht. Wo man einfach stehen bleibt, guckt, atmet und eigentlich keiner außer einem selbst überhaupt merkt, dass man ohnmächtig ist. Hab ich öfter mal. Ist ganz schön, dann hat man mal einen Moment Pause.

Als ich wieder zu mir komme, hat die Freundin bereits rund fünfzehn Einkaufs-, Wunsch- und Abholzettel für verschiedene Geschäfte unseres Viertels zusammengetragen und überreicht sie mir in einer Art Schnellhefter. Stolz verkündet sie:

»Hier! Ich habe sie so in eine Reihenfolge gelegt, dass alles praktisch perfekt auf dem Weg liegt. Sollste sehn, das merkste gar nicht, wenn du das läufst.«

Dann schiebt sie mich raus.

Ich kann mich täuschen, aber ich meine gehört zu haben, wie, nachdem die Tür ins Schloss gefallen war, sich Mutter und Tochter abgeklatscht haben.

Unser Briefkasten unten war übrigens leer. Als ich deshalb noch mal oben anrufe, meint die Tochter. »Jaja, ich hab vorhin schon die Post hochgeholt. Dann aber vergessen. Da du auch so viel Raum eingenommen hast mit deinen ganzen Plänen, wo du überall hinwillst … Klar, für dich ist auch ein kleines Päckchen dabei gewesen. Wieso?«

Bevor ich antworten kann, ist die Freundin am Apparat.

»Gut, dass du noch mal anrufst. Als wenn du es geahnt hättest, was? Mir ist nämlich doch noch was eingefallen. Aber da müsstest du kurz in die U-Bahn. Wobei, das ist ja kein Ding, die ist ja gleich bei der Post. Doch wenn du dann eh schon einmal mit der U-Bahn unterwegs bist, wäre es schön, wenn du auch noch schnell …«

Als ich zwei Tage später, nach einer alles in allem

durchaus erlebnisreichen Besorgungsfahrt, die mich letztlich bis kurz vor die Ostsee geführt hat, schwerbepackt wieder nach Hause komme, denke ich: Verdammt. Jetzt habe ich aber doch glatt vergessen, das Pfandglas mitzunehmen!

INGVAR AMBJØRNSEN

Robinson-Fantasien
Eine Elling-Geschichte

Als Junge hatte ich allerlei geheime Träume und Fantasien, es gab Lücken und Nischen im Dasein, in denen ich mich verstecken und ein anderer sein konnte als der, den ich der Wirklichkeit vorführte. Als Erwachsener habe ich begriffen, dass diese Fähigkeit, ganz und gar in einer Fantasie oder Vorstellung aufzugehen, eine wichtige Sicherheit in meinem Leben war, denn ich war empfindsam und verletzlich für alles, was der Alltag brachte. Nicht nur das Schlimme und Traurige, das sich in meinem Leben abspielte, ging mir nah, sondern auch all das Düstere, das geschehen könnte, das als Möglichkeit dalag, als schwarze Chance. Ich floh in Märchen und Geschichten, die ich nachts las, und wenn die Lampe ausgeknipst worden war, dichtete ich weiter an dem, was ich gelesen hatte, ich spielte die Rollen von Tölpelhans und Batman, von Phantom und Tarzan. Ich war alle drei Musketiere auf einmal.

Aber keine Rolle gab mir so viel Trost und Freude wie Robinson Crusoe. Er war unübertroffen. Unvergleichlich. Wenn um mich herum der Sturm tobte, suchte ich Zuflucht auf seinem sturmgebeutelten Schiff, ich hörte den entsetzlichen Knall, als es vom Korallenriff in Stücke gerissen wurde, hörte die Schreie der sterbenden Seeleute, als das Meer sie sich holte, als die Wellen sie in der grünen Tiefe begruben.

Ich selbst lag mit geschlossenen Augen unter der warmen Decke. Und wartete in der Dunkelheit.

Auf die Sonne, die in mir aufsteigt. Die das Wasser wärmt, in dem ich liege. Das glasklare laue Meer, das mich an den fast weißen Sandstrand getragen hat, das mich in langsamen Dünungen vor sich herschiebt, weiter und weiter, zum Geschrei der Seevögel, der Seelen der toten Seeleute. Ja. Warmes Wasser und Möwenrufe. Langsam die Augen öffnen und sich umdrehen. Das gewaltige Himmelsgewölbe ansehen. Die Finger in den feinen Sand bohren.

Denken: Ich lebe. Ich bin es, der lebt.

Später: durch das warme Wasser waten, wo bunte Fische vor mir herjagen, zwischen Tang und Seegras, wo hier und da ein feuerroter Krebs die Scheren zu dem Riesen hebt, dem Gott das Leben noch einmal geschenkt hat. Dem Gott eine neue Chance in einer fremden Welt gegeben hat.

Während die anderen ... verschwunden. In die Tiefe gesogen oder von der starken Strömung ins Meer hinausgetrieben. Nein. Dort. Ein Toter. Und noch einer. Insgesamt drei. Da schweben sie in einem Meter Tiefe, die Gesichter dem hellen Sandboden zugekehrt. Und jedes Mal, wenn ich sie umdrehe (denn das tue ich), jedes Mal, wenn ich sie auf den Rücken drehe, dann verwandeln sich die Gesichter meiner toten Schiffskameraden in die meiner Quälgeister aus dem wirklichen Leben. Sie werden zu Karsten und Truls oder Runar. Zu Mobbern und Denunzianten. Brutalen Schlägern aus dem Turnunterricht. Falschen Rittern an der Pissrinne. Jetzt tote Leichtmatrosen mit aufgedunsenen Gesichtern und leeren Augenhöhlen. Ich schiebe sie weg und lasse sie ihren eigenen Kurs segeln. Fertig. Rechnung beglichen. Ich bin der Einzige, der auf dieser gesegneten einsamen Insel mit meilenweiten weißen Stränden und Kokospalmen an Land geht. Weiter drinnen: der Dschungel und die Berge, die in den azurblauen Himmel aufragen.

Und wenn ich mich umdrehe: das Wrack. Das dort draußen auf dem Riff festhängt. Die Schatzkammer, von der ich weiß, dass sie alles enthält, was ich in den kommenden Jahren brauchen werde. Lesestoff und Logbücher, Saatgetreide und Werkzeug. Schießpulver. Angelgeräte. Kleider und Segeltuch, das als Hängematte und als Schutz vor der sengenden Sonne dienen wird. Sogar Tabak und eine Pfeife, mit der ich es mir in meinen Mußestunden gemütlich machen kann, wenn ich über die vielen Irrungen und Wirrungen des Lebens nachdenke. Über dieses Schicksal, das für viele, ja, für die meisten unvorstellbar entsetzlich wäre, das für mich jedoch das absolute Glück ist. Gestrandet auf einer einsamen Insel, weit entfernt von den üblichen Schiffsrouten. Tausend Meilen von allem und jedem. Als Junge konnte ich mir vorstellen, dass Mutter auf dem Weg zum oder vom Einkaufen einen Unfall erlitt. Ein Dachziegel, der sich gelockert hatte. Eine Grube, in die man fallen konnte. So etwas. Der Pastor, der an der Tür klingelt. Elling. Traurige Mitteilung. Deine Mutter. Nie wieder. Und ich allein. Für immer allein. Wie ich mich für diese Fantasien schämte. Aber bei meinen Robinson-Fantasien war das anders. Sie waren voller Licht und Hoffnung und Freude. Und nicht zuletzt waren sie legitim. Hier und jetzt könnte ich dann meiner alten Mutter lange Briefe schicken, so, wie der Robinson des Buches seinem strengen Vater viele Gedanken und ein reuiges Danke sendet.

Liebe Mutter. Es geht mir gut.

Ja, denn so war es. Ich lag unter der warmen Decke und es ging mir hervorragend. Ich baute ein Haus mit Blick auf Bucht und Wrack. Ich konnte stundenlang auf der Veranda sitzen und mich durch das Fernrohr davon überzeugen, dass niemand kam. Dass ich wirklich ganz allein war. Jeden Tag fuhr ich mit einem Beiboot zum Strand hinaus und nahm nützliche Dinge aller Art mit. Feder und Tinte. Eine Kanne voll Kartoffeln! Ich säte und pflanzte, und alles keimte und wuchs in diesem wunderbaren Klima; bald hatte ich bei den Baumwurzeln einen ganzen Garten. Ich baute einen Zaun zum Schutz gegen eine bestimmte Art kleiner Tropenschweine, die ich dann mit Vorderlader oder mit Pfeil und Bogen erlegen konnte. Was für eine Schwarte! Und dazu jede Menge Fische. Die großen Schollen auf dem Sandboden. Ein blauschimmernder Schmollmund in kreideweißem Fleisch, den ich in der blauen Tiefe vor dem Riff fing. Und die ganze Zeit: hier sein. In dieser schönen, ja, wunderbaren Gesellschaft, die ich allein aufbaute, nur für mich selbst. Die Einmanngesellschaft. Die Egomanie. Die Elling-Insel.

Die fremden Spuren am Strand? Ich ließ sie vom Meer verwischen. Ich ging im Wald auf die Jagd, mit einem bunten Papageien auf meiner rechten Schulter und einem schlafenden Eichhörnchen in der Jackentasche. Ich pflückte Pfirsiche und Papayas gleich vom Baum und Beeren von Sträuchern und Gestrüpp. Ich war ich selbst und in meinem Reich, und niemals, niemals sah ich am Horizont auch nur die Andeutung eines Segels.

Und jetzt? Was sind all diese Träume wert, wo mich die Wirklichkeit in eine Sockelwohnung geführt hat, in der die Feuchtigkeit schwarze Ränder an die Plastiktapete im Badezimmer malt? Wo das Licht von einer

Tannenhecke ausgesperrt wird, die so dicht ist wie die Hecke um Dornröschens Schloss? Die Antwort ist, dass sie sehr viel wert sind, denn sie werden noch immer geträumt, in immer neuen Varianten. Ich träume und fabuliere ganz einfach wie ein kleiner Junge. Und dabei bin ich bald ein alter Mann. Ich kann noch immer kilometerweit über die weißen Strände wandern und die Meereswellen in der Lagune und das Schreien der Seevögel hören. Ein einziges Mal habe ich die fremden Fußspuren erhalten. Ich habe sie vor den Wellen beschützt und meinen Freitag bekommen, um das mal so zu sagen. Dieses Märchen ist zu Ende, aber es passiert in der Welt und nicht in der Fantasie.

Es kommt vor, dass ich bei gelöschtem Licht im Wohnzimmer sitze. Ich halte Ausschau nach seinem Schatten dort draußen in dem dunklen Garten. Verspüre ein wenig von der Angst, die Robinson gehabt haben muss, als er zum ersten Mal Fußspuren im Sand sah und nicht begriff, dass es seine eigenen waren. Aber das Einzige, was ich sehe, ist die weiße Katze, die den Rasen überquert, wie ein halb verwischtes Leuchtsignal.

Und etwas nähert sich meinem Strand.

T. C. BOYLE

Sind wir nicht Menschen?

Der Hund war kirschrot, und was er im Maul hatte, konnte ich erst erkennen, als er unter den Hortensien stehen blieb und das Ding schüttelte. Die kleine Episode hätte sich abgespielt, ohne dass ich sie bemerkt hätte, aber ich war zum Herd gegangen, um Teewasser aufzusetzen, und sah zufällig in den Vorgarten. Das tiefe, satte Blaugrün des Rasens, das es schaffte, sowohl an das dunkle Türkis des Ozeans als auch an das Viridiangrün der Wiesen von Kentucky zu erinnern, war mein Stolz, und es ärgerte mich, wenn sich irgendwelche Hunde, ganz gleich welcher Farbe, darauf vergnügten. Er hatte eine Menge Geld gekostet – eine Mischung aus Rotschwingel, Bahiagras und Manilagras, versehen mit einem bestimmten Algen-Gen, sodass er abends, im Licht der Verandabeleuchtung, phosphoreszierte –, und er war zwar unempfindlich gegen Trockenheit und Krankheiten, nahm es aber übel, wenn irgendwelche Menschen – oder Tiere – auf ihm herumspazierten.

Ich ging auf die Veranda und klatschte in die Hände, um den Hund zu verscheuchen, doch er rührte sich nicht. Oder vielmehr: Er rührte sich, aber nur, um die Schultern anzuspannen und seine Beute fester zu packen. Wie ich jetzt sah, handelte es sich dabei um das Mikroschwein meiner Nachbarin Allison. Es hatte die Augen eines Rehes, war nicht größer als ein Pekinese und hatte aufgehört zu zappeln. Als ich von der Veranda trat und mich nach etwas umsah, mit dem ich dem Hund drohen könnte, klopfte mein Herz wie verrückt. Allison gehörte zu den Leuten, die ihre Haustiere vermenschlichten, und dieses Schweinchen war der Mittelpunkt ihres freund- und ehemannlosen Lebens, und wer würde ihr die traurige Nachricht überbringen müssen? Wut stieg in mir auf. Woher war dieser blöde Köter gekommen und wem gehörte er überhaupt? Ich besaß keinen Rechen, auf dem Rasen lag nichts herum (die Straßenbäume waren genetisch modifiziert und ließen zu keiner Jahreszeit irgendetwas fallen, weder Samen noch Zweige oder Blätter), und so stürmte ich mit leeren Händen auf das Tier zu und rief das Erstbeste, das mir in den Sinn kam: »Böser Hund! Böser böser Hund!«

Ich dachte nicht nach. Und das Ergebnis entsprach nicht dem, was ich mir erhofft hätte, wenn ich nachgedacht hätte: Zwar ließ der Hund das Schweinchen, bei dem sich etwaige Wiederbelebungsmaßnahmen mittlerweile erledigt hatten, sogleich fallen, sprang aber im selben Moment hoch und packte meinen linken Unterarm, wobei er ununterbrochen knurrte, als wäre mein Arm ein Stock, den er bei einem spielerischen Gerangel zwischen uns beiden erobert hatte. Eigenartigerweise floss weder Blut noch spürte ich einen Schmerz, nur einen festen, unnachgiebigen Druck und heißen, nassen Speichel, während ich in die eine Richtung zog und der Hund, der mich aus stumpfen rosaroten Augen anstarrte, in die andere zerrte. »Lass los!«, rief ich, doch der Hund dachte nicht daran.

»Böser Hund!«, rief ich und zog. Der Hund zerrte.

Auf der Straße war niemand zu sehen. Weder im Nachbargarten noch im Haus hinter mir war jemand, der mir hätte helfen können. Ich war vor zehn Minuten aufgestanden und hatte T-Shirt, Shorts und Slipper angezogen, und nun war ich, um acht Uhr morgens an einem sonst ganz normalen Tag, in diesen idiotischen interspeziären Pas de deux verwickelt und bereits erschöpft. Der Hund, dieses kirschrote haarlose Monstrum mit den kräftigen Kiefern und schwellenden Muskeln eines Pitbulls, ließ nicht locker: Er hatte meinen Arm und wollte ihn behalten. Nach einer Weile ließ ich mich auf ein Knie nieder, damit ich nicht die ganze Zeit gebeugt stehen musste, aber das schien den Hund nur noch entschlossener zu machen: Er versuchte, mich zu sich hinunterzuziehen, und stemmte seine Pfoten tief in den Rasen. Ohne zu wissen, was ich tat, ballte ich die freie Hand zur Faust und schlug ihm in rascher Folge dreimal auf den Kopf.

Das zeitigte sofort Wirkung: Der Hund heulte auf, ließ meinen Arm los und wich zum Rand der Rasenfläche zurück, von wo er mich misstrauisch beäugte, als hätte ich eigenmächtig die Spielregeln geändert. Im nächsten Augenblick, gerade als ich merkte, dass ich doch blutete, rief hinter mir jemand: »Das habe ich gesehen!«

Ein Mädchen kam über den Rasen auf mich zu, ein unnatürlich großes Mädchen, das ich zuerst für einen Teenager hielt, bis ich merkte, dass es ein Kind von elf oder zwölf Jahren war. Der Hund lief sofort zu ihr, und mir wurde alles klar. Sie baute sich vor mir auf, sah mich streng an und sagte: »Sie haben meinen Hund gehauen.«

Das fand ich nicht witzig. »Ich blute«, sagte ich und zeigte ihr meinen Arm. »Siehst du? Dein Hund hat mich gebissen. Du solltest ihn an die Kette legen.«

»Das kann nicht sein – Ruby würde nie jemanden beißen. Sie hat bloß … gespielt, das ist alles.«

Ich hatte nicht vor zu diskutieren. Es handelte sich

um mein Grundstück und meinen Arm, und das tote Tier, das auf meinen Rasen blutete, war Allisons Mikroschwein. Ich zeigte darauf.

»Oh«, sagte sie und senkte die Stimme. »Das tut mir leid. Ich wusste nicht ... Ist es Ihrs?«

»Es gehört meiner Nachbarin.« Ich wies auf das Haus hinter der Hecke.

»Sie wird am Boden zerstört sein. Dieses Schwein« – ich wollte seinen Namen nennen, um auf meine persönliche Beziehung zu diesem Tier hinzuweisen, doch er fiel mir einfach nicht ein – »ist ihr Ein und Alles. Und direkt billig war es auch nicht.« Ich warf einen Blick auf den knallroten Hund mit den rosaroten Augen. »Wie du dir sicher vorstellen kannst.«

Sie war gut zehn Zentimeter größer als ich, und ihre Augen, die von einem beinahe leuchtenden Violett waren, das es in der Natur gar nicht gibt – jedenfalls bis vor kurzem nicht –, musterten mich unverwandt. »Sie braucht es ja nicht zu erfahren.«

»Was soll das heißen: ›Sie braucht es ja nicht zu erfahren‹? Das Tier ist tot – siehst du das nicht?«

»Es könnte ja überfahren worden sein.«

»Ich kann es nicht fassen: Ich soll meine Nachbarin anlügen?«

Das Mädchen zuckte die Schultern. Der Hund ließ sich hechelnd nieder. »Ich hab doch gesagt, es tut mir leid. Ruby ist durchs Gartentor weggelaufen, als meine Mutter zur Arbeit gegangen ist, und ich bin gleich hinterhergerannt, das haben Sie doch gesehen.«

»Und das?« Ich hob den Arm, der nicht zerbissen, sondern eher abgeschürft war, denn die meisten neuen Rassen haben genetisch modifizierte Zähne, um in Situationen wie diesen ernsthafte Verletzungen zu vermeiden. »Der Hund ist hoffentlich geimpft.«

»Sie ist ein Kirschpit«, sagte sie mit einem verächtlichen Blick. »Die können gar keine Krankheiten übertragen. Ich meine, das weiß doch *jeder*.«

Es war Dienstag, und ich arbeitete zu Hause, wie jeden Dienstag und Donnerstag. Ich war, wie praktisch alle auf dem Planeten, in der IT-Branche tätig und hatte festgestellt, dass ich zu Hause mehr erledigen konnte als im Büro. Meine Kollegen mit ihren Launen, Ansichten, Ticks und so weiter waren eine Prüfung – nicht dass ich sie nicht mochte, aber wenn es hoch herging, waren sie irgendwie immer im Weg. Oder vielleicht stimmte es ja, vielleicht mochte ich sie einfach nicht. Jedenfalls ging ich nach dieser kleinen Begegnung mit diesem Mädchen und seinem Hund ins Haus, strich eine antibiotische Salbe auf meinen Arm, nahm den Tee und ein paar Proteinkekse mit an den Schreibtisch und schaltete den Computer an. Wenn ich überhaupt an das tote Schweinchen dachte, dann nur im Zusammenhang mit Allison, die das Tier natürlich würde sehen wollen, was die Frage aufwarf, was ich bis dahin damit machen sollte: es einfach liegen lassen oder es in eine Mülltüte stecken und in der Kühltruhe aufbewahren, bis Allison vom Büro nach Hause kam? Ich dachte daran, meine Frau anzurufen – Connie war Regionaldirektorin der Bank USA, eine Virtuosin auf dem Gebiet der zwischenmenschlichen Beziehungen, und würde wissen, was zu tun war –, aber ich wollte sie wegen einer solchen Lappalie nicht bei der Arbeit stören. Ich hätte das Schweinchen natürlich auch beerdigen oder es auf den Müll werfen und mich dumm stellen können, aber letztlich tat ich gar nichts.

Es war nach drei, als ich beschloss, Mittagspause zu machen, und weil es ein so schöner Tag war, ging ich mit meinem Sandwich und einem Glas Eistee hinaus auf die Veranda. Inzwischen hatte ich das Schweinchen, den Hund und den Kummer, der Allison bevorstand, vollkommen vergessen, doch sobald ich hinaustrat, wurde ich daran erinnert: Die Bäume waren voller kreischender, krächzender, plappernder Papageienkrähen, die sich aus einem ganz bestimmten Grund eingefunden hatten. (Ich weiß nicht, ob es diese Vögel in Ihrer Gegend auch schon gibt – falls nicht, wird es nicht mehr lange dauern, glauben Sie mir. Sie waren der Einfall eines Molekularembryologen an der hiesigen Universität, der glaubte, die Kombination von Genen der Aaskrähe mit denen der invasiven Papageien werde den Überfällen der letzteren auf die örtlichen Obstplantagen und Weingärten ein Ende machen, denn die daraus resultierenden Vögel würden Abfälle und Aas bevorzugen und obendrein die heimischen Krähen verdrängen, denen fast sämtliche Singvogelbruten in unseren Gärten zum Opfer gefallen waren. Das einzige Problem war der Geräuschfaktor: Irgendetwas schien nicht nur die Lautstärke, sondern auch die Komplexität der Vogelrufe verdoppelt zu haben, sodass man mittlerweile bei praktisch allen Aktivitäten unter freiem Himmel Ohrstöpsel brauchte.)

Ich hätte jedenfalls gern welche gehabt. Die Vögel waren überall, fluchten routiniert *(Scheißvogel! Scheiße-Scheiße-Scheiße!)* und schlugen sich die glänzenden Flügel um die Köpfe. Beunruhigt rannte ich zum zweiten Mal an diesem Tag die Verandatreppe hinunter und über den Rasen zum Blumenbeet, wo sich ein Schwarm Vögel auf den Überresten von Allisons Haustier niedergelassen hatte. Ich fuchtelte mit den Armen, und sie flogen widerwillig davon und kreischten dabei *Kackvogel!* oder den zerhackten Schrei, der mich praktisch jeden

Morgen weckte: *Krach-Arsch!* Was das Schweinchen betraf (das ich, wie mir jetzt klar wurde, in die Garage hätte legen sollen), so waren seine Augen verschwunden, und die bläuliche Haut war mit roten Wunden übersät. Soll ich ehrlich sein? Ich wollte dieses Ding nicht anfassen – es war eklig. Die Vögel waren eklig. Wer konnte wissen, welche Zoonose-Erreger sie mit sich herumtrugen? Und so stand ich vor einem Dilemma, als Allisons Wagen nebenan funkelnd in die Einfahrt fuhr.

Allison war Anfang dreißig und hatte eine topplastige Statur und rotblondes, unbezähmbar krauses Haar, das sie unter diversen Tüchern verbarg, was ihr etwas Exotisches verlieh – als wäre sie hier, in diesem Vorort, gestrandet. Sie hatte ein gutes Herz und ein trauriges Gesicht, und hinter ihr lag eine katastrophale Beziehung nach der anderen. Unwillkürlich wollte ich sie beschützen: eine Frau, ganz allein in dem großen Haus, das ihre Mutter ihr hinterlassen hatte. Daher hatte ich, als sie mit bereits tränennassen Augen über den Rasen auf mich zukam, das Gefühl, nicht genug getan zu haben, zog, ohne lange nachzudenken, mein Hemd aus und breitete es über das tote Schweinchen.

»Ist sie das?«, fragte Allison und sah auf das hastig bedeckte Ding zu meinen Füßen. »Nein, sagen Sie's mir nicht.« Und dann blickte sie mich an und wiederholte immer wieder meinen Namen: »Roy, Roy, Roy«, als würde sie an etwas ersticken. *Scheiße, Scheiße!*, schrien die Papageienkrähen in den Bäumen. *Kack, kack, kack!* Im nächsten Augenblick warf sie sich in meine Arme und klammerte sich so fest an mich, dass ich kaum noch Luft bekam.

»Ich will sie gar nicht sehen«, sagte sie leise, und jede Silbe war ein warmer Lufthauch auf meiner nackten Brust. Ich roch ihr Haar, ihr Shampoo und den Schweiß in ihren Achselhöhlen. »Die Arme«, schluchzte sie und hob den Kopf, sodass ich die Tränen in ihren Augen sehen konnte. »Ich habe sie so geliebt, Roy, ich habe sie so *geliebt*.«

Ich dachte an ein Abendessen bei ihr: Connie und ich, ein anderes Paar, Allison und ihr letzter Freund, ein Grobian mit einem Quadratschädel, der im Tierheim arbeitete und streunende oder transgene Tiere einschläferte. Allison behielt ihr Schweinchen während des ganzen Essens auf dem Schoß und fütterte es von ihrem Teller, und danach, als alle im Wohnzimmer saßen und Brandy mit Benedictine tranken, stellte sie das Tier auf den Hocker am Klavier, wo es mit seinen modifizierten Hufen »Twinkle, Twinkle, Little Star« spielte.

»Nein«, gab ich ihr recht, »das wollen Sie nicht sehen.«

»Es war ein Hund, nicht? Das hat« – und hier musste sie kurz innehalten, um sich zu fassen – »das hat jedenfalls Terry Wolfson gesagt, als sie mich in der Arbeit angerufen hat.«

Ich wollte gerade etwas Tröstliches sagen, irgendeine Plattitüde wie: Das arme Tierchen habe nicht leiden müssen – obwohl ich doch genau wusste, dass dieser Köter so gnadenlos darauf herumgekaut hatte wie auf meinem Arm –, als von der Straße her jemand »Hallo?« rief und wir auseinanderfuhren. Das hochgewachsene Mädchen stakste in Plateauschuhen auf uns zu. Der Hund war auch wieder dabei, diesmal an der Leine. Ich spürte Ärger in mir aufwallen – hatte sie denn nicht schon genug angerichtet? –, Ärger und Verlegenheit. Ich zeigte mich nur ungern halb nackt in der Öffentlichkeit – und ließ mich auch nur ungern bei einer innigen Umarmung mit meiner unverheirateten Nachbarin ertappen.

Falls sie meine Gedanken erriet, so war ihr nichts anzumerken. Sie ging weiter, bis sie vor uns stand, und der Hund trottete brav neben ihr her. Der Blick ihrer violetten Augen ging von mir zu dem Etwas unter dem blutigen T-Shirt und schließlich zu Allison. »*Je suis désolée, madame*«, sagte sie. »*Pardonne-moi. Mon chien ne savait pas ce qu'il faisait – il est un bon chien, vraiment.*«

Dieses Mädchen, dieses Kind überragte uns beide, seine Mimik war lebhaft. Es hatte Lidstrich, Lippenstift und Blusher aufgetragen, als wäre es zehn Jahre älter und unterwegs zu einem Nachtclub, und sein Haar – blonde Naturlocken – bedeckte wie ein Zelt die Schultern und fiel lang über den Rücken. »Was redest du da?«, sagte ich. »Und warum sprichst du Französisch?«

»Weil ich es kann. *Puedo hablar en español también*, und Chinesisch kann ich auch. Ich habe einen IQ von 162 und laufe hundert Meter in 9,58 Sekunden.«

»Toll«, sagte ich und wechselte einen Blick mit Allison. »Bewundernswert. Wirklich. Aber was machst du hier? Was willst du?«

Deine Mutter!, kreischten die Vögel. *Leck mich!*

Sie trat von einem Fuß auf den anderen und wirkte verlegen wie das Kind, das sie ja war. »Ich wollte Ihnen sagen, dass Sie es bitte, *bitte* nicht melden sollen, denn mein Vater sagt, dann muss sie eingeschläfert werden. Sie ist ein guter Hund, wirklich, und sie hat so was noch nie gemacht, und wir lassen sie nie, niemals frei herumlaufen. Es war bloß –«

»Ein unglücklicher Zufall?«, sagte ich.

»Ja«, sagte sie. »Eine Anomalie. Ein Unfall.«

Allisons Wangenmuskeln spannten sich. Aus rosaroten Augen sah der Hund gelassen zu uns auf, als ginge ihn das alles nichts an. Eine garantiert insektenlose Brise strich raschelnd durch die Bäume an der Straße.

»Und was soll ich jetzt dazu sagen?«, fragte Allison. »Weißt du, wie ich mich fühle? Ich soll dir verzeihen? Tut mir leid – das kann ich nicht. Nicht jetzt.« Sie sah das Mädchen wütend an. »Du liebst deinen Hund, hm?«

Das Mädchen nickte.

»Und ich liebe Shushawna – ich *habe* sie geliebt.« Ihre Stimme brach.

»Mehr als alles andere auf der Welt.«

Wir betrachteten das blutige T-Shirt zu unseren Füßen. Dann hob das Mädchen den Blick und sagte: »Mein Vater will für alle Schäden aufkommen. Hier.« Sie zog zwei Visitenkarten aus der Handtasche und reichte sie Allison und mir. »Er wird sämtliche Kosten für etwaige ärztliche Behandlungen übernehmen«, versicherte sie mir, warf einen zweifelnden Blick auf meinen Arm und wandte sich dann zu Allison. »Und er wird Ihnen Ihr Haustier ersetzen, wenn Sie das wollen, *madame*. Es war ein Mikroschwein, oder? Von Recombicorp? Oder wenn Sie wollen – das hat mein Vater ausdrücklich gesagt –, könnten wir Ihnen einen Kirschpit wie Ruby besorgen oder auch eine Hundekatze, wenn Ihnen das lieber wäre …«

Es war ein schmerzlicher Moment. Ich konnte alle beide verstehen, sowohl Allison als auch das Mädchen, obgleich Connie und ich kein Haustier hatten, auch nicht von einer dieser neuen hypoallergenen Rassen, ebenso wenig wie Kinder, obwohl wir oft darüber gesprochen hatten. Hier ging es um eine größere Trauer, ausgelöst durch tiefe Verbundenheit und Verlust und die Tatsache, dass die Welt sich ändert, ganz gleich, ob wir dafür bereit sind oder nicht. Wir hätten den Moment überstanden, glaube ich, wir wären zu einer Art Übereinkunft gelangt – Allison war nicht nachtragend, und ich würde ebenfalls kein Theater veranstalten –, doch in diesem Augenblick strich die Brise durch den Vorgarten, schlug das T-Shirt zurück und enthüllte den augenlosen Kopf des Schweinchens, und das war's dann. Allison stieß einen erstickten Schrei aus, und der knallrote Köter riss sich los und stürzte sich darauf.

Ich war in der Küche und mixte mir einen Drink, als Connie nach Hause kam. Die Haustür fiel dröhnend ins Schloss. (Connie war immer in Eile und verschwendete keine Bewegung. Ich hatte sie ungefähr hundertmal gebeten, die Tür nicht zuzuschlagen, aber sie war einfach außerstande, die zwei Sekunden zu erübrigen, die es dauerte, eine Tür geräuschlos zu schließen.) Im nächsten Augenblick donnerte ihr Aktenkoffer auf das Tischchen in der Eingangshalle, die Absätze hämmerten – *tack-tack-tack-tack* – auf das Parkett, und dann war sie in der Küche und sagte: »Mach mir auch einen, Schatz, ja? Oder nein, lieber Wein. Haben wir noch Wein?«

Ich fragte sie nicht, wie ihr Tag gewesen war – ihre Tage waren immer gleich: Vollgas, nichts als *Situationen*, mit denen sie sich befasste wie ein Fünf-Sterne-General, der den Feind ins Meer zurückwirft. Ich umarmte sie nicht und gab ihr auch keinen Kuss. Wir gehörten nicht zu den Leuten, die so was taten – in ihren Augen (und, um ehrlich zu sein, auch in meinen) war das einfach überflüssig. Wortlos öffnete ich den Küchenschrank, nahm ein Glas heraus, schenkte ihr den Sancerre ein, den sie so mochte, und reichte ihn ihr. Das Fenster stand offen, um die leise Brise hereinzulassen, doch von den Vögeln war nichts zu hören. Sie waren wohl davongeflogen, um einen anderen Garten heimzusuchen.

»Allisons Schweinchen ist heute getötet worden«, sagte ich, »in unserem Vorgarten. Von einem dieser transgenen Pitbulls – du weißt schon, diese knallroten, für die sie so viel Reklame machen.«

Sie zog die Augenbrauen hoch, ließ den Wein im Glas kreisen und nippte daran.

»Und mich hat er auch gebissen«, fügte ich hinzu und hob den Arm, um den sich wie eine Manschette kurz unterhalb des Ellbogens eine bläulich-violette Verfärbung gelegt hatte.

Ihre Antwort hatte überhaupt nichts mit dem zu tun, was ich gesagt hatte, aber unsere Unterhaltungen waren oft zusammenhangslos: In ihrem Kopf lief ein ganz bestimmtes Frage-und-Antwort-Spiel ab und in meinem ein anderes, und so passten unsere Antworten nie ganz zusammen. Sie ging gar nicht auf meine Verletzung, den Hund, Allison oder die emotionalen Folgen dieses Ereignisses ein, sondern stellte das Glas auf die Theke, tupfte sich die Lippen ab und sagte: »Ich will ein Kind.«

Hier sollte ich wohl kurz innehalten und erläutern, was es mit diesem Satz auf sich hatte. Wir waren seit zwölf Jahren verheiratet und uns einig, dass wir irgendwann ein Kind haben wollten, hatten es aber immer wieder aufgeschoben, aus den verschiedensten Gründen: Es gab berufliche oder finanzielle Erwägungen, es gab Befürchtungen, wie sich ein Kind auf unseren Lebensstil auswirken würde – das Übliche eben. Aber da war noch etwas anderes. Was für ein Kind – das war die Frage. Frühere Generationen konnten nur darüber spekulieren, ob die werdende Mutter einen Jungen oder ein Mädchen gebären würde und ob das Kind Tante Bethanys Nase oder Onkel Juris Monobraue erben würde, aber diese Zeiten waren vorbei, seit die CRISPR-Gentechnologie vor zwanzig Jahren einen Senkrechtstart hingelegt hatte. Jetzt konnte man sich nicht nur das Geschlecht des Kindes aussuchen, sondern auch alle möglichen anderen Eigenschaften. Es war, als wäre man beim Autohändler, um sich einen neuen Wagen zu kaufen, und ginge die Liste der Sonderausstattungen durch. Sex war heutzutage nur noch ein Freizeitvergnügen; Kinder zeugte man im Labor. So war es eben, und so würde es bleiben, bis wir uns als Spezies zu etwas ganz anderem entwickelten. Das Ergebnis *dieser* Entwicklung jedenfalls war ein Land – eine Welt – voller Kinder wie das hoch aufgeschossene Mädchen mit dem roten Hund.

In meinen Augen stellte das einen unzulässigen, unnatürlichen Eingriff dar, aber davon wollte Connie nichts hören. »Bist du verrückt?«, sagte sie. »Willst du wirklich, dass das Kind – *unser* Kind – der Klassendepp ist? Oder Berufsberater wird? Kosmetologin? *Automechaniker?*«

Jetzt hob sie das Glas, stürzte den Wein in einem einzigen streitlustigen Zug hinunter und verkündete: »Ich bin achtunddreißig, und es ist höchste Zeit. Ich habe am Donnerstag um zehn einen Termin bei GenLab – dafür opfere ich einen ganzen Arbeitstag. Und du kommst entweder mit« – sie funkelte mich an – »oder ich schwöre, ich besorge mir einen Samenspender.«

Niemand wird gern vor ein Ultimatum gestellt. Besonders wenn es um eine einschneidende, das ganze Leben verändernde Entscheidung geht, um etwas, das die beiden Menschen, die es betrifft, in absoluter Harmonie beschließen sollten. Es ging nicht gut. Sie glaubte, sie könne mich herumkommandieren wie einen ihrer

Handlanger in der Bank; ich dagegen sah das anders. Sie dachte, sie habe in dieser Angelegenheit das letzte Wort; ich dagegen war anderer Ansicht. Ich sagte ein paar Sachen, die ich später bereute, nahm mein Glas, knallte die Küchentür zu und marschierte hinaus in den Garten, wo zur Abwechslung mal keine pöbelnden Vögel auf den Bäumen saßen und selbst die Bienen ihren Geschäften lautlos nachgingen. Nur diese Stille ermöglichte, was dann geschah, denn sonst hätte ich das leise, herzzerreißende Schluchzen, mit dem Allison sich durch ihre Trauer kämpfte, nicht gehört. Das Geräusch kam unterbrochen und gedämpft: ein bekümmertes Seufzen, gefolgt von einem feucht gurgelnden Zischen wie dem, mit dem der Rasensprenger in Aktion trat, und ich brauchte einen Moment, bis ich begriff, was es war und dass es aus dem Nachbargarten kam. Sogleich vergaß ich, was sich eben in der Küche abgespielt hatte, dachte an Allison und war berührt von der Intensität ihrer Gefühle.

Es war uns gelungen, den Hund von Allisons Schweinchen wegzuziehen. Wir hatten zu dritt auf ihn eingeschrien, das Mädchen hatte an der Leine gezerrt, und ich hatte ihm zwei, drei heftige Tritte in den Hintern verpasst, aber das tote Mikroschwein sah danach noch malträtierter aus als zuvor. Das Mädchen trottete durch den Vorgarten und die Straße entlang davon, mit rotem Kopf und schamerfüllt, trotz seines IQ und der anderen Fähigkeiten, die es besitzen mochte, und der Hund trabte munter neben ihm her. Wir sahen ihnen nach, bis sie verschwunden waren, und dann tat ich das einzig Vernünftige und bot Allison an, das Tier zu beerdigen. Ich hob hinter ihrem Gartenschuppen ein Grab aus, und dann las Allison etwas vor, an das ich mich aus Schulzeiten dunkel erinnerte (»Hinweg mit den Sternen, die droben noch blinken; / Den Mond packt ein, und die Sonne soll sinken«). Zum zweiten Mal an diesem Tag nahm ich sie in die Arme, und dann füllte ich das Grab wieder mit Erde und ging nach Hause, um mir einen Drink zu mixen und zu hören, wie die Haustür ins Schloss donnerte und Connie mir ihren Beschluss bekannt gab.

Jetzt ging ich, wie von unsichtbaren Fäden gezogen, zu der niedrigen Hecke, die unsere Grundstücke trennte, und stieg hinüber. Ich sah Allison, die zusammengesunken am Tisch auf ihrer Terrasse saß. Sie trug noch immer den schwarzen Rock und die braungraue Bluse, die sie zur Arbeit getragen hatte, und ihre Wange lag auf dem zusammengeknüllten Schal. Als ich näher trat, sah ich, dass sie weinte. Das berührte mich auf unerklärliche Weise, und bevor ich wusste, was ich tat, fiel ich durch einen langen dunklen Tunnel und tröstete sie auf eine Art, die mir – wie soll ich sagen? – in diesem Augenblick so überaus *natürlich* erschien.

Es war dunkel, als ich wieder ins Haus trat. Connie saß auf dem Sofa, der Fernseher war eingeschaltet, lief aber ohne Ton. »Hallo«, sagte ich verlegen und schuldbewusst (ich war noch nie fremdgegangen und wusste nicht, warum ich es jetzt getan hatte, nur dass ich so wütend auf meine Frau und so eigenartig berührt von Allisons Trauer gewesen war – sofern das eine Entschuldigung ist, und ich weiß, dass es das nicht ist), versuchte aber, wie alle Amateure, so zu tun, als wäre alles ganz normal. Connie sah auf. Ich konnte ihr Gesicht nicht genau erkennen, aber im flackernden Licht des Fernsehers kam es mir weicher vor, geradezu zerknirscht, als hätte sie ihren Standpunkt oder jedenfalls die Art, wie sie ihn vertreten hatte, überdacht. Sie fragte nicht, wo ich gewesen sei. Stattdessen sagte sie: »Wo ist das Glas?«

»Was für ein Glas?«

»Mit deinem Cocktail. Den du dir gemixt hast, bevor du rausgerannt bist.«

»Ich weiß nicht – draußen wahrscheinlich.« Ich zuckte die Schultern, aber vermutlich hatte ich es bei Allison stehen lassen – das Indiz, das mich verraten und unsere Ehe zerstören würde. »Es tut mir leid«, sagte ich. »Ich habe mich so geärgert und einen Spaziergang gemacht, um meine Gedanken zu ordnen.«

Sie sagte nichts.

»Hast du schon was gegessen?«, fragte ich, um das Thema zu wechseln. Sie schüttelte den Kopf.

»Ich auch nicht«, sagte ich und hatte das Gefühl, als würde eine Last von mir genommen, als könnte ein Ritual uns durch diese schwierige Situation bringen. »Sollen wir in ein Restaurant gehen?«

»Nein, ich will nicht in ein Restaurant gehen«, sagte sie. »Ich will ein Kind.«

Und was sagte ich, aus dem Grab meiner Schuld, das nicht tiefer war als das, in dem ich die jämmerlichen, geschundenen Überreste von Allisons Schweinchen verscharrt hatte? Ich sagte: »Okay, lass uns darüber reden.«

»Darüber reden? Der Termin ist am Donnerstag um zehn, und ich werde ihn nicht verschieben.«

Sie hatte recht – es war wirklich an der Zeit für ein Kind –, und was Kosmetologie und Automechanik betraf, hatte sie ebenfalls recht. Welcher verantwortungsbewusste Vater würde nicht das Beste für sein Kind wollen, ganz gleich, ob es um stabile Familienverhältnisse, erstklassige Ernährung und die beste Privatschule ging, die für Geld zu haben war – oder um eine Chromosomenmodifikation in irgendeinem Labor? Sie müssen mich verstehen: Ich stand unter Druck. Ich hatte noch Allisons Geruch an mir. Ich roch meine Angst. Ich wollte meine Frau nicht verlieren – ich liebte sie. Ich war an sie gewöhnt. Seit mehr als zwölf Jahren war ich mit keiner anderen Frau zusammen gewesen – sie war eine bekannte Größe, sie war mir *vertraut*. Und da saß sie auf der Sofakante und beobachtete mich. Ihr Wille war wie ein Dunst, der durch Tür- und Fensterritzen in den Raum kroch, bis er ihn ganz ausfüllte. Es war wie der Augenblick in einem Ringkampf, wenn das Signal ertönt und beide den Griff lockern, ohne dass einer auf die Matte gedrückt worden wäre. »Okay«, sagte ich.

Was nicht heißen soll, dass ich mich kampflos ergab. Am nächsten Tag – Mittwoch – musste ich im Büro arbeiten und die üblichen Banalitäten meiner Kollegen ertragen, bis ich am liebsten auf die Wände meiner Arbeitsnische eingedroschen hätte, aber auf dem Heimweg hielt ich an einem Tiergeschäft und kaufte eine acht Wochen alte Hundekatze. (Übrigens weiß man selbst heute, fünfzehn Jahre nach ihrer Erschaffung, noch nicht, wie man die Jungtiere dieser Art nennen soll. Sie sind weder Kätzchen noch Welpen, sondern, wie der Name schon sagt, irgendwas dazwischen. Kätzchenwelpen? Welpenkätzchen?) Auf dem Schild im Schaufenster stand einfach: SONDERANGEBOT – JUNGE HUNDEKATZEN, und so suchte ich mir ein kleines Pelztier mit Hundegesicht und gestromtem Fell aus und nahm es mit, um Connie zu überraschen, in der Hoffnung, es würde sie lange genug ablenken, um die Entscheidung, die sie für uns beide getroffen hatte, noch einmal zu überdenken.

Auf dem Heimweg schob ich das kleine Ding unter

mein Hemd, denn kaum hatte die Verkäuferin es in die Transportschachtel gesetzt, da hatte es abwechselnd gemaunzt und herzzerreißend gewinselt. An meinem Bauch jedoch kuschelte es sich warm und zufrieden zusammen. Ich parkte und ging die Stufen hinauf ins Haus. Connie war bereits da und machte sich in der Küche zu schaffen. Auf dem Tisch standen Blumen, daneben ein Weinkühler, aus dem der Hals einer Flasche Veuve Clicquot ragte, und es roch nach meinem Lieblingsessen – baskische Piperade mit pochierten Eiern –, für das sie, wie mir bewusst wurde, auf dem Heimweg beim Maison Claude gehalten haben musste. Offensichtlich würden wir heute Abend feiern. Und morgen würden wir uns fortpflanzen – oder jedenfalls den ersten Schritt zu diesem Ziel machen, was in meinem Fall bedeutete, dass ich Sperma würde abgeben müssen (und zwar, wie ich unwillkürlich dachte, unter gänzlich anderen Umständen als bei Allison).

Wir umarmten uns nicht. Wir küssten uns nicht. Ich sagte nur »Hallo«, und sie sagte ebenfalls »Hallo«. Ich versuchte, ihren Gesichtsausdruck zu ergründen. »Das riecht gut«, sagte ich.

»Perfektes Timing«, sagte sie und strich die bereits makellos gefaltete Serviette neben ihrem Teller glatt. »Als ich kam, haben sie sie gerade aus dem Ofen geholt. Claude hat sie mir persönlich gebracht, zusammen mit einem Laib von dem knusprigen Sauerteigbrot, das du so magst. Von heute Morgen.«

Ich grinste. »Wunderbar«, sagte ich. »Ganz wunderbar.«

In die Stille, die darauf folgte – keiner von uns wollte das Thema zur Sprache bringen, das spürbar im Raum hing –, sagte ich: »Ich habe eine Überraschung für dich.«

»Wie nett. Was denn?«

Mit der großen Gebärde eines Zauberers zog ich unser neues Haustier unter meinem Hemd hervor und hielt es ihr triumphierend hin. Leider war es offenbar überrascht von dieser heftigen Bewegung, grub die spitzen Krallen in mein Handgelenk, kläffte anhaltend und ließ eine glänzende Wurst auf den Küchenboden fallen. »Für dich«, sagte ich.

Ihr Gesicht fiel in sich zusammen. »Soll das ein Witz sein? Glaubst du wirklich, du kannst mich so leicht davon abbringen – oder ablenken?« Sie machte keine Anstalten, mir das Ding abzunehmen – im Gegenteil: Sie versteckte die Hände hinter dem Rücken. »Bring es wieder zurück.«

Das Welpenkätzchen beruhigte sich, zog die Krallen ein und kuschelte sich in meine Armbeuge, als würde es mich erkennen, als hätte ich ihm dadurch, dass ich es ausgesucht und unter meinem Hemd geborgen hatte, etwas Lebenswichtiges – genauer gesagt: Liebe – gegeben, sodass es nun bereit war, auf dieser neuen Grundlage in einer neuen Welt zu existieren.

»Es schnurrt«, sagte ich.

»Und was soll ich jetzt dazu sagen – Halleluja? Dieses Ding ist eine Monstrosität, das sagst du selbst jedes Mal, wenn du eine von diesen idiotischen Reklamen siehst.«

Plötzlich hörte ich in meinem Kopf die Melodie – die letzten süßlichen Takte von Pachelbels Kanon – und dazu die einschmeichelnde Stimme des Sprechers: *Mögen Sie lieber Hunde oder Katzen? Jetzt müssen Sie sich nicht mehr entscheiden.* »Auch nicht monströser als das Mädchen mit dem Hund«, sagte ich.

»Was für ein Mädchen? Wovon redest du eigentlich?«

»Von dem Mädchen mit dem Hund, der mich gebissen hat. Sie ist an die zwei Meter groß und hat einen IQ von 162. Und trotzdem hat sie den Hund rausgelassen, und trotzdem hat er mich gebissen.«

»Was redest du da? Du hast doch nicht etwa vor, einen Rückzieher zu machen, oder? Wir haben eine *Abmachung*, Roy, und du weißt, was ich von Leuten halte, die eine Vereinbarung treffen und dann nachverhandeln wollen.«

»Okay, okay, beruhige dich. Ich sage ja nur, wir sollten vielleicht erst mal ein bisschen üben oder so, bevor wir … Ich meine, wir haben ja nie auch nur ein *Haustier* gehabt.«

»Ein Haustier ist kein Kind, Roy.«

»Nein«, sagte ich, »das habe ich nicht gemeint. Ich wollte nur …« In diesem Augenblick begannen die Papageienkrähen ihr heiseres Abendpalaver und schrien so schrill und durchdringend – *Big Mac, Big Mac und Fritten* –, dass ich es trotz der geschlossenen Fenster hören konnte und den Faden verlor.

»Wollen wir jetzt essen?«, fragte Connie mit leise bebender Stimme. Wir sahen zur Mikrowelle und dann auf die Welpenkätzchenscheiße auf dem Küchenboden. »Ich hab mir solche Mühe gegeben«, sagte sie und brach in Tränen aus, »weil ich wollte, dass heute ein besonderer Abend ist, verstehst du?«

Und jetzt umarmten wir uns, obwohl das Welpenkätzchen ein bisschen im Weg war, und ich – Feigling, der ich bin – sagte ihr, alles werde gut werden. Später, als sie zu Bett gegangen war, nahm ich das Welpenkätzchen, ging nach nebenan und läutete an der Tür. Allison war im Nachthemd, und ein Lächeln ging über ihr Gesicht. »Hier«, sagte ich und überreichte ihr das Tier, »hab ich dir mitgebracht.«

Springen wir siebeneinhalb Monate weiter. Ich lebe mit einer Schwangeren in einem Haus, das neben einem Haus mit einer weiteren Schwangeren steht. Connie scheint das amüsant zu finden und ahnt nichts von der Wahrheit. Wir sitzen auf der Veranda und sehen Allison schwerfällig aus ihrem Wagen steigen und mit einer Tüte voll Lebensmittel zum Haus gehen, und dann sagt Connie: »Sie ist wirklich nicht zu beneiden« und »Hoffentlich muss sie nicht wie ich alle fünf Minuten pinkeln« und »Sie sagt nicht, wer der Vater ist – ich hoffe bloß, es ist nicht dieses Arschloch vom Tierheim, wie hieß der noch?«.

Das Ganze ist auf mehreren Ebenen problematisch. Ich stelle mich unwissend – was bleibt mir auch anderes übrig? »Vielleicht war sie bei GenLab«, sage ich.

»Allison? Du machst Witze. Ich meine, sieh dir doch die Idioten an, mit denen sie sich einlässt. Wenn du's wissen willst, Roy: Sie hat einen Hang zur Unterschicht – tut mir leid.«

»Soviel ich weiß, hat sie gar keinen Freund.«

»Du weißt schon, was ich meine.«

Ich hüte mich, ihr zu widersprechen. Tatsache ist: Ich habe alles versucht, es Allison auszureden, ja, zu meiner Schande muss ich gestehen, dass ich schließlich sogar dasselbe Übermensch-Untermensch-Argument vorgebracht habe, das Connie mir gegenüber ins Feld geführt hat: Berufsschule, Kosmetologie, Selbstentwertung, Klassendepp – das ganze Programm. Doch Allison bedachte mich nur mit einem bitteren Lächeln und sagte: »Ich vertraue auf deine Gene, Roy. Und es braucht dich gar nicht zu kümmern. Ich will das Kind kriegen, das ist alles. Für mich. Und für die Natur. Du glaubst doch an die Natur, oder?«

Es braucht dich gar nicht zu kümmern. Aber es kümmert mich eben doch, auch wenn wir nur das eine Mal miteinander geschlafen haben (oder vielmehr zweimal, das zweite Mal an dem Abend, als ich ihr das Welpenkätzchen brachte), und wenn sie einen Jungen bekommt und er mir ähnlich sieht und, weil er gleich nebenan wohnt, mit meiner Tochter spielt, dann kümmert es mich erst recht.

Irgendwann in diesem achten Monat kommt ein Tag, ein Dienstag, an dem ich zu Hause arbeite und Connie im Büro ist. Ich bin von einem bestimmten Problem so in Anspruch genommen, dass ich den morgendlichen Gang zur Toilette bis zum späten Vormittag aufschiebe. Es ist, wie es immer ist, wenn ich mich in etwas vertiefe: Geist und Körper trennen sich gewissermaßen voneinander, doch schließlich verschafft sich der Körper Gehör, und ich stehe auf und gehe ins Badezimmer. Ich stehe da und lasse es laufen, als ich im Vorgarten einen Hund bellen höre. Ich verlagere das Gewicht ein wenig und spähe durch das Fenster, um zu sehen, was da los ist: Es ist der Kirschpit, der Köter, der alles in Gang gesetzt hat, und er rennt auf meinem Hybridrasen herum und jagt etwas. Meine erste Reaktion ist Wut – Wut auf das hochgewachsene Mädchen und seinen Vater mit der dicken Brieftasche und all die anderen Idioten auf der Welt –, doch sie verfliegt, als ich hinuntergehe und durch die Haustür ins Sonnenlicht trete, denn ich sehe, dass der Hund nicht wieder mal drauf und dran ist, etwas zu töten, sondern bloß spielen will. Und dass das Tier, dem er nachjagt (Allisons Hundekatze, die jetzt im Halbstarkenalter, aber trotzdem viel kleiner als der Hund ist), sich gern jagen lässt.

Ich muss sagen: In diesem Augenblick, in dem das Licht die Bäume entlang der Straße wie die Säulen einer Kathedrale erscheinen lässt und die ganze Gegend umfangen ist vom trägen, warmen Herbstnachmittag, erscheint mir die Ausgelassenheit der beiden, besonders die der Hundekatze, trotz aller Sorge um meinen Rasen wie etwas wunderbar Befreiendes. Es ist ein Hundekater, und wegen seiner Zeichnung – dunkle Dschungelstreifen auf zwergspitzbraunem Grund – hat Allison ihn Tiger getauft. Diesem Namen wird er voll und ganz gerecht, denn er ist absolut furchtlos und besitzt eine Kraft und Geschmeidigkeit, die das Beste der beiden Spezies, aus denen er gemacht ist, in sich vereint. Er rennt im Kreis um den Kirschpit herum, täuscht hier an, weicht dort aus, klettert blitzschnell auf einen Baum, springt gewandt zum nächsten und von dort in einem gewaltigen Satz wieder herunter, um wie ein Hund durch den Garten zu stürmen. »Los, Tiger!«, rufe ich. »Gut so! Zeig's ihm!«

Erst jetzt bemerke ich Allison, die in Umstandsshorts und einer weiten Bluse aus ihrem Garten in unseren kommt. Sie hat stark zugenommen (wenn auch nicht so sehr wie Connie, denn wir haben uns für ein großes Baby im Zehn-Pfund-Bereich entschieden, damit es – sie – von Anfang an einen kleinen Vorsprung hat). Nachdem klar war, dass das, was wir füreinander empfunden haben – oder, um es unverblümter zu sagen: das, was wir miteinander getan haben –, vorbei ist, habe ich in den vergangenen Monaten kaum mit ihr gesprochen, aber natürlich habe ich noch immer Gefühle für sie, und damit meine ich nicht nur Groll. Also winke ich, und sie winkt zurück und kommt barfuß über den leuchtenden Rasen auf mich zu, während die Sonne durch die Bäume scheint und die beiden Tiere herumtollen.

Ich trete von der Veranda und muss bei ihrem Anblick lächeln. Sie bewegt sich mit einer Art schwerfälliger Grazie, wenn Sie sich darunter etwas vorstellen können, und ich würde sie gern umarmen. Aber das kann ich natürlich nicht, nicht unter diesen Umständen, und so nehme ich ihre Hände und gebe ihr einen gut-nachbarschaftlichen Kuss auf die Wange. Für eine Weile sagt keiner von uns etwas, und dann beschattet sie mit der Hand die Augen, um die spielenden Tiere besser sehen zu können, und sagt: »Süß, oder?«

Ich nicke.

»Ist dir aufgefallen, wie groß Tiger geworden ist?«

»Ja, natürlich, ich beobachte ihn schon die ganze Zeit … Ist er jetzt ausgewachsen?«

Ein Sonnenstrahl fällt auf ihre Augen, die von einem ganz normalen Braun sind. »Weiß man nicht so genau, aber der Tierarzt sagt, viel größer wird er nicht. Viel-leicht noch ein, zwei Pfund.«

»Und du?«, frage ich vorsichtig. »Wie geht's dir?«

»Es ging mir nie besser. Du wirst mich jetzt öfters zu sehen kriegen. Mach nicht so ein erschrockenes Ge-sicht – ich nehme meinen Mutterschaftsurlaub, auch wenn es bis zum Termin noch sechs Wochen sind.« Ihre Hände – schöne, wohlgeformte Hände – liegen auf der Wölbung unter der riesigen Bluse. »Im Büro sind alle wirklich sehr nett zu mir.«

Connie wird erst aufhören zu arbeiten, wenn ihre Fruchtwasserblase platzt, denn so ist sie eben, und das will ich Allison gerade erzählen, um den Gegensatz her-vorzuheben und überhaupt irgendwas zu sagen, aber ich merke, dass sie über meine Schulter sieht, und als ich mich umdrehe, eilt die hochgewachsene Nachbarstoch-ter, eine Hundeleine in der Hand, auf uns zu. »Entschul-digung«, ruft sie, »sie ist schon wieder abgehauen. Tut mir leid, tut mir leid.«

Ich weiß nicht, warum, aber meine Reaktion ist herz-lich, großmütig.

»Kein Problem«, sage ich. »Sie will bloß ein bisschen spielen.«

In diesem Augenblick fährt Connies Wagen in die Einfahrt, viel zu schnell, und mein einziger Gedanke ist, dass sie eins der Tiere überfahren wird, doch sie bremst gerade noch rechtzeitig, und die beiden fließen wie Wasser um die Räder und jagen einander wieder über den Rasen. Connies Miene ist schwer zu deuten. Sie öffnet die Wagentür, stemmt sich mühsam aus dem Sitz, stellt erst einen und dann den anderen Fuß auf den Boden (ich sollte wirklich hingehen und ihr helfen, aber es ist, als wäre ich festgewachsen) und geht dann zur Haustür, als hätte sie uns nicht gesehen. Als sie die Stufen erreicht hat, dreht sie sich zu uns um. Ich sehe, dass sie überlegt, ob es der Mühe wert ist, zu uns zu gehen und unsere Nachbarin zu begrüßen und sich diese Bohnenstange, die wie eine Erscheinung hinter uns steht, genauer anzusehen, sich aber dagegen entscheidet. Sie hält nur einen Augenblick inne und starrt uns an, und obwohl sie zehn Meter entfernt ist, sehe ich auf ihrem Gesicht eine Art Erkenntnis dämmern, und die hat etwas damit zu tun, dass Allison und ich dastehen wie auf einer Illustration in einem Buch über Familienplanung: Mann und Frau, XY-Chromosom und XX-Chromosom. Es ist nur ein Moment, und ich bin mir nicht ganz sicher, aber ihr Gesicht erstarrt, sie steigt die Stufen hinauf und knallt die Tür zu.

Als die CRISPR-Technologie aufkam, versicherten Regierungen und Wissenschaftler, man werde sie selbstverständlich nur selektiv einsetzen, um Krankheiten zu bekämpfen und erblich bedingte Fehlbildungen zu korrigieren, etwa um das mutierte BRCA1-Gen, das für Brustkrebs verantwortlich ist, zu eliminieren oder die Anophelesmücke daran zu hindern, den Malaria übertragenden Parasiten aufzunehmen. Wer hätte dagegen Einwände haben können? Man verkaufte Baukästen (»Ran an die Gene!«), mit denen Hobby-Genetiker in ihrer Küche eigene modifizierte Hefepilze und Bakterien züchten konnten. Es war revolutionär – und mehr noch: Es machte Spaß. Man konnte basteln. Man konnte erzeugen. Die Haus- und Nutztierindustrie schenkte uns Aquarienfische in allen Regenbogenfarben, Seepferdchen, deren Zellen Goldstaub enthalten, Kaninchen, die unter UV–Licht grün leuchten, das fleischige Superrind, das Mikroschwein, die Hundekatze und den ganzen Rest. Die Chinesen waren die Ersten, die auf sämtliche Regulierungen verzichteten und das menschliche Genom optimierten, und sie wurden, als wären sie nicht schon intelligent genug, noch viel intelligenter, nachdem die ersten verbesserten Kinder das Licht der Welt erblickt hatten, und da mussten wir uns natürlich anstrengen, um nicht abgehängt zu werden …

Bei GenLab legte man Connie und mir eine lange Liste von Eigenschaften vor, die sich durch die Verbindung unserer Chromosomen erzeugen ließen. Wir entschieden uns für eine Tochter. Sie sollte grüne Augen haben – nicht unnatürlich schillernd oder leuchtend, aber eindeutig grün, damit sie später Minz-, Oliv- und Irischgrün tragen und ihre Augen sprechen lassen konnte. Wie praktisch jeder legten wir ihre Größe fest. Wir wählten Musikalität, denn wir beide liebten Musik. Und natürlich einen starken Intellekt. Und feine Gesichtszüge, mit einem Grübchen am Kinn. Einen optimal geformten Busen – nicht zu groß, aber auch nicht so klein wie Connies. Es war eine wirklich lange Liste von Extras, und wir erwogen und bestellten.

Das große Mädchen steht neben uns und lächelt wie die Heldin einer nordischen Sage. Ihre Augen tasten uns ab wie Suchscheinwerfer. Sie sieht Allison an und mustert ihren dicken Bauch. »Junge oder Mädchen?«, fragt sie.

Ein ganz kleines Lächeln spielt um Allisons Lippen. Sie zieht den Kopf ein und zuckt die Schultern.

Das Mädchen – dieses kleine Genie – sieht verwirrt aus. »Aber ... aber ...«, stammelt sie, »wie kann das sein? Haben Sie etwa –«

Doch bevor Allison antworten kann, stößt eine Papageienkrähe aus einem nahen Baum auf uns herab, streicht tief über dem Boden dahin und schreit uns ins Gesicht: *Leck mich!*, und im nächsten Augenblick werden wir Zeugen eines kleinen Wunders: Tiger, der sich in seiner Haut so wohlfühlt wie nur irgendein Wesen, das es gibt oder je gab, springt in einem Wirbel aus Fell in die Luft und packt den Vogel mit dem Maul. Und so schnell, wie der Angriff erfolgte, ist er auch schon wieder vorbei, und nur ein paar Federn, die hübschesten Federn, die man sich vorstellen kann, tanzen noch in der Luft und werden von der Brise davongeweht.

ULRIKE HERWIG

Schnexitus

Es nieselte, aber am Horizont lauerte schon die Sonne auf ihren Einsatz. Wenn man dem Wetterbericht Glauben schenkte, dann würde sie bald zielstrebig wie ein Panzer alle Wolken vertreiben und den ganzen Tag lang ihren goldenen und fruchtbaren Glanz auf die Grundstücke der Siedlerstraße schicken. Menschen würden aus ihren Häusern quellen, bewaffnet mit Harken, Spaten und Gießkannen. Wie blinde Nachttiere würden sie nach den langen Wintermonaten durch die Helle des Tages stolpern, in der Erde wühlen und mit röhrenden Rasenmähern zur gemeinsamen Vernichtung rebellisch langer Grashalme anrücken.

Aber noch herrschte eine himmlische Ruhe. Es war nicht einmal ein Auto zu hören. Katharina zog sich rasch die blumigen Plastikschlappen über, die sie online bei einem englischen Katalog bestellt hatte. *Gärtnern wie Jane Austen – Romantische Mehrzweckclogs für die Hobbygärtnerin im Cottage Garden.*

»Brutal hässlich«, hatte Katharinas Tochter kommentiert. »Aber wenigstens vegan.«

Katharina hatte ja auch nicht vor, damit auf dem Laufsteg herumzustolzieren. Sie öffnete die Verandatür und schlüpfte hinaus. Wie herrlich die Luft duftete. So erdig und süß und frisch zugleich. Katharina atmete tief ein und schlenderte durch den Garten. Zugegeben, sonderlich groß war er nicht, aber mit strategisch cleverer

Bepflanzung war es ihr und ihrem Mann Ben in den letzten Jahren gelungen, sämtliche Nachbarn mehr oder weniger visuell auszuschalten. Rechts zu den Schmidts hin wucherte eine lange Fliederhecke. Die Schmidts waren allerdings sowieso mehr vom Stamme der Stubenhocker und verbrachten einen Großteil ihrer Lebenszeit vor einem gigantischen Flachbildschirm, dessen bläuliches Zombielicht abends durch die Fenster glimmerte.

Am Ende des Gartens, wo das Grundstück der Körners gegenüber begann, breitete sich mit bahnbrechender Geschwindigkeit winterharter Bambus aus. Ein Geniestreich von Ben, denn diese Sorte Bambus schoss so schnell in die Höhe, dass mittlerweile kein Mitglied der siebenköpfigen Körner-Sippe mehr in ihren Garten starren und »Huhu, ihr da!« rufen konnte.

Und links hatte sich schon immer ein Zaun befunden, wenn auch etwas windschief und gebeutelt. Aber das machte nichts, denn er erfüllte immer noch seinen wichtigsten Job, nämlich das Ehepaar Sander abzuwehren. Genauer gesagt Britta Sander.

Vor sechs Jahren war Katharina mit ihrer Familie hier eingezogen. Raus aus einem drögen Mietshaus, wo es Nachbarn gab, die ihr Katzenklo im Treppenhaus reinigten und deren Hobby Rauchen auf dem Balkon war. Und raus in die Natur, in das kleine Vorortparadies im Grünen, wo zivilisierte Leute wohnten, die einander Heckenscheren borgten und höchstens mal beim Grillen ein bisschen zu laut ABBA hörten. Trunken vor Glück und beseelt von dem Wunsch nach guter Nachbarschaft hatte Katharina sich nahezu sofort mit Britta Sander von nebenan angefreundet. Es war ihr auch gar nichts anderes übriggeblieben, denn Britta stand fast täglich am Zaun oder vor der Tür. Mit Kuchen, Klatsch,

Fragen, Ratschlägen für alle Lebenslagen und vor allem Einladungen. Es verging kaum ein Wochenende, an dem sich Katharina und Ben nicht im Garten der Sanders wiederfanden, auf wackeligen kleinen Gartenstühlen hockten, bis ihnen die Beine einschliefen, und lustlos an Brittas ewigem Kräuterbaguette nagten. Es waren anstrengende Abende des Multitaskings, denn sie mussten gleichzeitig Brittas Mann Holger abwehren, der ihnen mit der Zügellosigkeit eines mittelalterlichen Schankwirtes seinen selbst gemachten Rhabarberwein aufdrängte, Britta ablenken, damit sie die Geschichte ihrer Blinddarm-OP nicht zum wiederholten Male und *noch* ausführlicher berichtete, sowie Baffi, den überdrehten kleinen Hund der Sanders, davon abhalten, auf den Tisch zu springen und die Butter abzulecken.

»Mir reicht's, ich gehe da nicht mehr rüber«, verkündete Ben nach einigen Wochen. »Wenn die uns sehen wollen, sollen sie herkommen. Dann gibt es wenigstens etwas Gescheites zu essen.«

Dieser kluge Schachzug erwies sich jedoch als Eigentor, denn einmal zu Gast gingen die Sanders einfach nicht wieder. Da konnte man gähnen und auf vier Armbanduhren gleichzeitig schielen, konnte »Mensch, ist es wirklich schon gleich Mitternacht?« rufen oder »Uh, wir müssen morgen zeitig raus« stöhnen, es half nichts. Die Sanders hockten wie hinter kugelsicherem Glas, kriegten nichts mit, tranken einen Absacker nach dem anderen und fläzten sich gemütlich in Katharinas Rattan-Couch, als wollten sie ihren Lebensabend da verbringen.

Von da an half nur noch die Holzhammer-Methode. Keine Einladungen mehr annehmen oder aussprechen. Knappe Grüße über den Zaun, ständige Eile und Verpflichtungen vortäuschen. Lügen. Angeblich tranken

Katharina und Ben keinen Alkohol mehr und nahmen kein Gluten zu sich. Nein, auch kein Fleisch, wegen der Umwelt. Es war zermürbend, und Katharina sah sich oft gezwungen, heimlich durch den Hintereingang ins Haus zu schlüpfen, aber irgendwann war es ausgestanden. Die Sanders fragten nicht mehr. Brittas bekümmertes Gesicht tauchte ab und zu über dem Gartenzaun auf wie ein einsamer und trauriger Luftballon, ihr Mund öffnete sich, als ob sie zu einem letzten kraftlosen Vorstoß ansetzen wollte, doch dazu kam es nie. Man nickte sich zu, man grüßte sich, das war alles.

Ben errichtete eine Art spanische Wand, die den Sanders jetzt den Blick auf ihre Terrasse verwehrte, sodass sie endlich wieder in Ruhe grillen und Wein trinken konnten. Und Katharina hatte in den letzten Wochen Mammut-Sonnenblumen am Zaun entlang gepflanzt. Das waren die größten, die es gab, sozusagen entfernte Cousinen des Monsterbambus. Sie würden das letzte kleine Sichtfeld in ihren Garten versperren und für einen wunderbaren Sommer sorgen – friedlich, grün, und mit einer Privatsphäre, auf die jeder Datenschutzbeauftragte neidisch wäre.

Als sie sich dem Zaun näherte, stutzte sie. Was war denn hier los? Alle Sonnenblumenpflanzen hatten über Nacht Löcher bekommen. Wie mottenzerfressene kleine Teppiche hingen die Blätter schlaff an den Stängeln, gräulich und entkräftet.

»Das gibt es doch nicht!«, rutschte es Katharina heraus.

Als Antwort rumste es von der anderen Seite so heftig gegen den Zaun, dass die morschen Latten wackelten. Katharina zuckte erschrocken zurück. Im gleichen Moment setzte wütendes Bellen ein, das mit jedem Knall gegen den Zaun lauter wurde und sich in ein hysterisches Crescendo steigerte.

»Baffi, du Idiot«, zischte Katharina verärgert. »Lass das!«

Der Hund hörte natürlich nicht auf, weil er erstens viel zu viel Lärm veranstaltete, um sie zu verstehen, und weil er zweitens noch nie in seinem Leben auf irgendein Kommando reagiert hatte.

Baffi japste, röchelte und gurgelte, immer schriller und dramatischer wurden die Wutquieker, die er abfeuerte.

Gleich würde er einen Herzinfarkt bekommen. Katharina trat einen Schritt zur Seite. Hatte der idiotische Hund etwas mit dem Absterben der Sonnenblumen zu tun? Das konnte nicht sein. Vorsichtig beugte sie sich erneut über die malträtierten Pflänzchen. Nein, das hier hatte eine andere Spezies verursacht. Schnecken. Diese verdammten Mistviecher! Sie untersuchte den Boden um die Sonnenblumen herum. Natürlich war von den hinterlistigen kleinen Mördern jetzt nichts mehr zu sehen.

»Na wartet«, sagte sie laut. Laut genug, um bei Baffi auf der anderen Seite erneut einen Wutausbruch auszulösen.

»Baffelchen«, erklang da Brittas verschlafene Stimme. »Warum bellst du so laut? Was ist denn los?«

Katharina ging sofort in Deckung und huschte in gebückter Haltung wie ein kreuzlahmer Neandertaler zurück ins Haus.

Sie würde Bierfallen aufstellen. Das war laut Internet das beste Mittel, todsicher sozusagen, und außerdem umweltfreundlich. Nachts würden die Schnecken davon angelockt in Hundertschaften herbeiströmen und sich besinnungslos vor Gier in die Gefäße schmeißen, die Katharina rund um die Sonnenblumen herum in der Erde versenkt haben würde. Dort würden sie dann in Bier ertrinken, weil sie nicht mehr herauskämen. Ein schöner Tod, fand sie. So mancher Gast auf dem Oktoberfest würde ihn freiwillig wählen.

Schon allein das Aufstellen der Bierfallen erwies sich jedoch als tückisches Unterfangen, denn Baffi lauerte ständig auf der anderen Seite darauf, dass sich bei ihnen etwas rührte. Sobald Katharina sich dem Zaun auch nur auf einen Meter näherte, brach bei Baffi das frenetische Bellfieber aus, begleitet von ohrenbetäubenden und kamikazeartigen Attacken gegen die mürben Holzlatten. Und jedes Mal rief der Lärm Britta auf den Plan, neugierig und voller Einsatzbereitschaft, die Glut des eingeschlafenen Kontaktes wieder anzufachen. Im Grunde konnte Katharina nur im Schutze der Dunkelheit arbeiten. Nicht dass es etwas nützte. Ja, es schwammen im Morgengrauen an einem der nächsten Tage ein paar Schnecken in der trüben Brühe, die für ihre Trunksucht mit dem Leben bezahlt hatten. Aber die Pflänzchen wurden weiter durchlöchert. Offenbar waren hier ganze Hundertschaften dieser Viecher unterwegs. Katharina würde zu schwereren Geschützen greifen müssen. Aber zu welchen?

Während sie noch überlegte, ging das übliche Spektakel auf der Seite der Sanders wieder los. Diesmal aber wirkte Baffi ganz besonders tollwütig, und plötzlich flog eine der Zaunlatten zur Seite und der Kopf des kleinen Hundes schob sich triumphierend durch die Lücke. Er konnte seinen Erfolg selbst kaum glauben und verstummte einen Moment lang verblüfft, nur um sich dann mit dem Elan eines lebenslänglichen Gefängnisinsassen seinen Weg in die Freiheit in

Form von Katharinas Garten zu schaufeln und zu schieben.

»Baffi? Was macht mein Schnuckelchen denn da wieder?«

Katharina floh augenblicklich.

Im Baumarkt ließ sie sich von einem enthusiastischen Angestellten beraten, der wie ein wohlwollender Arzt bei jedem Satz nickte, den sie von sich gab.

»Oh ja, zähe Biester, diese Schnecken. Da gibt es keinen Waffenstillstand, da müssen Sie dranbleiben. Und ich sage Ihnen eins, mit Bier kommen Sie da nicht weit. Da muss was Härteres ran.«

»Schnapsfallen?«, fragte Katharina verwirrt.

Der Verkäufer schüttelte gutmütig den Kopf. »Ich rede hier von Schnexitus.« Er griff hinter sich ins Regal und reichte ihr eine blaue Plastiktüte, auf der eine diabolisch grinsende Schnecke abgebildet war. Ein Pfeil bohrte sich mitten in ihr Schneckenherz, oder zumindest in die Stelle, an der ein übereifriger Werbezeichner ihr Herz wohl vermutet hatte.

»Schnexitus«, wiederholte Katharina. Was für ein Name! Wer dachte sich so was aus? »Und das hilft?«

»Und ob. Sie werden nicht mal mit den Leichen konfrontiert, wenn ich das so sagen darf.« Der Mann lachte über seinen eigenen Witz. »Die Schnecken werden davon angelockt, fressen das Zeug, sind sofort pappsatt und taumeln in ihre Löcher zurück, wo sie dann krepi... ähm ... also ihr Leben beenden. Problem gelöst. Alle vierzehn Tage ausstreuen, dann haben Sie den ganzen Sommer über Ruhe.«

»Perfekt.« Katharina nickte beeindruckt. »Und dann suche ich noch was, um ein Loch im Zaun zu reparieren.«

Schnexitus – das waren kleine weiße Kügelchen, die nach nichts rochen. Katharina schnupperte zu Hause an der offenen Tüte, dann begab sie sich in den Garten. Die Gelegenheit war günstig, denn vorhin war Holger Sander mit dem Auto davongebraust und hatte eine riesige Staubwolke auf der Straße hinterlassen. Und wenig später war Britta mit erhobenem Kopf davongeradelt, ohne auch nur einen einzigen Blick in Katharinas Küchenfenster zu werfen, wie sie das normalerweise machte. Die Luft war rein. Katharina ging zum Zaun und verharrte kurz. Nichts zu hören. Baffi war offenbar im Haus eingesperrt. Gott sei Dank. Die Lücke klaffte immer noch im Zaun, die würde Katharina sich als Nächstes vornehmen. Zuallererst aber ging sie in die Knie und streute eine großzügige Portion Schnexitus um alle Sonnenblumenpflänzchen herum. Dabei summte sie eine Melodie, hörte aber nach einer Weile auf, schließlich verteilte sie hier gerade Todesurteile für eine ganze Schneckendynastie.

In dem Moment hörte sie es. Ein Rascheln, gefolgt von einem Tapsen. Ein Hecheln. Ein Knurren. Wie in Zeitlupe drehte sie sich um. Baffi stand genau hinter ihr.

»Was zum …?« Wieso war dieser bekloppte Hund hier? Wie war der in ihren Garten gekommen? Ihr Blick flatterte zu der Lücke im Zaun. Ernsthaft?

Baffi bellte ohne Vorwarnung los, diesmal klang es begeistert. Er hatte es geschafft! Er war in Feindesland vorgedrungen und keiner hatte ihn daran gehindert. Er raste wie ein Komet durch die Gegend, vor Katharina, hinter sie, neben sie und dann – sie traute ihren Augen kaum – schmiss er sich mit demselben Elan wie zuvor jetzt von *ihrer* Seite aus gegen den Zaun.

»Jetzt hör auf, du irres Fellbündel«, schimpfte sie den Hund. »Hör auf, Baffi!« Sie versuchte, sein Halsband zu fassen und ihn zu bändigen, dabei rutschte ihr die Tüte voll Schnexitus aus der Hand und ihr gesamter Inhalt ergoss sich auf den Boden. Augenblicklich stürzte Baffi sich darauf, und noch ehe Katharina zur Besinnung kam, hatte er schon eine Handvoll weißer Kügelchen verschlungen.

»Verdammt.« Katharina verscheuchte den Hund, raffte die leere Packung weg, zermalmte die restlichen Schnexitus-Kügelchen mit den *romantischen Mehrzweckclogs* und versuchte, in Baffis Fell zu greifen, aber er flutschte immer wieder davon. Als es ihr endlich gelang, schnappte er nach ihrer Hand und kratzte mit seinen kleinen scharfen Zähnchen über ihren Handballen, sodass sie fluchend wieder losließ. Mit einem Jaulen schoss er durch die Lücke im Zaun und verschwand.

Schwer atmend stand Katharina da, während Baffi auf der anderen Seite bellte und bellte und bellte.

Warum nur war Ben ausgerechnet jetzt nicht da? Was sollte sie tun? Über den Zaun steigen? Den Hund fangen und ihn zum Erbrechen zwingen? Aber wie? Zum Tierarzt schaffen? Baffi krakeelte immer noch wie ein drogensüchtiger Bluthund. Eigentlich war das ja ein gutes Zeichen. Solange er bellte, ging es ihm doch prima, oder?

In diesem Moment fuhr das Auto von Holger Sander vor. Die Autotür knallte, in Baffis Gekläffe mischte sich jetzt eine Nuance freudiger Erregung. Katharina atmete auf. Holger würde sich kümmern. Er würde schon merken, wenn etwas mit dem Hund nicht stimmte, der randalierte ja da drüben mit eiserner Gesundheit, wie es schien.

Sie schämte sich ganz fürchterlich über ihre Erleichterung, trotzdem brachte sie es nicht fertig, jetzt bei den Sanders zu klingeln. Unruhig tigerte sie durch ihr Wohnzimmer, immer den Soundtrack von Baffis Gebell im Hintergrund, bis der Hund nach einer halben Stunde urplötzlich verstummte. Katharina gestand es sich nicht ein, aber sie wurde von Panik ergriffen. Sie öffnete alle Fenster im Haus und lauschte, was drüben bei den Sanders abging. Die Sache ließ ihr keine Ruhe. Wieso hatte Baffi aufgehört zu bellen? Wieso herrschte jetzt so eine Totenstille? Nein, das stimmte nicht ganz. Sie vernahm ein schwaches Geräusch, das sie erst nicht einordnen konnte. Ein Schluchzen? Ja, da weinte jemand. Oh Gott, das war Britta. Als Nächstes erklangen hektische Schritte, dann knallten Türen. Britta rief etwas, das wie »Oh, nein!« klang, dann rumsten wieder die Autotüren, jemand fuhr mit aufheulendem Motor davon. Zum Tierarzt?

Katharina zitterte und goss sich ein Glas Wasser ein. Nicht ein einziger Ton von Baffi. Kein Bellen, gar nichts. Wie ferngesteuert begab sie sich in den Garten zum Zaun, vor dem sich immer noch ein Minenfeld aus Schnexitus ausbreitete. Das Beweismittel. Katharina schaufelte hektisch Erde über die weißen Kügelchen. Ihr Herz raste wie verrückt, die Scham schnürte ihr den Hals zu. Sie hatte den hektischen, zerfledderten Hund nie so richtig leiden können, aber der Gedanke an seinen leblosen kleinen Körper trieb ihr die Tränen in die Augen. Hatte sie Baffi ermordet?

In den nächsten Tagen herrschte eine gespenstische Stille bei den Sanders. Absolut nichts war zu hören, nur einmal beobachtete Katharina, wie Britta mit verweinten Augen davonradelte. Mehrmals lief Katharina zum Zaun und hantierte dort absichtlich laut herum, aber kein Baffi bellte oder kam aus dem Haus geschossen. Es war, als hätte es ihn nie gegeben. *Weil er nicht mehr lebt,* flüsterte eine kleine Stimme in ihr. *Wegen dir, du Mörderin. Du hättest Erste Hilfe leisten müssen.*

Am dritten Abend vernahm sie wieder leises Weinen aus dem Wohnzimmer der Sanders. Es war Britta, sie schluchzte herzzerreißend.

Katharina wand sich in ihrem Sessel hin und her, stand auf, setzte sich wieder.

»Sag mal was ist denn nur mit dir los?«, schnappte Ben. »Du machst mich ganz wuschig.«

»Ich bin …« Katharina verstummte. *Eine Mörderin.* Sie hatte es nicht fertiggebracht, Ben von ihrem völligen Versagen als Mensch und Nachbarin zu erzählen. Sie schämte sich so. Und wie konnte sie das Drama jetzt, vier Tage später, denn noch beichten?

»Man hört Baffi gar nicht mehr«, versuchte sie einen kläglichen Ansatz.

»Zum Glück. Blöde Töle.« Ben änderte den Kanal im Fernsehen.

Katharina rang mit sich, dann stand sie auf. »Ich geh mal kurz …« Sie stockte und ließ den Rest des Satzes unausgesprochen. Ben hörte sowie nicht zu, denn die Nachrichten kündigten nun mit einem Gong an, ihnen in den nächsten fünfzehn Minuten das Elend der Welt live ins Wohnzimmer zu liefern.

Katharina schloss lautlos die Haustür hinter sich und trat auf die Straße. Mit unsicheren Schritten steuerte sie auf das Nachbarhaus zu. Das Küchenfenster dort war offen und sie konnte Britta sehen, die bei einer Tasse Tee am Tisch saß und ins Nirgendwo starrte. Zerknüllter Zellstoff lag neben ihr.

Katharina wurde übel – vor Angst, vor Scham und auch vor Mitleid. Aber da musste sie jetzt durch. Wenn sie sich je im Leben wieder im Spiegel ansehen wollte, dann musste sie jetzt das einzig Ehrenhafte erledigen, was es noch zu tun gab. Ihre Schuld eingestehen. Um Vergebung bitten. Sie klingelte. Britta schreckte hoch, sah sich verwundert um, entdeckte Katharina am Fenster und sprang augenblicklich auf.

Jetzt. Die Tür ging auf.

»Katharina?« Britta blinzelte unter ihren geschwollenen Lidern. Es klang freudig.

Katharina wurde es noch übler. »Britta«, stotterte sie. »Es tut mir so, so leid. Ich ... Ich weiß nicht, wie ich das sagen soll. Ich habe dich weinen hören. Es ist so furchtbar.«

Britta nickte, ihre Augen füllten sich erneut mit Tränen.

»Und es ist alles meine Schuld«, krächzte Katharina. Das Blut pulsierte in ihren Ohren. »Weil ich das Schnexitus gestreut habe. Ich hätte es euch gleich sagen sollen, der arme Baffi, es tut mir so leid!«

»Baffi?« Britta sah sie verständnislos an. »Baffi ist bei Holger. Schon seit letztem Samstag.«

»Baffi ist bei Holger«, wiederholte Katharina wie im Anfängerkurs für Deutschlernende. »Warum ist Baffi bei Holger?«

»Na, weil er ihn mitgenommen hat, als er ausgezogen ist.« Brittas Gesicht verzerrte sich zu einer weinerlichen Grimasse. »Nach zwanzig Jahren Ehe hat er mich einfach verlassen, einfach so abserviert. Er hat eine andere. Von seiner Arbeit.«

»Baffi lebt?« Ein eigentümliches Gefühl breitete sich in Katharina aus. Erleichterung, Verwirrung und ein Anflug von Hysterie.

»Ja, natürlich lebt er. Was hast du denn nur dauernd mit Baffi? Aber komm doch erst mal rein, ich mache uns einen Kaffee. Den Rhabarberwein hat Holger mitgenommen, bis auf die letzte Flasche. Das Arschloch.«

Britta versetzte einem Werkzeugkasten einen Tritt, der in der Diele stand und offenbar Holger gehörte.

Katharina folgte ihr wie ferngesteuert ins Haus. Baffi lebte, und zwar bei Holger. Der nicht mehr hier wohnte. Diese Information musste sie erst mal verarbeiten. Kaum stand sie im Flur, fiel Britta ihr ohne Vorwarnung um den Hals und heulte los.

»Ist ja gut.« Hilflos tätschelte Katharina ihr den Rücken. Heilige Scheiße, wie kam sie da jetzt wieder raus?

»Aber weißt du«, schluchzte Britta an ihrer Schulter, »so schrecklich die letzten Tage auch für mich waren, so hat es doch auch was Gutes, dass Holger weg ist. Wo Schatten ist, ist auch Licht. Denn wir beide haben uns jetzt wieder versöhnt, und das freut mich total. Mit einer guten Freundin und Nachbarin kann man so einen Schicksalsschlag leichter ertragen.« Sie presste ihr tränennasses Gesicht an Katharinas Strickjacke. Dann hob sie den Kopf und lächelte tapfer. »Da können wir wieder abends gemütlich zusammensitzen, so wie früher. Und mal wieder richtig reden.«

Katharina gab einen unbestimmten Laut von sich, der alles hätte bedeuten können – Zustimmung oder Entsetzen oder auch Nervenzusammenbruch.

Britta schnaubte in ein Taschentuch. »Und weißt du was? Den ollen Zaun, den lasse ich abreißen, der fällt ohnehin bald zusammen. Gute Nachbarn brauchen keine Zäune. Willst du Milch und Zucker in den Kaffee?«

MAX SCHARNIGG

Die Fischerprüfung

Wie die Dinge standen, mussten wir die Fischerprüfung machen. Ich rechne es meinen Eltern heute hoch an, dass sie mich, immerhin gerade mal zehn Jahre alt, wie selbstverständlich für den Vorbereitungskurs anmeldeten.

Sechs Samstage im Winter verbringen mein Vater und ich also in einem großen Wirtshaussaal und trinken warmes Spezi. Wir haben da hundert Lernbögen mit Fragen vor uns. Am Ende des Saals steht ein alter Mann mit Bart und spricht in ein Mikrofon über Schonzeiten und Merkmale der einzelnen Fische, erklärt die Lustbarkeiten der Gelbrandkäfer und welche Schnurstärke bei welchem Fisch angeraten ist. Er macht Witze, bei denen sogar ich als Kind merke, dass er sie jedes Jahr macht. Es riecht nicht so gut in diesem Saal. Viele der Männer haben Hüte auf und lachen an manchen Stellen laut. Ich bin froh, dass mein Papa dabei ist. Ich bin froh, dass wir beide gleichzeitig mit dem Angeln anfangen, auch wenn ich noch nicht weiß, dass so was selten ist.

Zu Hause fragen wir uns gegenseitig ab, und ich komme mir sehr erwachsen vor, weil ich manchmal die Sachen besser weiß als mein Vater. Ich lerne alles auswendig, es ist gar nicht so einfach, denn es sind wirklich viele Fische, die alle unterschiedliche Merkmale, Lebensräume und Laichausschläge haben. Mit meiner Kinderstimme lese ich laut vor:

»Schlammpeitzger besitzen die Fähigkeit zur Darmatmung.«

»Die Altersbestimmung beim Wels erfolgt am besten anhand von Kiemendeckeln und Gehörsteinchen.«

»In Bayern sind Schlingen, Abzugseisen, Reißangeln, Harpunen, Sprengstoffe und Schusswaffen nach der Landesfischereiverordnung beim Fischfang verboten.«

Es gibt sehr viele solcher Sätze, wir haben ein ganzes Buch, das nur aus solchen Sachen besteht. Mein Vater stöhnt, und ich bin so erwachsen, denke ich, es ist durchaus möglich, dass ich morgen einen Schnurrbart habe. Wie der dicke Hubert, der samstags immer neben uns im Schulungssaal sitzt und ganz besonders viel lacht.

Vom dicken Hubert lerne ich nebenbei eine Menge bayerischer Sachen, die gar nichts mit dem Angeln zu tun haben, die ich aber heute noch befolge, wenn ich mal im Wirtshaus sitze. Zum Beispiel, dass man Weißwürste immer in ungerader Zahl bestellt. Und dass man deswegen bei der Bestellung auch nie »Paar«, sondern immer »Stück« und vor allem zur Kellnerin Du sagen muss. »Bringst mir erst mal drei Weiße!«, so sagt der Hubert immer, wenn er sich hinsetzt, und dann lacht er gleich darüber, und die Kellnerin lacht auch. Einmal hat er solchen Hunger gehabt, da hat er fünf Stück bestellt, weil vier geht ja nicht wegen nur ungerade. Aber danach war er ein bisschen käsig, der Hubert mit dem Schnurrbart. Die Weißwürste isst er auf die einzige richtige Art, wie er sagt, und das ist eben nicht das Zuzeln, das in jedem Reiseführer steht. Er nimmt ein scharfes Taschenmesser aus seiner Hose, das er immer dabeihat, und schneidet die Haut wurstlängs ganz vorsichtig ein, aber nicht vollständig von Zipfel zu Zipfel, sondern nur dazwischen. Mit einer schnellen Bewegung zwischen zwei Fingern drückt er die Wurst dann aus der Pelle, sodass sie ganz unversehrt auf dem Teller landet. Wichtig ist, sagt der dicke Hubert, dass man das immer nur mit *einer* Wurst macht, die man dann gleich essen muss, während die anderen im warmen Wasser bleiben, man darf nicht gleich alle schälen, nein, Stück für Stück muss es sein. Ein anderer am Tisch sagt, dass man Aale auch so häutet wie Weißwürste, aber das sei nicht ganz so einfach. Ich sehe die nackten Weißwürste, die der dicke Hubert mit den Fingern nimmt und in den Senf taucht. Ich will lieber erst mal keine Aale fangen und denke, meinem Vater geht es ähnlich.

Wir lernen gut. Am Tag vor der Prüfung gehen wir noch ins Fischereimuseum in der Münchner Fußgängerzone. Ich drücke mir die Nase an der Vitrine mit den »modernen Angelgeräten« platt, obwohl da nur ganz normale Schwimmer und Blinker ausgestellt sind. Aber der Gerätewahn meldet sich schon: Am liebsten würde ich gleich ins Angelgeschäft fahren, da war ich noch nie. Ich stelle es mir vor wie Disneyland, da war ich auch noch nie. »Erst mal die Prüfung«, sagt mein Vater.

Es ist ein Sonntag, an dem die Prüfung stattfindet. Niemand bestellt Bier, die Männer mit den Hüten schwitzen, man darf nicht abschauen, es wird aber doch abgeschaut. Eigentlich sind die meisten Fragen babyeinfach, genau wie in dem Buch, mit dem wir gelernt haben, und man muss nur richtig ankreuzeln. Der dicke Hubert sagt trotzdem immer »Omeiomeiomei!«, ganz oft hintereinander, erst lacht er noch danach, am Schluss aber nicht mehr.

Ich denke, man bekommt hinterher gleich einen Ausweis und darf losangeln. Niemand hat mir gesagt, dass es ein paar Wochen dauert, bis man weiß, ob man geprüfter Angler ist. Eine große Enttäuschung. Während ich warten muss, werde ich erfolgreich elf Jahre alt. Drei Wochen nach meinem Geburtstag ruft meine Mutter beim Prüfungsamt an und erhält die Auskunft, dass es noch eine Woche dauert, und sie stöhnt, es sei ja nicht für sie, sondern für einen kollabierenden Elfjährigen, der seit zwei Wochen täglich seine Angel griffbereit an die Tür stellt. Dann kommt ein großer Umschlag, und darin steckt eine Urkunde für mich, eine für meinen Vater. Wir sind geprüfte Angler, dem Schlammpeitzger sei Dank!

Leider kann man immer noch nicht losangeln. Das ist auch etwas, was ich eigentlich nicht einsehe. Es gibt ausgezeichnete Teiche in den Münchner Parks, gestapelt voll mit Karpfen, aber man darf sie nicht angeln. Es gibt einen Fluss, und wenn man ein bisschen weiter hinausfährt aus der Stadt, gibt es richtig große Seen, wo ich auch am Dampfersteg schon oft Angler gesehen habe. Aber für die braucht man noch mal eine eigene Erlaubnis, der erbüffelte Schein allein ist für gar nix gut. Und im Westpark, wo man die Karpfen streicheln kann, so dumm und dick treiben sie zwischen den Enten und fressen das Brot der Besucher, im Westpark ist Angeln immer verboten, egal mit welchem Schein.

Weil mein Vater auch ein bisschen ungeduldig ist, fahren wir erst mal wieder zu dem Forellensee, den wir schon kennen. Nach unserer Schlappe im letzten Jahr muss es diesmal besser gehen, schließlich sind wir mit Diplom und Schein, und eine Menge Ausrüstung haben wir jetzt auch. Es gibt im Keller eine Stelle, wo neuerdings unsere Angeln stehen, und da liegt immer eine neue Tüte vom Angelgeschäft, denn mein Vater kommt auf dem Rückweg von der Arbeit daran vorbei – ein glücklicher Umstand, der unser Geheimnis ist. Auf diese Weise bin ich auch in den Besitz eines richtigen Angelkastens gekommen, mit einem Verschluss, den man lösen muss, und dann klappen sich auf zwei Ebenen Fächer auf, es ist großartig. Der Kasten steht aber natürlich in meinem Zimmer unter meinem Bett.

Derart hochgerüstet kommen wir am Forellensee an, die Berge strahlen, und auf der Sonne liegt noch ein bisschen Schnee, oder umgekehrt, ich bin so nervös, dass ich kein Auge dafür habe. Es sind weniger Menschen da als sonst, aber die Forellen springen, keine zehn Meter vor unseren Füßen. Mein Vater hat einen Spezial-Forellenteig gekauft, den er an den Haken batzelt. Der Teig sieht ein bisschen verrückt aus, mit Glitzerflitter drin, und hat einen Geruch wie nichts, was man so kennt, wie Knoblauch und Zimt oder so. Wir dürfen nur mit einer Angel fischen und wechseln uns ab. Ich werfe aus, und sofort geht der Schwimmer unter. Zu viel Blei, denken wir, aber dann ruppelt es an der Rute, und die Spule der Rolle dreht sich in die falsche Richtung, nämlich Richtung See.

»Da ist einer dran!«, rufen mein Vater und ich gleichzeitig, und als hätte ich nie etwas anderes gemacht, fange ich meine erste Forelle. Stolz hebe ich sie aus dem Wasser und meinem Vater in die Arme, der sich seinen Schrecken nicht anmerken lässt. Während ich sehr intensiv aufs Wasser starre, versorgt er den Fisch. Über diesen, den blutrünstigen Teil haben wir nie so richtig gesprochen. Ich bin durchaus bereit, meinen Mann zu stehen, nur vielleicht nicht gleich beim ersten Fisch. Jetzt will mein Vater angeln. Auch sein Schwimmer geht sofort unter, gleiches Spiel, gleiche Forelle.

Irgendwie ist der Angelknoten geplatzt, wir fangen an diesem Tag sieben Satzforellen, und mein Vater flucht ganz schön, weil er für fünf Forellen extra bezahlen muss. Aber daheim ist das Hallo groß, und ich fühle mich am Abend erschöpft wie ein großer Fischer. Ich eröffne ein Fangbuch, weil ich gehört habe, dass ernsthafte Angler so ein Buch führen. In Anbetracht meiner großen anglerischen Zukunft versehe ich gleich mal die ersten zwanzig Seiten mittels Lineal und Bleistift mit ordentlichen Tabellen.

Ins erste Fach trage ich ein: 13. Mai 1991, Regenbogenforelle, 7, ca. 700 gr/St., Glitterteig. Besondere Vorkommnisse: Sie haben sehr schnell gebissen. Sogar bei Papa.

JULIA KARNICK

Gedächtnisverlust nach dem Besuch einer Umkleidekabine

Letzte Woche hatte ich in einem Kaufhaus etwas zu erledigen, eine Aufgabe, die mir seit Monaten bevorstand. Bevor ich das Kaufhaus betrat, hielt ich inne. Ich drückte den Rücken durch, begradigte die Schultern und atmete tief ein und aus, eine aufrechte Haltung festigt die Persönlichkeit. Dann steuerte ich mit energischem Schritt direkt in das Epizentrum des Grauens: in die Abteilung für Bademoden.

Ich brauchte einen Badeanzug. Wenn beim Sondieren der Ware Panik mich zu erfassen dräute, wiederholte ich in Gedanken, was ich mir zu Hause eingeprägt hatte: »Dies hier ist nicht die Hölle, es ist nur ein Kaufhaus. Vielleicht wird es unangenehm, vielleicht schmerzt es sogar, aber das wirst du aushalten.«

Ja, ich habe ein Dutzend Badeanzüge anprobiert. Nein, ich habe keinen gekauft.

Nein, ich möchte nicht darüber reden.

Nachdem ich die Umkleidekabine wieder verlassen hatte, simulierte ich aus Gründen der Selbstachtung Lässigkeit, indem ich mich bei den Beachwear-Teilen umsah. Ich wollte eine weiße Kapuzenjacke mit blauen Hawaii-Blumen anprobieren. Ich brauchte einen Trostpreis, und eine passende Jacke findet man immer. Jedes Mal, wenn ich eine Hose brauche, komme ich mit einer

Jacke nach Hause. Falls Sie mich mal suchen: Fragen Sie nach der Frau, die immer die gleichen zwei schmuddeligen Hosen trägt, dafür aber zwanzig Jacken und Mäntel besitzt.

Ich legte meine Sonnenbrille auf dem Stehpult für das Verkaufspersonal ab und probierte die Hawaii-Blumen an. Ja, die Farben standen mir. Nein, ich habe die Hawaii-Jacke nicht gekauft. Nein, auch darüber möchte ich nicht reden, nur so viel: Der Schnitt der Jacke war wohl eher für 16-jährige Surferinnen bestimmt. Als ich mich aus der Jacke befreit hatte, sah ich, dass eine Verkäuferin gerade meine Sonnenbrille in die Stehpultschublade legen wollte.

»Verzeihung«, sagte ich, »die gehört mir, ich habe sie nur kurz abgelegt.«

Die Verkäuferin runzelte die Stirn: »Ich habe Sie doch gefragt.«

»Was haben Sie gefragt?«, fragte ich.

»Na, ob das Ihre ist, gerade eben. Und Sie haben Nein gesagt.«

»Sie haben mich etwas gefragt? Und ich habe Nein gesagt?« Ich schluckte. Ich konnte mich an nichts erinnern, außer daran, dass die Brille mir gehörte. Offensichtlich litt ich unter einer Amnesie, so etwas tritt häufig auf in Zusammenhang mit schrecklichen Erlebnissen:

Das Gehirn löscht, woran sich erinnern zu müssen unerträglich wäre. Die Verkäuferin trug zwar hennarot gefärbte Haare und einen Nasenring, sie und ihre Frage komplett aus meinem Gedächtnis zu tilgen fand ich allerdings übertrieben, die halbe Stunde in der Umkleidekabine hätte mir völlig gereicht.

Nun, man darf nicht zu kritisch sein.

Der Körper ist keine Maschine.

Mein verlegenes Kichern perlte an der Verkäuferin ab,

sie reichte mir zögernd die Brille, sicher nur deshalb, weil ihr nicht einfiel, was sie sonst hätte tun sollen. Wahrscheinlich konnte sie sich nicht entscheiden, wen sie zur Hilfe rufen sollte, den Kaufhausdetektiv oder den psychiatrischen Notdienst. Dann ging sie zu ihren zwei Kolleginnen, denen sie schon aus zwei Meter Entfernung zurief:

»Hey, Mann, es gibt echt schräge Typen, erst frage ich die Frau da drüben …«

Ich finde dieses Verhalten unsensibel. Gerade Bademoden-Verkäuferinnen sollten wissen, wie man mit frisch traumatisierten Kundinnen umgeht.

FLORIAN SCHNEIDER

Rubikon

Meine Mutter unternahm in ihrem Leben eine einzige Fernreise. Nach Indien. Wochenlang vorher erzählte sie von all den Dingen, die sie dort erwarten würden. Vom Taj Mahal, das ein liebeskranker Sultan für seine verstorbene Frau erbaut hat, vom Ganges, in dem die Menschen baden, um von innen rein zu werden. Sie erzählte vom Dschungel. Dass eine Schneise, die man heute in den Wald schlägt, bereits nach wenigen Tagen nicht mehr begehbar wäre, weil sie sofort wieder zuwächst. Ich kannte nur die Blutbuchenhecke, die die Nachbarn mit dem Zollstock gerade schnitten, und das Wäldchen unten am Fluss, auf das unsere Straße zuführte. Der Wald war das wildeste, was ich kannte, und meine Mutter erlaubte mir nicht, alleine dorthin zu gehen. Ich war neun damals.

Meine Mutter ging auf ihre Reise und kehrte von ihr zurück. Als das Taxi vor dem Haus meiner Großmutter hielt, strahlte meine Mutter über das ganze Gesicht. In der einen Hand trug sie einen Karton vom Konditor, den sie auch dann noch festhielt, als sie mich umarmte. »Ich habe Bienenstich für dich mitgebracht!«, rief sie.

Zu dritt schafften wir vier Stück von der Torte – ich aß zwei – und meine Mutter, die es normalerweise nicht leiden konnte, wenn bei Tisch Reste blieben, sagte: »Das essen wir morgen. Einen ganzen Tag nur Kuchen, wie würde dir das gefallen?«

Ich wusste nicht, was ich darauf antworten sollte und nahm noch ein Stück. Am Abend sagte sie: »Wir werden Besuch bekommen. Er heißt Erik. Er führt Reisegruppen durch die Wildnis und ist ein toller Kerl, du wirst ihn mögen.« Ein bisschen klang das wie ein Befehl. Mir war flau im Bauch von dem vielen Kuchen. In unserer Wohnung roch es immer noch nach abgestandener Luft, obwohl meine Mutter gleich nach unserer Ankunft alle Fenster aufgerissen hatte.

An einem sonnigen Samstag, die Rasenmäher brummten monoton in der Siedlung, und die Nachbarn standen mit dem Zollstock an ihren Hecken, kam Erik. Er trug Stiefel und eine Lederjacke mit Zotteln dran. Ich blickte zu ihm hoch. Er sah wirklich aus wie einer, der Leute durch die Wildnis führt. Er kam in einem Mercedes Cabriolet.

»Willst du dir den Wagen mal ansehen?«, fragte er.

»Geht nur«, sagte meine Mutter, in der Hand die Kochschürze, die sie sich schnell ausgezogen hatte, bevor sie zur Tür gestürzt kam.

Ich durfte mich auf die Fahrerseite setzen. Erik erlaubte mir, die Knöpfe auf dem Armaturenbrett zu drücken. Das Verdeck war zurückgeklappt und es roch aufregend nach Leder und warmem Metall.

»Hast du keine Angst, dass jemand mit deinem Auto wegfährt?«

Erik lachte. »In dieser Straße stielt doch niemand Autos, oder?«

»Ich habe noch etwas für dich«, sagte er, als wir im Haus zurück waren. Er öffnete seine Hand und darin lag ein Taschenmesser. Ich blickte zu meiner Mutter, die hinter Erik stand. Sie hatte immer Nein gesagt, wenn ich mir ein Taschenmesser gewünscht hatte. Jetzt zwinkerte sie mir aufmunternd zu.

Erik hatte seine Jacke über den Stuhl gehängt und sich die Ärmel seines Hemdes hochgekrempelt. Seine Arme waren dicht behaart. Er lobte das Essen. Er sagte, es schmecke genauso wie in Indien, und meine Mutter erzählte, sie habe es mit den Gewürzen gekocht, die sie auf dem Markt in Agra gekauft hätten. Erik sagte, er fliege dieses Jahr noch zwei Mal nach Südafrika und danach sei er mit verschiedenen Gruppen in Kanada.

»Wie jedes Jahr, Indian-Summer-Season.«

»Ich beneide dich«, sagte meine Mutter.

Ich stocherte lustlos in dem giftgelben Reisbrei.

»Geh doch spielen«, sagte meine Mutter.

Ich ging auf mein Zimmer und warf mich auf mein Bett. Am Stoff meiner Hosentasche zeichnete sich das Messer ab. Ich nahm es heraus und klappte es auf. Ich ließ den Lichtreflex der Klinge über die Zimmerdecke wandern und besah mein Spiegelbild in dem schmalen Streifen, meine Augen, meine Lippen, das Dunkel der Nasenlöcher. Ich suchte etwas zum Schneiden. Auf dem Schreibtisch lag ein Blatt Papier. Ich hatte einmal im Fernsehen gesehen, wie sie ein Tuch über ein Schwert fallen ließen und die Klinge das Tuch teilte. Ich probierte es mit dem Papier, doch es klappte nicht. Das Papier war zu dick und flog an der Klinge vorbei. Ich stach mit dem Messer durch das Papier, bis es überall Schlitze bekam.

Da hörte ich das Summen einer Fliege. Sofort sprang ich zum Fenster. Sie krabbelte an der Scheibe entlang, machte *bssst* und schlug mit dem Kopf gegen das Glas. Eine Weile sah ich ihr zu bei ihrem Versuch, die Freiheit zu erlangen. Dann fing ich sie. Schwer war das nicht. Sie gehörte entweder von Natur aus zu der trägen Sorte, oder sie hatte sich schon müde geflogen. Ganz sicher war sie müde und verzweifelt, sie zu töten ein gutes

Werk. Ich hielt sie an einem Flügel fest. In den Fingerspitzen spürte ich ihr Vibrieren. Ich schnitt den Kopf vom Rumpf. Sie machte noch eine halbe Drehung um ihre eigene Achse, dann faltete sie die Beine, als würde sie beten. Der Kopf mit den Facettenaugen glotzte mich an, als würde er zu einer lebendigen Fliege gehören, anders als der Rumpf, der eindeutig tot war. Ich ließ die Reste auf der Fensterbank liegen, aber es wäre mir lieber gewesen, wenn sie nicht mehr da gewesen wären. Dann ging ich wieder runter.

Durch die halb geöffnete Wohnzimmertür sah ich meine Mutter auf der Terrasse. Sie saß im Gartenstuhl, hielt die Arme verschränkt und starrte auf die Tischplatte. Erik sah ich nur von hinten. Er stand an der Hecke und hatte die Hände in den Hosentaschen vergraben. Auf dem Tisch im Flur lag das Lederetui mit dem Stern darauf. Ich griff danach, zog den Schlüssel heraus und fuhr mit dem Finger über den Bart. Dann schlüpfte ich in meine Sandalen und schlich aus dem Haus. Den Schlüssel behielt ich die ganze Zeit in der Hand. Ich öffnete die Wagentür und ließ mich in das warme Leder des Fahrersitzes fallen. Ich spielte wieder an den Knöpfen und Reglern, so wie vorhin. Ich drehte an dem Knopf für den Außenspiegel, bis ich mich selbst darin sah. Ich fuhr mit dem Schaltknüppel durch die Gänge des Automatikgetriebes. Irgendwann entdeckte ich den Knopf, der die Handbremse löste.

Es dauerte einen Moment, bis ich verstand, dass der Wagen tatsächlich rollte. Ich versuchte zu lenken, aber das Lenkrad war eingerastet. Ich konnte nichts tun. Das Auto rollte immer schneller und glitt die Flussböschung hinunter. Äste drängten krachend gegen die Windschutzscheibe und brachten den Wagen schließlich zum Stehen. Alles ging so schnell, als wäre nur ein Wimpernschlag vergangen, seit ich aus dem Haus geschlichen war. Als wäre ich eingeschlafen und mittendrin in einem bösen Traum.

Aber es war kein Traum. Ich sah den tranigen Fluss. Ich versuchte zu schreien, doch aus meinem Mund kam nur ein kläglicher Ruf, den das riesige Lenkrad vor mir sofort verschluckte. Ich dachte an den Dschungel. Wie lange würde es wohl dauern, bis die Bäume über mir zusammenwachsen und mich niemand mehr finden würde?

Nach einer Zeit, die mir länger vorkam als ein Tag in der Schule, hörte ich die Stimme meiner Mutter. Erst jetzt versuchte ich, die Fahrertür zu öffnen. Aber ich schaffte es nicht, das Buschwerk zur Seite zu drücken, und so kroch ich durch das offene Verdeck ins Freie.

Meine Mutter fing an zu schimpfen, kaum, dass sie sah, dass ich unverletzt war. Erik aber sagte nur: »Ich habe Autos schon aus tieferen Löchern gezogen.«

Er zwängte sich auf den Fahrersitz. Der Motor heulte, die Hinterräder rotierten und warfen Dreck auf, aber sonst passierte nichts. Er probierte es noch einmal.

»Was wir brauchen, sind Latten und Spanngurte«, sagte er.

In dem alten Geräteschuppen hinter unserem Haus fand Erik, was er suchte. Es ging ganz schnell bei ihm. Wenn meine Mutter in dem Schuppen etwas suchte, war es oft vergeblich und hinterher hatte sie schlechte Laune.

Die Latten, die Erik fand, stammten noch von Papas letzter Gartenaktion. Einem Jägerzaun, den er nicht mehr gezogen hatte. Damit gingen wir zum Fluss zurück. Ich durfte die Latten tragen und fühlte mich sehr wichtig. Meine Mutter war im Haus geblieben. Ich hörte das vertraute Geräusch, wie sie hinter der geschlossenen Tür der Küche das Geschirr stapelte.

Erik fädelte die Spanngurte durch die Felgenlöcher und zurrte die Latten damit an den Hinterreifen fest. Die Latten schlugen auf dem schlammigen Grund auf. Langsam arbeitete sich das Auto aus der Böschung heraus. Der Wagen war o.k. Allerdings klebten an der Kühlerfront dicke Batzen von Dreck, und über die Motorhaube zog sich ein langer, grüner Abrieb von Weidenblättern.

»Ich putze das für dich«, rief ich. »Ich mache alles wieder sauber!«

Ich wollte das Auto wirklich gerne putzen, die verchromten Stoßstangen, die Scheinwerfer, den Kühlergrill, so lange, bis alles wieder blitzen würde. Aber Erik sagte, das bisschen Schmutz störte die von der Autovermietung nicht.

Er war mittlerweile wieder eingestiegen.

»Was ist?«, fragte er. »Fährst du noch mit hoch?«

Ich schüttelte den Kopf.

»Na dann«, sagte er und ich dachte, er würde noch etwas sagen, aber er winkte nur und drückte kurz die Hupe.

Ich ging allein vom Wäldchen zurück, in der Hand die Spanngurte und die Latten.

STEFAN ULRICH

Und wieder Azzurro

Am meisten fasziniert mich an ihm die Sache mit den Nudeln. Ich gehöre zu den Einfaltspinseln, die Pasta in kochendes Salzwasser mit einem Schuss Öl werfen und dort so lange belassen, bis sie, sofern ich den rechten Moment erwische, *al dente* ist. Wenn das gelingt, fühle ich mich als vollwertiger Teil der *Italianità* und jenen Banausen überlegen, die weich gekochte Pasta bevorzugen, was heute allerdings niemand mehr zugibt. Dann freilich lernte ich Ivan Galassi kennen, der unter dem Künstlernamen *Lo chef in black* kocht, aber wirklich Ivan heißt, weil seine Eltern überzeugte Kommunisten aus der Emilia Romagna waren und ihren Kindern Namen gaben, die an die Sowjetunion erinnerten.

Ich hatte das Glück, Ivan zu treffen, weil mich die Reiseredaktion einer Zeitung auf eine Recherche schickte, die fast so hart war, wie sie klingt. Ich sollte über Santa Christina schreiben, eine versteckte, romantische Privatinsel in der Lagune von Venedig, die der Kristallglas-Dynastie Swarovski gehört und als Ganzes gemietet werden kann – samt Villa für 16 Gäste, Pool, Privatboot und Koch. Um nun keine falschen Vorstellungen über den Beruf des Zeitungsjournalisten aufkommen zu lassen, sei ergänzt: Nein, solche Recherchen sind nicht der Alltag eines Redakteurs, sondern sehr seltene Schmankerl, wie man im Bairischen sagt. Leckerbissen.

Wir, eine Gruppe von Journalisten diverser Medien, wurden ein paar Tage in den edel, aber nicht protzig ausgestatteten Zimmern der alten Villa untergebracht und auf Ausflüge in die Lagune mitgenommen. Am besten gefiel es mir aber, über die 30 Hektar kleine Insel zu streifen, einen meditativen Ort, der unendlich weit weg vom Rummel in Venedig zu sein scheint. Die Eigentümer, René und Sandra Deutsch, haben die Atmosphäre einer Fischerinsel erhalten und die uralten Valli di Pesca wiederbelebt, mit der Lagune verbundene, durch Schleusen regulierte Teiche, in denen Wolfsbarsche, Doraden, Meeräschen und andere Edelfische gezüchtet werden. Wiesenwege führen an diesen Wasserbecken entlang, durch Obst-, Wein- und Gemüsegärten, vorbei an einer verwitterten Kapelle aus rotem Backstein bis zur Westspitze der Insel. Hier bricht nur noch das Schreien der Möwen die Stille. Die Luft duftet satt nach Seetang und Salz. Bei Sonnenuntergang überziehen sich Himmel und Lagune in Blau- und Rosatönen wie auf einem impressionistischen Bild, und man hätte Mühe, Wasser und Luft zu unterscheiden, wenn nicht die Schatten der Inseln Torcello und Murano Orientierung böten.

Nach Einbruch der Dunkelheit spazierte ich zurück, zwischen den Silhouetten der Palmen hindurch zur ebenerdigen Loggia der Villa, wo schon aufgedeckt war. Ivan Garlassi bat zu Tisch, ein freundlicher Hüne mit einer gewissen *Grandezza*, ganz in Schwarz gekleidet, mit silbergrauem Haar und kurzem weißem Bart. Ob Muscheln, Goldbrassen, einen mächtigen Schattenfisch, Schmorbraten oder Artischocken, alles bereitete er mit größter Umsicht und einer geradezu spirituellen Zuneigung zu.

Am meisten verblüffte uns aber seine Pasta. Die Spaghetti, die er uns servierte, waren von einer geschmeidigen Bissfestigkeit, die ein Widerspruch in sich zu sein schien und mir das Gefühl gab, noch niemals vorher wirklich gute Pasta gegessen, geschweige denn zubereitet zu haben. Was übrigens auch für den vielschichtigen Sugo galt. Zum Glück gehört Ivan nicht zu den Küchenkünstlern, die aus ihren Rezepten Geheimnisse machen. Bereitwillig erklärte er uns, wie dieses Pasta-Kunstwerk entsteht. Die Nudeln einfach in sprudelndes Salzwasser werfen? *»Ci mancherebbe!«* – »Das fehlte gerade noch!« Viel besser sei es, die Pasta eine gute Stunde lang in kaltem Salzwasser quellen zu lassen. Danach sollten wir sie in eine Pfanne mit Knoblauch, gelben Tomaten, Seespargel, Ricotta und Lagunenfisch geben. So einfach sei das. Es wurde ein langer Abend.

Als ich bei der Vorbereitung meines Italien-Buches ›Und wieder Azzurro‹ über die Verführungskraft des Landes nachdachte, fiel mir mit als Erstes die Küche des Landes ein. Und deren märchenhafte Erfolgsgeschichte rund um die Welt. Doch das ist eine neuere Erscheinung. Viele Jahrhunderte empfanden Reisende aus dem Norden die italienische Küche als ungesund, ja ungenießbar. Das Olivenöl statt der gewohnten Butter galt als schädlich, der Knoblauchduft als abstoßend, und mancher befürchtete, von den Spaghetti Darmverschlingungen zu bekommen. Der besonders kundige deutsche Italienreisende Ferdinand Gregorovius urteilte über die Pizza: »Es gehört der Magen eines *Lazzarone* [neapolitanischer Bettler] dazu, sie zu verdauen.«

Tempi passati. Heute gilt die italienische Küche nicht nur als Ausdruck von Lebenskunst, sondern auch als ausgesprochen gesund, wegen des Olivenöls, des vielen Gemüses, des frischen Fischs, der mineralienreichen Hartweizen-Pasta und der eher sparsamen Verwendung

von Fleisch. Auch der – in Italien in der Regel maß-
volle – Genuss von Wein soll der Gesundheit ja nicht
abträglich sein, er verträgt sich jedenfalls bestens mit
dem italienischen Essen. Aber dies allein hätte die *Cu-
cina italiana* nicht derart populär gemacht. Wie bei vielen anderen Erfolgsprodukten kommt noch ein Narra-
tiv hinzu, das die italienische Küche zusammenfasst
und überhöht. Es ist die Erzählung vom genussvollen,
sinnenfreudigen, geselligen Leben im Süden, vom morgendlichen Espressoduft beim Plausch an der Theke der
venezianischen Lieblingsbar, über ein elegantes Mittagessen mit *Gurrida*, einer reichhaltigen Fischsuppe, in
einem ligurischen Strand-Restaurant bis hin zum
abendlichen Gelage in einer tumultösen Straßentratto-
ria Roms, wo an eng gestellten Tischen mit Papiertisch-
tüchern *Bucatini all'Amatriciana* und *Carciofi alla Giu-
dia* serviert werden. Es geht darum, den Alltag zu feiern, solange man es noch kann, und das gemeinsam mit
den Menschen, mit denen man gerne zusammen isst.

Der kunstsinnige Florentiner Renaissanceherrscher
Lorenzo de' Medici, genannt *il Magnifico*, hat diese Le-
benseinstellung so zum Ausdruck gebracht:

»Lebt und liebt in Jugendwonne,
bald vermodern wir im Grunde.
Freue sich wer kann der Stunde.
Keiner kennt die nächste Sonne.«

Das bezieht sich nicht speziell auf Küche und Essen,
aber es passt zu der Stimmung, die an italienischen Tafeln
herrscht, sei es draußen im Restaurant oder drinnen in
der Familie.

Explizit auf das Essen beziehen sich dagegen eine
Reihe italienischer Songs. *Viva la pappa col pomodoro*
etwa, gesungen von Rita Pavone Mitte der 1960er-Jahre
und damals ein großer Erfolg, klingt für heutige Ohren

zwar wie ein Kinderlied, der Text aber hat es in sich. Er feiert das toskanische Arme-Leute-Gericht *Pappa al Pomodoro*, eine eingedickte Suppe, in der die Reste verwertet werden, viel altes Weißbrot, ein paar Tomaten, Basilikum, Knoblauch und Olivenöl. »Die Geschichte hat uns gelehrt«, heißt es in dem Schlager, dass ein hungriges Volk Revolution macht.

Mehr als zwei Jahrzehnte später, im Wendejahr 1989, singt die neapolitanische Schauspielerin Marisa Laurito in San Remo *Il babà è una cosa seria*, ein Canzone, in dem es nicht nur um den *babà* geht, einen neapolitanischen Hefekuchen mit Rumsirup, sondern ganz allgemein um das Essen als Lebenströster: »Das Glück ist flüchtig, das weiß man. Die Liebe kommt und geht, aber die Makkaroni bleiben.« Das klingt vielleicht nicht so, als habe der Texter den tiefen Teller erfunden, aber bei genauerem Nachdenken lässt sich eine ganze süditalienische Sozialgeschichte herauslesen. Frauen, deren Männer sich davongemacht haben oder sonst ihr Eigenleben führen, alleingelassen mit vielen Sorgen des Alltagslebens, etwa mit der, die Kinder großzubringen. Da kann ein großer Topf mit dampfenden Makkaroni oder ein Teller mit einem *babà* schon zum Trost werden.

Lo Zecchino d'Oro besingt *Le tagliatelle di Nonna Pina*, Fabrizio di André in *Don Raffaè* den Espresso, Nino Ferrer *Il baccalà*, den Stockfisch. Und zum Nachtisch serviert Paolo Conte *Un gelato al limon*.

Es ließe sich eine ganze Kulturgeschichte Italiens anhand seiner Lieder über das Essen schreiben. Oder anhand seiner Filme. Wer das bezweifelt, der schaue sich den Klassiker *Diebe haben's schwer* des Regisseurs Mario Monicelli an, in dem Vittorio Gassman, Marcello Mastroianni, Totò und Claudia Cardinale mitspielen. Eine Gruppe kleiner Gangster in Rom will den Geldschrank eines Pfandhauses knacken und bohrt sich dafür, nach vielen Verwicklungen, durch eine Wand. Doch statt in der Pfandleihe landen sie in einer Wohnungsküche. So begnügen sie sich statt mit Geld mit *Pasta e Ceci*, Nudeln und Kichererbsen. Eigentlich sah das Drehbuch ja *Pasta e Fagioli* vor, Nudeln und Bohnen. Doch Marcello Mastroianni, der einen der Ganoven spielen musste, bestand darauf, *Pasta e Ceci* zu verzehren. Was zwei Dinge zeigt: Essen spielt in Italien nie eine Nebenrolle. Und eine gute Mahlzeit bietet selbst bei den größten Missgeschicken Zuflucht. Wobei man sich nicht zu Tode futtern sollte wie in dem Film *Das große Fressen*, in dem wiederum Marcello Mastroianni mitisst. Dann lieber nur *Spaghetti a Mezzanotte* von Sergio Martino. Und als *digestivo* ein Spaghetti-Western.

Doch was ist »die italienische Küche« eigentlich, die so viel Furore macht. Fragt man italienische Feinschmecker und deutsche Italienliebhaber, bekommt man in der Regel zur Antwort: »DIE italienische Küche« gibt es nicht. Das ist richtig, einerseits. Denn das Land mit seinen 20 Regionen vom Friaul bis nach Kalabrien ist ein Sammelsurium unterschiedlichster historisch gewachsener Kulturen und damit auch Esskulturen. Zwischen dem *Bue brasato al barolo*, einem in Barolo geschmorten Ochsenbraten aus dem Piemont, und *Filetto di tonno al Marsala*, einem mit Marsala zubereiteten Thunfischfilet aus Sizilien, liegen nicht nur geografisch Welten – obwohl beide Gerichte mit Wein zubereitet werden.

Andererseits gibt es heute, 150 Jahre nach Vollendung der politischen Einigung des Landes, durchaus gemeinsame Elemente der italienischen Regionalküchen, eine Art nationaler Küchensprache. Meiner Eindrücke nach sind es Folgende: Die italienische Küche ist eher eine Volksküche als eine Adelsküche wie teilweise in Frankreich. Sie ist bodenständig, setzt auf einfach zubereitete Gerichte aus regionalen Produkten der Saison. Das macht sie traditionell und modern zugleich. Und das bewirkt, dass Geschmack und Konsistenz der Zutaten unverfälscht zum Ausdruck kommen und eher selten unter komplizierten Saucen und in raffinierten Aufläufen untergehen. Sie kocht mit Olivenöl (im Piemont mit Butter), verwendet viel Gemüse, an den Küsten auch viel Fisch, und gilt daher als sehr gesund. Und sie setzt auf frische Zubereitung. (Ja, auch in Italien breiten sich deutsche Discounter mit Tiefkühlkost aus.) Zudem gibt es Produkte, die sich, obwohl zum Teil regionaler Herkunft, praktisch überall in Italien durchgesetzt haben: Pizza und Pasta, Tomaten und Knoblauch, Mozzarella und Parmigiano. Doch unter dieser Einheit lebt eine unendliche Vielfalt, überraschungsreich wie das Leben, die den wahren Reiz der italienischen Küche ausmacht und Italien gerade für Menschen, die, wie ich, gerne essen, zum Schlaraffenland macht. *Buon appetito!*

Doch fragen wir Ivan Garlassi, *Lo chef in black*, der es wissen muss: Was ist das Geheimnis der italienischen Küche? Ivan zögert keine Sekunde. Er schlägt sich mit der rechten Hand auf die schwarzbehemdete Brust. Sagt: »Die große geheimnisvolle Zutat ist diese: das Herz. Leidenschaft und Herz. Man muss wollen, dass es den Gästen gut geht.« Später wird er noch hinzufügen: »Neugierde und Vorstellungskraft.«

Es hat eine Weile gedauert, den Chefkoch in Schwarz aufzuspüren. Denn Ivan ist ein »Nomade«, wie er selbst sagt. Wenn er eine Weile in einer Stellung gearbeitet hat, zieht es ihn weiter. Auch zum Kochen ist er auf Umwegen gekommen. Doch der Ursprung für seine Leidenschaft liegt in der Kindheit in der Emilia-Romagna. »Da war meine Oma, klein, dick mit Brille, immer in Grau oder Schwarz gekleidet.« Sie war die Herrscherin über die Küche und damit über die Sonntage, wenn die ganze Familie, zehn bis 15 Leute, nach der Messe bei ihr in der Wohnung zusammenkam, um zu schmausen, von Mittag bis in den Abend hinein. Der Tisch bog sich unter all den Gerichten, die die *nonna*, auch mithilfe Ivans, vorbereitet hatte: Fleisch und Fisch, Pasta, Reisgerichte, Süßspeisen. Ivan erinnert sich besonders gern an die *Cappelletti in brodo*, kleine, quadratische Taschen aus Eierteig in Rinderbrühe. Ein Leuchten geht über sein Gesicht, als säße er jetzt gerade wirklich zu Hause bei der Oma vor seinem Teller mit Cappelletti in dampfender Brühe.

Tatsächlich sitzt Ivan an einem Tisch seines neuen Restaurants *Aperouge* in einem ebenfalls nagelneuen Einkaufszentrum unterhalb des Burgbergs von San Marino. Es ist ein hypermodernes Restaurant in einem Glaspalast mit Werkraumatmosphäre, einem riesigen, surrealistischen Wandgemälde und von der Decke nach unten hängenden Tischchen, auf deren Rückseite, also zur Decke zeigenden, Hängepflanzen und Weinflaschen stehen. Ivan hatte gerade ein anderes Engagement als Küchenchef hinter sich und war mit dem Motorrad einmal rund um Italien gereist, als das Angebot kam, das neue, dezidiert coole Lokal aufzubauen. Nun bereitet er mit einem kleinen Team junger Köchinnen und Köche in der offenen Küche des *Aperouge* seine Spezialitäten vor. Geschmorten Romana-Salat mit knusprigem Gemüse und Pilzen. Acquerello-Reis aus der Provinz Vercelli an Safran. Regenbogenforelle in fünf Farbtönen mit Avocado und Mango. Und zum Nachtisch halbgefrorene Zabaione.

Ich bin kein Multitasker und gerate beim Essen in Verlegenheit. Denn einerseits sind Ivans Gerichte so auserlesen, dass ich mich voll auf sie konzentrieren möchte. Andererseits erzählt er so interessant, dass ich nichts davon verpassen will. Und nebenbei setzt mir Ivans Sommelier immer neue vorzügliche Weine vor. *Porca miseria!* Trotzdem bekomme ich mit, dass Ivan, der heute 60 Jahre alt ist, nicht sofort aus der großmütterlichen Küche heraus seine Berufung gefunden hat. »Eigentlich bin ich Finanzbuchhalter und habe im Management verschiedener Firmen gearbeitet. Ich mochte Zahlen, Mathematik, eine gewisse Genauigkeit und Strenge.« Doch schon damals hielt es ihn nicht ewig in einem Job. Irgendwann, als er 40 Jahre alt war, arbeitete er auf einem Landgut in der Toskana bei Monte San Savino. »2000 Hektar Land. Oliven. Eine Ölmühle. Wein. Das waren Farben, Gerüche, Geschmacksnoten – einfach unglaublich.« Auch einen *Agriturismo*, also Ferien auf dem Bauernhof, gab es dort. Eines Tages baten ihn die Gäste, etwas für sie zum Essen zuzubereiten. *Bruschetta*, *Ribollita* (eine toskanische Bauernsuppe), *Pappa con pomodoro*, Wildschwein, solche Sachen. »Einfache Gerichte, aber unglaublich reich an Geschmack«, sagt Ivan. So ging es los. So kam er auf den Geschmack.

Bald darauf übernahm Ivan ein Restaurant in Arezzo. Es war sozusagen ein Sprung ins kalte Nudelwasser. »Die Leute in Arezzo sind sehr verschlossen, konservativ, misstrauisch. Also begann ich mit ganz traditionellen Gerichten und fing dann an, sie zu verändern. Sie akzeptierten das nur, weil ich von außen kam.« Und weil sich Ivan unglaubliche Mühe gab, denke ich mir. Er besuchte Kochkurse, machte ein Praktikum bei einem Sternekoch, setzte sich mit weiteren Spitzenköchen in

Verbindung, um ihnen ihre Geheimnisse zu entlocken. Dann kam seine Feuertaufe. Sein Idol, der Mailänder Gualtiero Marchesi, Italiens wohl berühmtester Koch, der als Erster im Land mit drei Michelin-Sternen ausgezeichnet wurde, war in Arezzo und wollte bei Ivan essen. Ivan war wie gelähmt. »Marchesi hatte die Nouvelle Cuisine aus Frankreich bei uns eingeführt und dann als Erster wieder verworfen, weil sie nicht zu Italien passt. Alle seine Gerichte waren vom Schönen inspiriert. Und er hat uns gelehrt, alles wegzulassen, was nicht notwendig ist. Und dieser Mann wollte nun bei mir zu Abend essen.«

Ivan schüttelt sich noch heute bei dem Gedanken. »Ich wollte ihn erst in ein anderes Lokal in Arezzo schicken.« Doch das machte Gualtiero Marchesi nur noch neugieriger auf den jungen Koch. »Ich war verängstigt. Und damals allein im Lokal, für alles verantwortlich. Immerhin konnte ich einen Freund überzeugen, mir als Sommelier beizustehen.«

Dann kam der Meister. »Ich wollte ihm das Menü vorstellen, doch er sagte, er wolle nichts hören! Ich solle kochen!« Also kochte Ivan. Vorspeise. Primo. Secondo. Dolce. »Er hat alles aufgegessen.«

Zwischendrin fragte ihn Marchesi: »Wie haben Sie diese Sauce gemacht?«

Ivan hatte da schon ein wenig von seinem Selbstvertrauen zurückgefunden und sagte: »Raten Sie, wie ich sie gemacht habe.«

Marchesi musste passen. Kurz darauf erschien der Meister in der Küche, tauchte den Finger in die Sauce, schleckte ihn ab, klopfte Ivan auf die Schulter und sagte: »Gut! Bravo!«

»Dann bat er mich, ihm die Speisekarte zu bringen, und signierte sie. Von ihm habe ich so viel gelernt. Vor allem, nur wenig verschiedene Ingredienzen auf den Teller zu bringen.«

Irgendwann zog es Ivan dann aus Arezzo weg und weiter. Unter anderem auf die Insel Santa Christina in der Lagune von Venedig, wo wir uns kennengelernt hatten. Und er arbeitete in Österreich, der Türkei, Belgien. »Da lernte ich neue Städte, Küchen, Leute kennen. Eine Herausforderung. Das gibt mir Energie.«

Gebunden fühlt sich Ivan nicht so sehr an Orte oder Restaurants als an sein Team, seine jungen Köchinnen und Köche, die er fördert und als seine Familie betrachtet. »Ich sehe ihre Qualitäten, und sie haben Vertrauen zu mir.« Er bringt ihnen bei, nur ausgezeichnete Zutaten zu verwenden, auf die exakte Garzeit zu achten, die Aromen geschickt aufeinander abzustimmen, zum Beispiel Wild mit Honig zu verfeinern.

Und was sagt Ivan zu der Frage, ob es »DIE« italienische Küche gibt? Seine Antwort verblüfft uns: »Die Welt kennt die italienische Küche noch gar nicht.«

Wie er das meint?

»Viele Italiener, die überhaupt nicht kochen können, haben im Ausland ein Restaurant aufgemacht. Und deren Gäste meinen nun, das sei die italienische Küche.«

AXEL HACKE

Lyrik ohne Absicht
Das Typische Romagnolische Gericht

Es treibt durch
für ribboned Makkaroni Blätter:
Du ordnest das Mehl zu
Fontana auf einem
spianatoia, sgusciate Eier
Und gießt sie zu dir zur
Mitte, sbattele mit der
Gabel bis das Erreichen
eines glatten und
homogenous Mittels. Du
verbreitetest mit
materello ein Blatt durch
dünnes auf dem spianatoia
infarinata, folglich
erreichten vielen
tagliatelle weit der 5
millimetri. BUON APPETITO!

Rezept, 2013 mitgebracht von Leser F.
aus einem Hotel in Cesenatico

FRIEDA-ALICE KAHRO

Am Gardasee

München im Hochsommer. Sengende Hitze liegt über der Stadt. Nachts kaum Abkühlung. Schon auf dem Weg ins Büro frühmorgens klebt die Kleidung am Körper. Der Asphalt strahlt Wärme ab, genau wie die Autos, die Stoßstange an Stoßstange vor der Ampel stehen. Eine Großbaustelle gegenüber produziert schon in aller Herrgottsfrühe unerträglichen Lärm.

Fluch oder Segen, das Gebäude betreten zu dürfen? Wie auch immer, es hilft ja nichts. Im Aufzug steht die Luft. Genau wie in meinem Büro. Klare Anweisung der Geschäftsleitung: Fenster müssen über Nacht geschlossen werden. Wegen Gewitter. Sturm. Regengüssen. Ach, klingt das verlockend.

Ich reiße die Fenster auf und gehe los, mir einen Kaffee zu holen und dazu, tatsächlich ausnahmsweise wichtiger, eine Karaffe kühles Wasser. Die miefige stehende Luft der Nacht wird durch die schon heiße Luft des neuen Tages ersetzt. Seufzend schließe ich die Fenster wieder und setze an, die schweren Außenjalousien herunterzukurbeln.

Und während Licht und Hitze Zentimeter für Zentimeter nach draußen verbannt werden, ergreift mich eine der eindrücklichsten Erinnerungen meiner Kindheit …

Es sind die bewegten Sechzigerjahre. Deutschland hat den Krieg vergessen, und wer es sich nur irgendwie leisten kann, macht sich mit Kind und Kegel auf nach Italien, an den Gardasee. So auch meine Familie. Vier kleine Kinder auf der Rückbank des neu erstandenen Ford Taunus. Der Fußraum mit Haferflocken und Schwarzbrot in der Dose gefüllt – wer weiß, was die Italiener so anzubieten haben. Der Kofferraum ist prall gefüllt, die Kinder aufgeregt vor Vorfreude. Heiß ist es. Und gestritten wird, und sei es darüber, dass verschwitzte Oberschenkel sich nicht berühren sollen.

Aber alle Anstrengung der Fahrt ist längst vergessen, als es am nächsten Morgen nach dem Frühstück (Haferflocken und Schwarzbrot) an den Strand gehen soll. Die Strandtücher sind gepackt, dazu Luftmatratze, Schwimmreifen, Bikini (auch für Fünfjährige) und Bademütze (gehörte sich einfach).

Und als wir eigentlich schon startklar waren, setzte mein Vater zu einer denkwürdigen Handlung an: Am helllichten Tag schließt er einen dunkelgrünen Fensterladen nach dem anderen. Laden für Laden wird es in der Wohnung dunkler, nur wenig Licht dringt noch durch die Ritzen. Selbst die Geräusche, die Stimmen draußen wirken gedämpft. Ruhe und Kühle scheinen sich über mich zu senken. Plötzlich spüre ich den glatten kühlen Steinboden unter meinen bloßen Füßen. Die Möbel aus dunklem Holz wirken größer als zuvor. Ein feiner Geruch steigt mir in die Nase, den ich für immer mit Italien in Verbindung bringen sollte.

Eine Mischung aus staunendem Unglauben, Schauder und angenehmem Wohlgefühl nimmt von mir Besitz. So ist das also in Italien …

Ich bewundere meinen Vater zutiefst – was er alles zu tun weiß! Und ich bin ihm bis heute dankbar. Denn diese meine wunderbare Erinnerung ermöglicht es mir, an einem beliebigen heißen Morgen italienisches Flair, eine heitere Urlaubsstimmung und angenehmes Licht in mein Büro zu holen.

Aber dann merke ich, dass mir die Erinnerung dieses Mal alleine nicht reicht. Die Sehnsucht nach einer Abkühlung im schönen blauen Gardasee überkommt mich: Heute Abend werde ich mir ein Wochenende in Malcesine buchen. Bella Italia, ich komme!

ROMY HAUSMANN

Julischnee

Hochsommer, eine Million Grad. Das Asphaltflirren macht meine Augen verrückt, die Autobahn schießt Verkehrsschilder gegen die Frontscheibe. Mir ist übel, von der Hitze und der letzten Nacht, die viel zu kurz war. Julie und ich hatten Streit. Zudem habe ich in den wenigen Stunden, die ich dann doch noch schlafen konnte, schlecht geträumt. In meinem Traum war es ebenfalls Sommer, und trotzdem hat es geschneit. Ich weiß nicht, *was* genau mich daran so verängstigt hat – ich weiß nur, *dass* es so war und dass ich total gerädert aufgewacht bin. Dabei hatte Anton gestern beim Abendessen mehrmals betont, wie wichtig es sei, uns gut auszuruhen, denn heute werde ein langer Tag. Wir haben uns früh auf den Weg gemacht, 600 Kilometer vor uns, einmal komplett durchs Land von Süd nach Nord. Anton hat ausgerechnet, dass wir unser Ziel am Nachmittag erreichen müssten, wenn wir nicht allzu viele Pausen einlegten und uns der Ferienverkehr nicht in die Quere käme.

Er sitzt am Steuer, ich neben ihm. Julie hockt wie ein bockiges Kind mit verschränkten Armen auf der Rückbank und glotzt demonstrativ aus dem Fenster. Im Radio singen die Beatles »Ob-La-Di, Ob-La-Da«, Anton summt dazu und trommelt mit den Fingern aufs Lenkrad. Ich will nicht denken, dass die Beatles angeblich die Lieblingsband von Charles Manson waren, sondern dass wahrscheinlich jeder – *einfach jeder verdammte Mensch auf der Welt* –, dem nicht gerade schlecht ist wie mir oder der missgelaunt ist wie Julie, dazu summen und mit den Fingern trommeln würde. Doch es gelingt mir nur schwerlich; offenbar hat Julie mein Gehirn schon völlig irre gemacht mit ihrem Argwohn. Manson, der nie selbst einen Mord begangen hat. Manson, der einfach so lange auf seine Herde eingeredet hat, bis sie die Drecksarbeit für ihn erledigte. Instinktiv schüttele ich den Kopf. *Nein, nein, nein, du liegst falsch, Julie.*

»Alles in Ordnung, Ben?« Anton. Ich erinnere mich, wie seine Stimme mich vom Moment unseres Kennenlernens an beeindruckt hat. Sie klingt tief und auf eine faszinierende Weise immer ein wenig monoton. »Ausgeglichen, beruhigend«, finde ich, »unheimlich und maschinenhaft«, würde Julie dagegensetzen. Anton schreit nicht, niemals, er hat seine Stimme im Griff wie sich selbst. Er ist keiner, der unkontrolliert ausrastet. »Ein Fels«, meiner Meinung nach. »Ein typischer Seelenfänger«, wenn es nach Julie geht.

Bis vor Kurzem sah sie das noch ganz anders. Da war sie mit jeder Faser ihres Seins dankbar, dass wir auf Antons Selbstversorgerhof ziehen konnten, wo die Alternative schlichtweg Gefängnis gelautet hätte. Julie und Ben, die weichgespülte Version von Bonnie und Clyde. Wir haben Autos geknackt, um damit kreuz und quer durchs Land zu fahren, ab und zu mal was aus einem Supermarkt mitgehen lassen, wenn wir Hunger oder Durst hatten oder uns die Kippen ausgegangen waren, und, ja, ein paar kleinere Einbrüche waren auch dabei gewesen. Doch dann, knapp einen Monat ist das jetzt her, gerieten wir zufällig in eine Polizeikontrolle. Ich hatte keinen Führerschein – woher auch? Immerhin hatte ich nie einen gemacht –, dafür hatten die Beamten unsere Fingerabdrücke und kriegten uns damit dran für den ganzen kleinen Mist, der in der Summe eben leider doch einen Riesenhaufen ergab. Glücklicherweise war der urteilende Richter ein guter Freund von Anton, und die Sache wurde fallen gelassen, nachdem wir zugestimmt hatten, Anton auf seinem Hof zu unterstützen, wo wir nun Kartoffeln und Kürbisse anbauen und sogar unseren eigenen Honig herstellen. Inzwischen glaubt Julie natürlich, dass der Richter mit Anton unter einer Decke steckt. Sie spricht von einem Sektengefüge, mit Anton auf dem Thron und einflussreichen Leuten wie dem Richter, die ihm zu Füßen liegen wie ein ausgerollter Teppich. *Schwachsinn.*

»Nur die Hitze«, erkläre ich Anton und zwinge mir ein Lächeln ins Gesicht.

»Bei der nächsten Gelegenheit fahren wir mal raus«, beschließt er. »Wir müssen sowieso tanken. Dann besorge ich dir eine Cola.«

Ich nicke und bedanke mich. Ich liebe Cola. Mein Vater hat mir immer verboten, welche zu trinken. Nicht nur als Kind, selbst später, als ich dreizehn, vierzehn, fünfzehn war und andere in meinem Alter von der Cola schon langsam zu Bier übergingen. Ben trinkt Apfelschorle, sonst bekommt er Ärger. Ben tut überhaupt, was Papa sagt – alles andere würde er bloß bereuen.

»Schleimer«, murmelt Julie von der Rückbank. Keine Ahnung, ob sie damit Anton meint, der über die Sache mit der Cola genauso Bescheid weiß wie über andere Dinge aus meiner Kindheit, oder mich, weil ich mich gerade bei ihm bedankt habe. Ich hoffe nur, Anton hat sie nicht gehört. Ich will nicht, dass er uns für undankbar hält, nach allem, was er für uns getan hat. Er soll auch kein schlechtes Bild von Julie allein bekommen. Sie als Störenfried enttarnen und mich schlimmstenfalls vor die Wahl stellen: er oder sie. Schließlich fühle ich mich wohl auf seinem Hof und möchte unbedingt bleiben. Ich mag die Gemeinschaft. Wir sind ein gutes Dutzend Leute dort, alles Systemaussteiger; ich mag die Arbeit auf dem Feld, ich mag die Gespräche und wie wir abends draußen beim Lagerfeuer zusammensitzen. Zum ersten Mal habe ich ein Gefühl von Zuhause.

Dem gegenüber steht Julie, die ich unendlich liebe. Julie und Ben, Bonnie und Clyde, für immer und gegen den Rest der Welt. Bis in alle Ewigkeit, haben wir einander geschworen.

»Da, schau!« Anton nimmt die Hand vom Lenkrad, um mit dem Zeigefinger auf ein vorbeirauschendes Schild zu deuten, das die nächste Tankstelle in fünf Kilometern ankündigt. Ich sage: »Ah, gut«, lehne den Kopf gegen die Seitenscheibe und schließe die Augen für einen jener Momente, in denen man sich über sein Leben bewusst wird. Meins stelle ich mir wie die Schachtel eines Tausend-Teile-Puzzles vor. Da ist das Puzzleteil mit meinem Vater, dem erfolgreichen Unternehmer, in seinem schicken Anzug und mit erhobener Hand. Da ist das Teil, das mich am Esstisch sitzend zeigt, wie ich gerade einen Schlag in den Nacken bekomme, weil ich das Besteck falsch gehalten habe. Da bin ich in meinem Zimmer, wie ich lerne, während die anderen Kinder in meinem Alter draußen auf der Straße toben. Da ist mein Vater, den ich in seinem Arbeitszimmer über eine fremde Frau gebeugt erwische, die wiederum bäuchlings über seinen Schreibtisch lehnt; ihre Unterhose hängt zwischen ihren Fußknöcheln. Währenddessen steht meine Mutter in der Küche und schält Kartoffeln mit diesem entrückten Ausdruck im Gesicht, so als gehe sie das alles nichts an, solange sie nur genügend Gin intus hat.

Und wenn ich die ganzen Teile nun zusammensetze, dann ergibt das Gesamtbild schon einen Sinn, nur entspricht es nicht im Geringsten dem Motiv, das auf der Schachtel abgedruckt war. Es ist eine verfluchte Mogelpackung. Ich muss mich echt zusammenreißen, um nicht erneut wütend auf Julie zu werden, die alles über mein bisheriges Leben weiß und mich dennoch mit ihren Zweifeln quält.

»So, da sind wir.« Anton biegt zur Tankstelle ein. Nicht viel los hier, nur eine einzige weitere Zapfsäule ist besetzt. Er dreht die Zündung aus und verspricht, sich zu beeilen.

Kaum ist er ausgestiegen und hat seine Tür zugeschlagen, rutscht Julie auf der Rückbank nach vorne. »Lass uns abhauen!« Als ich nicht reagiere, beginnt sie, an meiner Kopfstütze zu ruckeln. »Bitte, Ben, du weißt, dass hier was nicht stimmt.«

»Hör auf, verdammt!« Hektisch blicke ich mich um. Anton schiebt gerade die Zapfpistole in die Tanköffnung. »Er will sie nur zurückholen«, zitiere ich sein Vorhaben für den heutigen Tag. *Sie:* Das sind drei weitere Mitglieder der Gemeinschaft, die, kurz bevor Julie und ich auf den Hof zogen, in einer Nacht-und-Nebelaktion von dort abgehauen waren.

»Weil er weiß, dass sie alleine nicht klarkommen werden.«

»Selbst wenn«, schnarrt Julie zurück. »Fragst du dich gar nicht, warum sie lieber ohne ihn klarkommen wollen? Warum sie überhaupt einen Grund gehabt haben sollten, abzuhauen, wenn doch angeblich alles so toll ist auf seinem Hof?« Sie schüttelt den Kopf. »Das ist ganz typisch für einen Sektenführer, das hört man doch immer wieder. Leute, die aussteigen, werden gejagt und …«

»*Sektenführer*, Mann, Julie! Wie oft denn noch? Anton hat selbst keine Familie, also hat er sich eine Gemeinschaft aufgebaut, die …«

»*Er* bestimmt, wann wir aufstehen. *Er* bestimmt, wann und was wir frühstücken. Wann wir zu arbeiten haben und sogar, wann wir ins Bett müssen. Wir dürfen nicht mal rauchen!« Demonstrativ fummelt sie eine Schachtel Zigaretten und ein Feuerzeug aus der Rocktasche ihres Kleides.

»Spinnst du? Steck das sofort wieder ein!« Erneut sehe ich mich nach Anton um, der zu meiner Erleichterung gerade in die Ferne blickt. Julie mault, aber gehorcht. Gut sein lässt sie es trotzdem nicht.

»Ben, diese Regeln sind Teil einer abartigen Kontrollsucht. Er *formt* uns! Wer weiß, für welchen Zweck …« Ein Geräusch unterbricht sie – das Ploppen der Zapfpistole, der Tank ist voll.

»Jetzt oder nie«, höre ich Julie, nachdem Anton zum Bezahlen in den Kiosk verschwunden ist. Ich versuche noch, nach ihr zu greifen, doch ich fasse ins Leere — sie ist bereits aus dem Auto gesprungen.

»Scheiße!« Ich lasse meinen Gurt schnappen, reiße am Türöffner und setze ihr nach. Sie läuft in Richtung der Toilette, die dem Kiosk rechterseits angeschlossen ist. Im Vorbeirennen erhasche ich durch die Glasscheibe einen Blick auf Antons Rücken. Er steht an einem der Kühlregale, bestimmt auf der Suche nach meiner Cola.

»Julie!«, zische ich – sinnlos, bei dem Lärm, der von der Autobahn herüberdrängt. Ich beschleunige meine Schritte. Julie trägt ein Sommerkleid mit einem langen Rock und ist barfuß, nachdem sie ihre Sandaletten schon zu Beginn der Fahrt ausgezogen hatte. Dementsprechend ist sie langsamer als ich, und es gelingt mir, sie einzufangen, bevor sie die Waschräume erreicht. Ich packe sie am Arm.

»Lass mich!« Sie schüttelt sich wild, was meinen Griff jedoch bloß verstärkt. »Du tust mir weh!«

»Und du tust Anton unrecht!«

»Ach ja? Du hast genauso viel Angst wie ich, Ben! Das spüre ich! Du weißt genau wie ich, dass hier etwas Schlimmes vor sich geht. Dass dieser *Plan*« – sie spuckt das Wort förmlich aus – »diese Leute zurückzuholen, in Wirklichkeit nichts anderes ist als eine Tötungsmission!«

Erschrocken lasse ich sie los. Nicht, weil sie sagt, was sie sagt – diesen Quatsch höre ich ja seit Tagen von ihr –, nein, es ist der Ausdruck in ihren Augen, der mich erschreckt, diese Enttäuschung, die sich als unsichtbare Hand um mein Herz legt und es zusammenquetscht wie einen alten Schwamm. *Wir zwei, für immer und gegen den Rest der Welt.* Darum geht es, ich sehe es ihr an. Sie kann nicht fassen, wie unser Schwur mit einem Mal bröckelt und Anton auf seine eigene Art innerhalb kürzester Zeit zu einem Teil unserer Beziehung geworden ist. Ich will ihr sagen, dass sie sich irrt. Dass niemand jemals wichtiger für mich sein wird als sie. Dass Anton bloß eine andere Lücke in meinem Leben füllt. Er ist ein Freund, mit dem ich reden kann, und vielleicht sogar der Vater, den ich mir immer gewünscht hätte.

Doch dazu komme ich nicht, denn plötzlich ist da die Stimme in meinem Rücken: »Alles okay?« Anton.

Julie reißt die Augen auf, ich fahre herum. Er steht ungefähr zehn Meter von uns entfernt, zwei Flaschen Cola und eine Flasche Wasser zwischen Arm und Brust geklemmt. Selbst aus dieser Entfernung erkenne ich, wie er prüfend – *misstrauisch?* – die Augen verengt. Ich sehe zurück zu Julie, wir tauschen verzweifelte Blicke; jeder fleht den anderen an, zur Besinnung zu kommen, und jeder für sich beißt nur wieder auf Granit.

»Alles okay«, antworten wir schließlich wie aus einem Mund und trotten zurück zum Auto. Anton folgt uns, wartet aber, bis wir beide die Türen hinter uns zugeschlagen haben, bevor er ebenfalls einsteigt. Er reicht mir meine Cola und wendet sich daraufhin nach hinten zu Julie, die ihre bockige Pose mit den verschränkten Armen wieder eingenommen hat und keine Anstalten macht, ihm ihre Flasche abzunehmen. Also legt er sie neben sie auf die Rückbank. Dann setzen wir unsere Fahrt fort.

»Alle, die zu mir kommen, sind in ihrem Leben an einen Punkt gelangt, wo es einfach nicht mehr weitergeht«, beginnt er nach einer Weile. »Manche sind durch kleinere Delikte aufgefallen.« Er sieht zu mir herüber und lächelt vielsagend. »Und dann gibt es die, die noch ein ganz anderes Potenzial in sich tragen, auch wenn sie auf den ersten Blick nicht so wirken. Fakt ist: Diese drei Leute, um die es geht, haben große Probleme.«

Ich merke, wie Julie von hinten auffordernd gegen meinen Sitz tritt. *Also gut ...*

»Du hast gesagt, du weißt, wo sie sich verstecken.«

»Richtig. Es ist ein altes Haus, oben im Norden. Einmal habe ich mitbekommen, wie sie sich darüber unterhielten, daher bin ich mir relativ sicher, dass wir sie dort antreffen werden.«

»Und was genau hast du dann vor?«

»Ich werde versuchen, sie davon zu überzeugen, dass es besser ist, wenn sie mit uns zurückkommen.«

»Und falls sie das nicht wollen?«

Anton antwortet mir nicht.

»Und falls sie das nicht wollen?«, wiederholt Julie meine Frage, drängender. Doch auch sie erhält keine Antwort.

Wir erreichen das Ziel am späten Nachmittag, nachdem wir den Rest der Fahrt schweigend verbracht haben. Anton parkt den Wagen an einem Feldweg. Er sagt, das

Haus liege nur einen kurzen Fußmarsch von zwei bis drei Minuten entfernt. Er öffnet seine Tür, ich tue automatisch dasselbe, stocke jedoch, als Julie sich nicht rührt.

»Was ist?«, fragt Anton.

»Ich komm nicht mit«, sagt Julie. »Was auch immer das werden soll, ich will kein Teil davon sein.«

»Ben?«

Ich versetze meiner Tür einen extra kräftigen Stoß; es knallt und das halbe Auto scheint zu wackeln, als sie in den Rahmen fällt. Julie schüttelt bloß den Kopf.

Anton tritt derweil um das Auto herum und öffnet den Kofferraum, um eine Umhängetasche herauszuholen. Mit einem mulmigen Gefühl beobachte ich, wie er sich den Riemen über die Schulter legt, und würde ihn am liebsten fragen, was er in der Tasche transportiert. Doch ich verkneife es mir; es ist lächerlich, eine Waffe darin zu vermuten.

Wir setzen uns in Bewegung, den Feldweg entlang, in Richtung einer Anhöhe, wo das Haus, laut Anton, frei oberhalb einer Wohnsiedlung steht.

»Was genau meintest du vorhin damit, dass diese drei Leute große Probleme haben?«, frage ich nun, da wir allein sind und Julie nicht mehr jeden seiner Sätze für ihre Theorien zweckentfremden kann.

»Es sind Verbrecher, Ben. Sie haben sich grausamer Taten schuldig gemacht.«

Oh, würde Julie jetzt sicherlich unken, *was waren das denn für grausame Taten? Haben sie eine deiner Regeln nicht befolgt? Sind sie zu spät aufgestanden und waren nicht pünktlich genug auf dem Feld?*

Ich will gerade nachhaken, als er seine Hand ausstreckt, um auf das Gebäude zu deuten, das sich in nur noch wenigen Metern Entfernung vor uns erhebt. »Da!«

Im Gegenlicht der untergehenden Sonne sehe ich es

nicht gleich. Doch dann … »Mein Gott.« Das ehemals zweistöckige Haus ist mit großen blauen Plastikplanen verkleidet. Wo sie sich gelöst haben, geben sie den Blick auf eine Brandruine frei, verkohlte Wände, Löcher, wo einst Fenster eingesetzt gewesen sein müssen. Ich kann mir beim besten Willen nicht vorstellen, dass wir hier jemanden finden werden.

»Bist du sicher, dass …«

Anton legt mir die Hand auf die Schulter.

»Wir kennen uns jetzt seit einigen Wochen, Ben. Ich habe dich vor dem Gefängnis bewahrt und dir ein Zuhause gegeben.« Ich nicke beklommen, fürchte zu ahnen, worauf er hinauswill: dass ich ihm etwas schuldig bin. »Heute ist der Tag, an dem du mir dein Vertrauen und deine Loyalität beweisen kannst.«

Er nimmt die Hand von meiner Schulter und greift in seine Tasche hinein. Eine Waffe kommt zum Vorschein, eine Pistole; ich starre nur, ich starre hin und her zwischen der Waffe und Antons Gesicht, auf dem sich ein auforderndes Lächeln breitgemacht hat. Er drückt mir die Waffe in die Hand und schließt meine Finger darum. *Scheiße, Julie hatte recht.*

»Ich … kann niemanden töten. Ich könnte niemals …«

»Du wirst tun, was richtig ist, mein Junge. Es sind böse Menschen.«

Zwischen den Schulterblättern spüre ich wieder seine Hand. Er schiebt mich dem Eingang entgegen, der in seinem verkohlten Zustand und ohne Haustür nur mehr wirkt wie ein schwarzer Schlund. Ich will mein ganzes Gewicht gegen den Schub in meinem Rücken aufbringen – weglaufen, rennen, zurück zum Auto, Julie holen, und dann nichts wie fort –, und doch setze ich einen Fuß vor den anderen, hinein in den Schlund, durch einen schmalen Gang, der wohl früher der Flur gewesen ist. An den Wänden hängen teils noch Bilder, aber das Glas ist zerborsten, und die Fotografien dahinter sind vom Ruß unkenntlich. Ein beißender Geruch in meiner Nase, so stark, dass ich mich am liebsten übergeben will. Obwohl der Brand schon länger her sein muss, scheinen die Wände, die Böden, das Gebälk immer noch vollgesogen zu sein von Benzin. Nicht auszudenken, was der Funke eines Streichholzes hier wahrscheinlich immer noch anrichten könnte.

»Anton ...«, flüstere ich schwach, als ich gedämpfte Stimmen vernehme. Es stimmt also: Sie sind wirklich hier, und einer von ihnen lacht. Es ist eine hohe Stimme, die einer Frau.

»Keine Angst«, sagt Anton nur und führt mich weiter bis zum ehemaligen Esszimmer des Hauses. Dort finden wir sie. Sie sitzen am Tisch, der im Gegensatz zum Rest des Raums vom Feuer offenbar verschont geblieben ist. Sogar eine ordentlich gebügelte Tischdecke liegt darauf, Teller, Besteck und Kerzen sind gedeckt, aus einer Schüssel dampfen Kartoffeln, aus einer weiteren grüne Bohnen, und auf einer Fleischplatte liegt etwas, das ich als Hackbraten ausmache. Die Frau hat sich gerade vom Tisch erhoben, um den Braten mithilfe einer Fleischgabel und eines Messers zu schneiden.

Als sie Anton und mich im Türrahmen stehend entdeckt, lässt sie beides keuchend fallen. Auch die Blicke der anderen haben uns nun erfasst. Ein Mann und ein Junge im Teenageralter. Sie stehen ebenfalls auf, ihre Gesichter wie erstarrt vor Fassungslosigkeit und Furcht.

»Siehst du sie?«, fragt Anton in meinem Nacken.

Ich nicke. In meiner Hand zittert die Pistole. Das können keine bösen Menschen sein, sie sehen aus wie eine ganz normale Familie.

»Lass dich nicht täuschen«, sagt Anton, als hätte er meine Gedanken gelesen. »Nehmen wir Mike.«

Der Mann zuckt merklich zusammen. Er ist groß und recht beleibt, trägt einen herausgewachsenen Haarschnitt und einen Vollbart, was ihn eher wie einen riesigen Teddybären wirken lässt als wie einen angeblichen Schwerverbrecher.

»Mike hat über ein Dutzend Frauen vergewaltigt, und das sind nur die Fälle, die man ihm nachweisen konnte. Und Colin …«

Der Junge gibt einen kieksenden Laut von sich, der nicht ganz zu seiner hochgeschossenen, schlaksigen Figur passen will, wohl aber auf den Stimmbruch zurückzuführen ist.

»Colin hat schon als kleiner Junge Tiere gequält. Erst waren es nur Insekten, die er mithilfe einer Lupe in Brand gesetzt hat, später hat er sich größere Tiere geschnappt. Katzen, Hunde, Schafe von der Weide eines ortsansässigen Bauern …«

»Sag ihm, er soll aufhören«, fleht die Frau mich an. Sie ist schätzungsweise in den Vierzigern, eine typische Hausfrau mit praktischem Haarschnitt und einem freundlichen Gesicht, das unter den angstverzerrten Zügen hervorblitzt. Es trifft mich wie ein Schlag: Ihr Name ist …

»Liz«, stoße ich hervor.

»Ja«, stimmt Anton mir zu. »Die gute Liz, die für den Brand dieses Hauses verantwortlich ist. Zwei Menschen kamen dabei ums Leben.« Er muss nicht weiterreden.

»Meine Eltern.«

»Ganz genau, Ben. Dies hier ist dein Elternhaus, oder besser das, was davon übriggeblieben ist. Erinnerst du dich?« Er packt mich bei den Schultern und dreht mich so, dass ich ihm in die Augen sehen muss. »Mike, Colin und Liz sind allesamt Teile deiner Persönlichkeit, Ben. Und im Zuge deiner bisher erfolgreichen Therapie wirst du sie jetzt loswerden.«

Ich bin sprachlos, mein ganzer Körper vibriert. Anton kneift die Lider zu Schlitzen, als wolle er direkt in mein Inneres blicken. »Mein Name ist Doktor Anton, das weißt du doch noch, oder? Der Richter hat dir eine Chance gegeben, als er dich nach deiner Verhaftung in meine Institution schickte anstatt ins Gefängnis, weil ich ihn davon überzeugen konnte, dass nicht *du* für all diese schlimmen Taten verantwortlich bist, nicht wirklich.«

»Aber ich habe niemals …«

»Doch, Ben. Objektiv betrachtet hast du all das getan. Du hast schon als Kind Tiere gequält, später hast du dieses Haus in Brand gesteckt und dadurch deine Eltern getötet, und du hast mindestens ein Dutzend Frauen missbraucht. Das ist eindeutig und zweifellos nachgewiesen durch DNA-Spuren, Fingerabdrücke und Zeugenaussagen. Und doch ist es manchmal eben nicht so leicht mit der Objektivität — nicht bei einer gespaltenen Persönlichkeit. Deine besteht neben dir aus drei weiteren Menschen.« Er deutet ins Esszimmer hinein, seine Stimme wird hypnotisch. »Du musst sie loswerden, Ben, damit wir deine Therapie fortsetzen können.« Ich kann immer noch nichts sagen, zittere nur, genau wie die Waffe in meiner Hand.

»Enttäusch mich nicht«, setzt Anton nach. »Mein Therapieprojekt ist neuartig und möglicherweise bahnbrechend. Wir sind keine sterile Klinik, in der wir die Patienten mit Medikamenten vollpumpen. Wir sind ein Selbstversorgerhof, auf dem Menschen wie du Verantwortung lernen und eine Umgebung haben sollen, die es euch einfacher macht, euch zu öffnen. Und es gefällt dir doch bei uns, oder?«

Ich glaube, ich nicke. *Zum ersten Mal habe ich ein Gefühl von Zuhause …*

»Tu es, Ben. Ich weiß, dass du es kannst.«

Die Waffe in meiner Hand. Langsam, ganz langsam richtet sie sich ins Zimmerinnere hinein. Und dann — Schüsse, Gerumpel, Schreie. Liz versucht noch, unter den Tisch zu kriechen; vergeblich. Im Kerzenlicht wirkt das spritzende Blut wie ein schwarzer Sprühregen. Ich weiß nicht, wie lange das Ganze dauert, die Zeit hat ein Loch, und wir fallen hinein, wir fallen tief und tiefer, bis wir endlich aufschlagen inmitten einer allumfassenden Stille. Es ist vorbei.

»Gut gemacht, mein Junge.« Behutsam fasst Anton nach der Waffe in meiner Hand. Die sich plötzlich leicht anfühlt, viel zu leicht. Und die auch sonst nicht mehr ihrer ursprünglichen Form entspricht. Ich muss erst hinsehen, um zu begreifen, dass ich etwas ganz anderes in der Hand gehalten habe. Einen Pappordner. Eine Krankenakte, auf der mein Name steht. Erschrocken wende ich den Blick zurück ins Esszimmer. Dort steht kein gedeckter Tisch, flackern keine Kerzen, weder Leichen noch Blut, es ist bloß ein leerer Raum, völlig verkohlt wie der Rest des Hauses. Ich schaue zurück zu Anton — für eine Sekunde lächelt er, dann verzerrt sich sein Gesicht. Der Ordner fällt zu Boden, Aktenblätter verteilen sich raschelnd, und auf Antons Hemd knospt eine rote Blüte, die in Sekundenschnelle größer wird, bis fast nichts mehr von dem ehemals hellen Stoff übrig ist.

»Ben«, krächzt er ungläubig, als er zusammenbricht.

Ich klappe den Mund auf, genauso ungläubig. Denn plötzlich ist Julie da. Julie, die sich wohl Sorgen gemacht hat und uns gefolgt ist. Die sich hinter dem Türrahmen versteckt gehalten und auf den richtigen Moment gewartet hat.

»Tja, Doktor, offenbar hast du dich geirrt«, sagt sie und lacht, als sie sich über Anton aufbaut, wobei sie das kleine, aber gefährlich scharfe Klappmesser schwenkt, das sie unbemerkt nach der Kartoffelernte auf dem Hof eingesteckt hatte. »Wir waren schon immer zu fünft.«

Anton gurgelt Blut, er klingt wie ein verstopfter Abfluss. Mir wird schlecht, ich wende mich ab. Julie ist sofort zur Stelle und reibt liebevoll meinen Rücken. »Komm, Ben. Er kann alleine sterben.«

Ich lasse sie meine Hand nehmen und mich aus dem Haus führen. Wir werden zurück zum Feldweg gehen, uns Antons Auto holen und einfach verschwinden. Als wir draußen sind, sagt sie: »Sekunde noch«, und lässt ihr Feuerzeug klicken, um sich endlich eine Zigarette anzustecken. Sie nimmt einen tiefen Zug, dann reicht sie sie an mich weiter. Ich inhaliere tief, entspanne mich. Hinter uns brennt erneut das Haus und erhellt die Dämmerung, die Plastikplanen schmelzen, Ascheflocken segeln durch die Luft.

»Es schneit!«, ruft Julie und vollzieht kichernd ein paar Drehungen. Ich sehe ihr zu, ihr Übermut und ihre Schönheit machen mein Herz weit. Schließlich wirft sie sich in meine Arme, und ich ergebe mich in ihren Kuss. *Ach, Julie, meine Julie …* Wir zwei im Julischnee. Wir zwei wie Bonnie und Clyde, für immer und gegen den Rest der Welt. Du bist mein Zuhause. Ein anderes brauche ich nicht.

MARLIES FERBER

Willkommen in Tupper-Land

»Brot ist nicht nur Korn und Mehl. Brot ist Arbeit, Wissen, Streben. Brot ist klug gelenktes Leben.« Die Kitch-O-Mix-Beraterin sah in die kleine Runde, bestehend aus drei meiner neuen Nachbarinnen und mir, und lächelte. »Ihr kennt das Sprichwort, oder? Auch beim Brotbacken nimmt euch der Kitch-O-Mix die Mühe ab, er wiegt die Zutaten gleich in der Schüssel, knetet den Teig und lässt ihn aufgehen, zuletzt kommt er zum Backen in den Ofen, et voilà.« Sie referierte weiter gut gelaunt und energiegeladen über die Vorzüge des sündteuren Küchenhelfers, während sie die Backzutaten in die Edelstahlschüssel gab. »Et voilà« war ihr Lieblingswort, wie »Abrakadabra« oder ein Fingerschnipsen. Ich sah ihr zu und war voll der Bewunderung. Diese Frau war so heiter, zupackend und unbeschwert wie die Mary-Poppins-Figuren meiner Kindheit: meine Mutter, die nur durch eine Küche gehen musste, und schon war sie aufgeräumt, oder Frau Tschiederer, die Betreiberin unserer Urlaubspension in den Alpen, die ich nie bei der Arbeit sah, allenfalls mit einem Brötchenkorb oder einer Kaffeekanne in der Hand, aber immer mit Dirndl inklusive blitzsauberer, gestärkter weißer Schürze. Sogar ihre Geranien-Balkone quollen über vor müheloser, strahlender Vitalität. Aus der Tatsache, dass ich diese beiden Heldinnen meiner Kindheit nie hatte schuften sehen, hatte ich den Schluss gezogen, dass, wenn man nur genug Energie ausstrahlt, sich die Arbeit wie von selbst erledigt. Sich quasi ergibt, wie der Schuft vor dem Revolver des Helden. Und gedacht, bei mir wäre es einmal genauso – bis ich zu Hause auszog und entdeckte, dass Waschbecken zuerst stumpf und dann eklig werden und am Ende verstopfen. Reinigten sich die etwa nicht von selbst? Genug Wasser und Seife floss doch ständig durch, oder? Nie hatte ich zu Hause jemanden schrubben sehen, trotzdem waren die Waschbecken immer blitzblank. Ich ahnte, dass sich bei mir der Schuft nicht von selbst ergeben würde. Kein »et voilà«, kein »Abrakadabra« und kein Fingerschnipsen.

Aber jetzt, bei dieser Kitch-O-Mix-Party auf dem Land, keimte neue Hoffnung auf. Der Kitch-O-Mix, eine zur Maschine gewordene Mary Poppins, die mir zurief: *In every job that must be done, there is an element of fun!* Ein Löffelchen voll Zucker für meine vom Umzug aufs Land erschöpfte Seele.

Dabei war ich immer stolz darauf gewesen, nie Gast bei einer Tupper- oder sonstigen Verkaufsparty gewesen zu sein, bei denen Dinge verscherbelt werden, die freiwillig sonst keiner kauft. Zu früh stolz gewesen. Aufs Land gezogen, rumms, willkommen in Tupper-Land. Die erste Verkaufsparty war letzte Woche, drei Tage nach dem Einzug gewesen, eine Tupper-Party, der Klassiker – und, wie sich jetzt herausstellte, meine Einstiegsdroge. Ich war nur hingegangen, um Lisa, meine neue Nachbarin, nicht vor den Kopf zu stoßen. Und hatte nur anstandshalber – na ja, und auch wegen des niedlichen Namens – das »Naschkätzchen« gekauft. Und dann noch, um nicht geizig zu wirken, den »Kleinen und Großen Eidgenossen«. Kann man immer gebrauchen. Jetzt die zweite Party, und schon träumte ich von Geranien-Balkonen, blitzsauberen Dirndlschürzen und Küchen. Karl Lagerfeld meinte ja einst, wer eine Jogginghose trage, habe die Kontrolle über sein Leben verloren. Weder mein Mann noch ich tragen Jogginghosen, aber leider macht unsere Wohnung es sich gern gemütlich. Oh ja, wir könnten eine Mary Poppins so gut gebrauchen: Spaß bei der Hausarbeit, die mit Fingerschnipsen oder Knopfdruck erledigt wäre. Hinweg mit den Jogginghosen. Nie wieder so ein Moment wie nach dem Einbruch bei uns, als einer der Polizisten sich umschaute und teilnahmsvoll sagte: »Die haben hier aber ganz schön gewütet!« Und wir verlogen nickten.

Es war auch irgendwie eine schöne Gemeinschaft, diese Kitch-O-Mix-Party. So lernte man seine neuen Nachbarinnen kennen, ganz zwanglos. Die Wohnungen meiner neuen Freundinnen trugen keine Jogginghosen. Eher Armani. Sie waren nett, die anderen Frauen, und wir lachten viel. Ich war die Einzige, die noch keinen Kitch-O-Mix hatte, und deshalb der Stargast. Ich kaufte den Kitch-O-Mix, noch bevor das Brot fertig war.

Am nächsten Morgen kam per WhatsApp die nächste Party-Einladung, zu einer Dessous-Party, die von Britta ausgerichtet wurde, sie hatte bei der Kitch-O-Mix-Party neben mir gesessen. Und am Abend rief Melanie, die Kitch-O-Mix-Party-Gastgeberin, an und fragte, ob ich zur Schmuck-Party ihrer besten Freundin kommen wolle. Ha, langsam kamen die exklusiveren Einladungen.

Eine Woche später stand mein Mann vor dem Familienplaner in der Küche. »Ziemlich viele Termine bei dir in letzter Zeit«, murmelte er.

»Ach ja«, sagte ich, »da wollte ich noch mir dir drüber reden. Am Dienstag, Mittwoch und Donnerstag nächste Woche, bist du dann abends da und kannst die Kinder betreuen?«

Er sah mich fragend an. Ich machte eine vage, die Küche umfassende Geste. »Weiterbildungsveranstaltungen. Seminare, du weißt schon. Zeitmanagement, Arbeits- und Selbstoptimierung, Facility Management et cetera.«

Er sah mich verwirrt an. »Aha. Aber da stehen immer nur Frauennamen?«

»Die Veranstaltungen finden bei Nachbarinnen zu Hause statt«, antwortete ich spitz.

»Bei Nachbarinnen zu Hause?« Er drehte sich grinsend zu mir um: »Etwa Tupper-Partys?« Ich wandte den Blick ab, während er sich nicht mehr einkriegte vor Lachen. »Gib's zu, du bist eingeknickt und gehst auf Tupper-Partys!«

»Es war eine einzige Tupper-Party! Und eine hervorragende Chance, sich hier in der Nachbarschaft besser zu vernetzen.«

»Und die Termine nächste Woche? Wenn es nicht um überteuerte Plastikschüsseln geht, worum denn dann?«

»Es ist ein weites Feld.« Ich erzählte ihm von der Putzfeudel-Party, auf der ich inzwischen auch schon gewesen war, und dass ich dort genialerweise einen Putzfeudel an einer gebogenen Stange erstanden hatte, mit dem man mühelos und ohne Leiter oben über die Schränke wischen kann.

»Aber auf unseren Schränken steht doch so viel rum, da muss man doch sowieso auf eine Leiter klettern, um erst mal allen Kram wegzuräumen«, wandte er ein, und ich erinnerte ihn daran, dass es seit dem Umzug (bei einigen Kisten waren wir bislang zu faul gewesen, sie auszupacken) sehr wohl Freiflächen oben auf den Schränken gebe. Die daraufhin einsetzende Diskussion über Ausräum-Rückstände und Schrankoberseiten-Putzfeudel wurde durch das Klingeln des Paketboten unterbrochen, der den Kitch-O-Mix brachte.

»Ganz vergessen zu erwähnen, die Kitch-O-Mix-Party«, sagte ich, wuchtete das Paket auf den Küchentisch, packte es stolz aus und ließ meine neue Mary Poppins gleich mal ein Eis aus gefrorenen Erdbeeren und Sahne zaubern. »Na, was sagst du?«

»Wie viel hat das Monster eigentlich gekostet?«, fragte er.

»Och, absolut im Rahmen«, gab ich ausweichend zurück. »Also, wenn man bedenkt, was er einem alles abnimmt.« Ich nannte ihm den Preis, und ihm fiel vor Schreck der Eislöffel aus der Hand.

»Wenn ich selbst ein paar Partys veranstalte, wird es noch billiger«, beruhigte ich ihn.

»NOCH billiger?«, wiederholte er. »Und überhaupt, wen willst du denn einladen? Hier haben doch bestimmt schon alle so ein Teil.« Er schüttelte den Kopf. »Deshalb hast du so viele Einladungen. Die stürzen sich auf dich wie die Hyänen. Du bist Tupper-Party-Frischfleisch.« Er widmete sich wieder dem Kalender. »Und was sind das noch für Veranstaltungen?«

»Am Mittwoch eine Haushaltsreiniger-Party«, sagte ich. »Am Donnerstag kommt dann die Eiskerzen-Party. Zu beiden kannst du meinetwegen mitkommen, wenn du willst.«

»Danke, da hab ich Migräne.«

»Wir könnten einen Babysitter nehmen.«

»Dann wird der Abend ja noch teurer.«

»Täte dir auch gut, dich hier ein bisschen zu vernetzen.«

»Mit Haushaltsreinigern und Eiskerzen?«

»Dann. Eben. Nicht.«

Er hob den Löffel auf, wischte ihn an der Hose ab und aß sein Eis weiter. »Was ist denn Freitagabend?«, fragte er versöhnlich.

»Da kannst du nicht mit. Das ist nur für Frauen.«

Er zog genießerisch den Löffel aus dem Mund und grinste anzüglich. »Eine Dessous-Party?«

»Die war letzten Dienstag. Hätte dir übrigens auffallen können.« Ich überlegte kurz, ob ich ihn einweihen sollte. Nicht dass er falsche Schlüsse ziehen würde. Andererseits, wahrscheinlich blieb hier eh nichts geheim. »Da kommt die Dildo-Fee.«

»Die was?«

»Wenn ich da nicht hingehe, denken alle, ich bin prüde oder arrogant oder so.«

Er starrte mich mit zusammengepressten Lippen an.

»Zumal, zur Dildo-Fee-Party wird nicht jede eingeladen«, verteidigte ich mich. Das ist schon eine Ehre, das ist ein Privileg, ein elitärer Kreis.

»Die Crème de la Crème«, sagte er mit erstickter Stimme und seine Schultern zuckten dabei vor unterdrücktem Lachen. Schließlich schnappte er sich einen Kuli und kritzelte etwas in den Kalender.

»Nein«, protestierte ich, während ich versuchte, ihm über die Schultern zu schauen. »Auf keinen Fall kommst du mit zur Dildo-Fee! Wenn du das machst, blamierst du mich bis auf die Knochen! Dann können wir hier gleich wieder wegziehen!«

»Keine Sorge«, sagte er und widmete sich wieder seinem Eis. »Hab nur meine eigenen Fortbildungsveranstaltungen eingetragen. Bisher war mir das zu blöd, auch weil, du weißt schon, *men only*, aber stimmt schon, man darf sich nicht ausschließen. Köstlich, übrigens, das Eis.«

Ich schaute auf den Kalender: *Wodka-Tasting bei Hardy* und *Gin-Tasting bei Kai* stand da jetzt an den beiden kommenden Samstagen.

Scheiße, dachte ich neidisch.

JOHN VON DÜFFEL

Die Vorschwimmerin

»Übrigens ist es ein wunderbares Becken, Naturstein, wie in Fels gehauen, schmal zwar, nur eine Bahn im Grunde, aber mehr als fünfundzwanzig Meter lang, über die ganze Breite des Panorama-Bungalows. Und das Wasser! So ein Wasser hast du noch nie erlebt, so weich, unfassbar weich auf der Haut, auf der Zunge, und natürlich ungechlort. Also falls du es in den Mund bekommst, falls du es schluckst, keine Angst. Es ist Heilwasser, direkt von einem Gebirgsbach oberhalb, reinste Schneeschmelze, gemischt mit einer heißen Quelle aus dem Berg in über dreihundert Metern Tiefe, aus einer geothermischen Tiefenbohrung. Du hast also heiß und kalt, sehr heiß und sehr kalt, zusammengeführt in einer großen Mischbatterie unterhalb des Badehäuschens. Im Pool ist von dem Mischvorgang nichts zu spüren, keine Kältezonen oder Hitzeströme. Die Temperatur liegt konstant bei 21 Grad, nicht badewannenwarm, eher frisch, aber so, dass du es gut zwei Stunden aushalten kannst. Ich meine, wo gibt es das schon, 21 Grad in einem Bergsee? Und das trifft es am besten, es ist wie Schwimmen in einem Bergsee.«

»Zwei Stunden?«

»Genau, bei Sonnenuntergang. Pool und Bungalow gehen nach Südwesten. Du kannst die Sonne vom Becken aus sinken sehen, den ganzen Abwärtsbogen, die Farbwechsel am Himmel und im Wasser. Stell dir vor, du tauchst ein in einen wunderbar glitzernden See in den Bergen, blaugrün auf deinen Handrücken, deinen Armen, wenn du losschwimmst, und ein paar Bahnen später bist du schon woanders. Es wird wärmer, gelb, orange, rötlich, glutrot, je nach Abendsonne. Du durchschwimmst praktisch in zwei Stunden die ganze Farbpalette des Regenbogens, und das war sicher die Idee hinter der Konstruktion. Jedenfalls ist es zu schön, um Zufall zu sein. Es ist wirklich unglaublich, manchmal verwandelt sich das Wasser von einer Bahn zur anderen …«

»Also schwimmt man immer nur bei Sonnenuntergang, nicht bei schlechtem Wetter, Regen?«

»Komisch, dass du das sagst, das war auch meine erste Frage. Aber gerade wenn es regnet, ist es was ganz Besonderes! So als würde der Regen, als würde jeder einzelne Regentropfen mit dem Bergseewasser auf ganz spezielle Art und Weise reagieren. Es prickelt. Ja, das Zusammentreffen von so unterschiedlichen Wassern – dem mineralischen, heißen, der eisklaren Schmelze und dem Regen, der fällt – löst so eine Art Prickeln aus, ein bisschen wie Kohlensäure, lauter kleine süß-salzige Explosionen. Es ist nämlich leicht salzig, das Wasser, habe ich das schon gesagt? Aufgrund seines Mineralgehalts. Und wenn so ein Regen niedergeht und dir über den Rücken streicht, dann sind da diese vielen kleinen Tropfenexplosionen um dich herum und – nun ja, du wirst es erleben. Wenn du Glück hast, großes Glück, regnet es bei deinem ersten Mal.«

»Und das Einzige, was ich tun muss, ist Schwimmen?«
»Genau.«
»Wirklich nur Schwimmen?«
»Ja.«
»Ich verstehe noch immer nicht, warum.«

»Es ist im Prinzip, musst du dir vorstellen, wie mit einem Aquarium. Stell dir einfach vor, dieser Gebirgspool – nennen wir ihn so – wäre ein großes Aquarium, dann ist doch nichts dabei. Es guckt sich ja auch niemand ein Aquarium ohne Fische an.«

»Wer guckt es sich an?«

»Niemand, es sei denn, etwas schwimmt darin.«

»Ja, aber –«

»In einen Pool gehört Bewegung, Leben. Du möchtest doch auch nicht jeden Tag auf ein leeres Aquarium schauen.«

»Nein, natürlich nicht, aber – warum schwimmt er nicht selbst?«

»In seinem Aquarium?«

»Es ist ein Pool, hast du gesagt, ein Gebirgspool!«

»Dr. No schwimmt nicht.«

»Dr. No?«

»Nur ein Spitzname. Bitte, das muss unter uns bleiben.«

»Ja, aber wieso ›Dr. No‹?«

»Vergiss es. Vergiss, was ich gesagt habe. Entschuldige.«

»Ist er Japaner?«

»Kein Kommentar.«

»Aber du hast doch selbst gesagt, er sei Architekt, ein japanischer Stararchitekt, oder nicht?«

»Kein Kommentar.«

»Er hat das Konzept entwickelt, hast du gesagt, die Idee mit den Farben des Regenbogens. Und wenn er sich da so ein Glashaus mit Pool hinsetzt –«

»›Glashaus‹ habe ich nicht gesagt!«

»Wenn er sich so einen Architekten-Bungalow bauen kann in Hanglage, mit all den Raffinessen, dann muss er schon so etwas sein wie ein Star seiner Branche.«

»Ich habe gesagt ›Panorama-Bungalow‹!«

»Gut, aber das klingt schon sehr nach Architekten-Selbstverwirklichung.«

»Man kann auch einfach nur Ästhet sein.«

»Ästhet?«

»Mit einem Sinn für Schönheit, der über das Zweckhafte, rein Zweckmäßige hinausgeht.«

»Dr. No ist also ein Ästhet, der für sein Gebirgsaquarium einen neuen Fisch sucht.«

»Hör zu, wenn du nicht willst –«

»Das habe ich nicht gesagt, ich will bloß wissen, warum.«

»Können wir vielleicht erst über das reden, was du wissen musst, und dann über das, was du wissen willst?«

»Ich dachte, ich muss einfach nur schwimmen …«

»Ja. Auf ästhetische Weise.«

»Was heißt denn das schon wieder?«

»Schön.«

»Was heißt ›schön‹?«

»Ach, komm!«

»Nein, wirklich, ich will – ich muss das wissen. Wie soll ich unseren Auftraggeber zufriedenstellen, wenn ich nicht weiß, was er unter ›schön schwimmen‹ versteht?«

»Also gut. Symmetrie ist wichtig, so eine Art Goldener Schnitt der Bewegung. Es geht nicht um Schnelligkeit, schon gar nicht um irgendwelche Bestzeiten, sondern – wie soll ich sagen – um die Überwindung von Zeit durch Wiederholung, wenn du verstehst …«

»Ich verstehe Wiederholung.«

»Und genau darum geht es, du musst nur ein und denselben Bewegungsablauf immer wiederholen.«

»Und das soll schön sein?«

»Es ist zeitlos.«

»Also, ich weiß nicht, ob ich in der Lage bin, zeitlos zu schwimmen …«

»Es wird zeitlos, indem du die zweite Bahn genauso schwimmst wie die erste und immer so weiter, indem du den Unterschied zwischen der Bahn davor und danach aufhebst, in vollkommener Gleichmäßigkeit.«

»Ich weiß nicht, ob ich in der Lage bin, vollkommen gleichmäßig zu schwimmen.«

»Natürlich kannst du das, du musst dich einfach konzentrieren.«

»Zwei Stunden lang.«

»Es ist gut bezahlt. Am Ende liegt im Badehaus ein Briefumschlag für dich. Vorausgesetzt, du schwimmst schön.«

»Und wenn nicht?«

»Daran darfst du nicht denken.«

»Zwei Stunden …«

»Genau genommen sind es zweimal fünfundfünfzig Minuten. Du schwimmst immer nur fünfundfünfzig Minuten am Stück, dann muss das Wasser fünf Minuten ruhen. Ich habe mal in Tokio im Olympiabecken trainiert, im Vorfeld eines Wettkampfs, da war es genauso. Fünf Minuten vor der vollen Stunde mussten alle raus, auch die Langstreckenschwimmer, ob sie wollten oder nicht, in den letzten fünf Minuten war das Wasser tabu. Wir standen dann immer am Beckenrand, haben gefeixt und Witze gemacht nach dem Motto: In diesen fünf Minuten zählen die Japaner ihre Toten.«

»Also ist er doch Japaner.«

»Wer?«

»Dr. No!«

»Hör auf damit, ja? Natürlich solltest du nicht am Beckenrand herumfeixen, du musst ganz still stehen und dem Wasser deinen Respekt bezeugen, deinen Dank, fünf Minuten lang.«

»Und das hast du gemacht?«

»In Tokio nicht, wie gesagt, aber bei dem Gebirgs- pool, ja, selbstverständlich.«

»Es kam dir nicht seltsam vor?«

»Etwas ungewohnt, anfangs, aber inzwischen finde ich es eigentlich richtig, den Respekt vor dem Element und die Dankbarkeit nach dem Schwimmen.«

»Was tut man nicht alles für Geld.«

»Das ist nicht der Punkt!«

»Nicht?«

»Oder nicht mehr. Am Anfang habe ich es wegen des Geldes getan, sicher, aber inzwischen –«

»Inzwischen gefällt es dir, von Dr. No – entschuldige – von dem ›Ästheten‹ durch seine Panorama-Fenster hin- durch angestarrt zu werden, während du schwimmst?!«

»So ist es nicht.«

»Er starrt dich nicht an? Soll das heißen, er bezahlt dich dafür, dass du in seinem Pool schwimmst – schön schwimmst –, ohne dass er dir zuguckt?«

»Anstarren und Zugucken sind nicht ganz dasselbe!«

»Ach, und warum, glaubst du, lässt er es sich so viel kosten, wenn er sich nicht aufgeilt an dir, deinem Kör- per, an der Art, wie du dich bewegst? Warum sollte er solch einen Aufwand betreiben, wenn dein Ästhet nicht in Wirklichkeit ein verdammter Voyeur ist?«

»So ist es nicht!«

»Ist er dabei eigentlich immer allein, oder hat er auch Gäste? Feiert er rauschende Partys in seinem Haus, und alle stehen da in ihren Abendkleidern und Anzügen, Cocktailgläser in der Hand, und sehen dir amüsiert oder interessiert zu, wie du –«

»Nein!«

»Oder Kameras? Bist du sicher, dass er keine Kameras installiert hat, überall um den Pool, im Pool und in der Umkleide, dem – wie sagst du so schön – Badehaus? Vielleicht sitzt er die ganze Zeit an irgendwelchen Schaltpulten und Monitoren, zoomt an dich heran und schneidet sich dann nach Sonnenuntergang seine perversen Sexfilmchen zusammen?«

»Jetzt hör doch mal auf!«

»Wie naiv bist du eigentlich? Wie naiv, glaubst du eigentlich, dass ich bin?«

»Jetzt hör mir doch mal zu!«

»Ich höre dir die ganze Zeit zu, aber ich habe das Gefühl, dass du mir nicht die Wahrheit sagst, und so langsam frage ich mich, ob du sie nur mir verschweigst oder auch dir selber, ob du die Wahrheit überhaupt wahrhaben willst!«

»Es ist nicht, wie du denkst. Es ist einfach nicht, wie du denkst.«

»Und wie ist es dann?«

»Es geht nicht um Sex, um nichts Sexuelles.«

»Dann kannst du etwa auch durchschauen?«

»Durchschauen?«

»Durch die Scheiben. Kannst du ihn durch die Scheiben sehen? Kannst du ihn sehen, während er dich sieht?«

»Ich konzentriere mich –«

»Wenigstens seinen Schatten? Seine Silhouette? Du weißt nicht mal, wann er am Fenster steht und wann nicht?«

»Ich konzentriere mich aufs Schwimmen, wie gesagt!«

»Und nach dem Schwimmen, wenn du dich beim Wasser ›bedankst‹? Siehst du ihn dann?«

»Dann bedanke ich mich beim Wasser, ich –«

»Du kannst also nicht durch die Scheiben sehen.«

»Wieso sollte ich?«

»Weil dahinter ein Mann steht und du nicht weißt, was er mit dir macht, deinem Bild, deinem Anblick ...«

»Ich verstehe nicht, warum das so wichtig –«

»Weil er dich sieht, ohne gesehen zu werden, und alles Mögliche treiben kann hinter seinen verspiegelten Scheiben. Und du willst mir erzählen, es ginge um nichts Sexuelles!«

»Sie sind nicht verspiegelt.«

»Was?«

»Die Scheiben. Sie sind getönt, nicht verspiegelt.«

»Was macht das für einen Unterschied?«

»Es ist nicht die CIA oder NSA, es ist nur ein Bungalow mit getönten Scheiben, wegen der Sonneneinstrahlung am Berg. Und: Nein, es gibt keine Partys, keine perversen Gesellschaften, keine Kameras ...«

»Woher willst du das wissen?«

»Ich weiß es.«

»Woher?«

»Ich weiß, was ich wissen muss.«

»Und das reicht dir? Da spielt einer Gott, sieht alles, weiß alles, hat alle Macht über dich – und du spielst mit? Du lässt das einfach mit dir machen?«

»Ich wurde nie schlecht behandelt, niemals.«

»Wieso sagst du mir nicht die Wahrheit?«

»Es ist die Wahrheit! Ich bin nie schlecht behandelt worden! Ich –«

»Die Wahrheit ist, dass er dich kauft! Er kauft dich für die Zeit, die du bei ihm bist und ihm etwas vorschwimmst, er bezahlt dich, und du tust, was er will. Genauso gut könntest du ihm etwas vortanzen an der Stange oder dich auf einem Diwan aalen wie bei einer Peepshow –«

»Es ist keine Peepshow!«

»Es ist wie eine Peepshow: Er sieht dich, du siehst ihn

nicht. Er zahlt, und du befriedigst seine Sehnsüchte, seine Schaulust. Lass uns die Dinge beim Namen nennen! Die Wahrheit ist, du verkaufst dich, deinen Körper, dein Bild, und das einzig wahre Wort, das ich dafür kenne, ist Prostitution.«

»Gut, das reicht jetzt, ich –«

»Gibt es viele wie dich?«

»Wie?«

»Hat er noch andere Mädchen?«

»Das reicht jetzt wirklich.«

»Hat er noch andere Callgirls?«

»Wir sind keine Callgirls!«

»Also hat er noch andere.«

»Nein!«

»Und wer ist ›wir‹?«

»Wir?«

»Du hast gesagt: ›Wir sind keine Callgirls.‹ Wer ist wir?«

»Na, du und ich, das heißt, ich dachte, wir wären ›wir‹, ich und du als meine Nachfolgerin, aber so wie es aussieht –«

»Dann bist du immer allein, ich meine, allein da, abends am Pool.«

»Ja, wenn du das wissen willst: Ich komme allein, schwimme allein und gehe allein.«

»Dir begegnet kein Mensch?«

»Nein.«

»Niemand? Auch nicht Dr. No? Du bekommst ihn nicht zu Gesicht? Nie?«

»Nein!«

»Und wer macht dir auf?«

»Ich gehe zum Tor, drücke den Knopf an der Gegensprechanlage, sage kurz, wer ich bin, und das Tor öffnet sich automatisch.«

»Das macht es nicht besser.«

»Was?«

»Dass es keine Zeugen gibt.«

»Zeugen!«

»Du bist allein, hast du gesagt, ich wäre allein. Also lässt er sich immer nur eine kommen.«

»Niemand lässt uns kommen! Wir sind keine Call-girls!«

»Wer ist ›wir‹? Jetzt hast du schon wieder ›wir‹ gesagt!«

»Na, ich und wer auch immer meine Nachfolgerin wird –«

»Was ist eigentlich mit deiner Vorgängerin?«

»Vorgängerin?«

»Du hattest doch eine Vorgängerin, oder bist du die Erste?«

»Nein. Nein, ich bin nicht die Erste.«

»Also, was ist mit ihr?«

»Wieso interessiert dich das?«

»Was ist mit ihr?«

»Nichts.«

»Ist sie tot?«

»Nein! Wie kommst du darauf?«

»Kann ich sie sprechen?«

»Wieso willst du sie sprechen?«

»Vielleicht sagt sie mir die Wahrheit.«

»Ich sage dir die Wahrheit!«

»Wer ist sie? Kenne ich sie?«

»Du kannst sie nicht sprechen!«

»Wieso nicht?«

»Es ist ein ungeschriebenes Gesetz. Wir sprechen nicht darüber, wir bewahren Stillschweigen.«

»Sonst?«

»Wie, ›sonst‹?«

»Was passiert, wenn ihr es brecht, euer Stillschweigen, dieses Gesetz? Womit droht er euch?«

»Niemand droht uns. Wir sprechen nur nicht darüber, aus Respekt und –«

»Und aus ›Dankbarkeit‹ …«

»Aus Respekt und Dankbarkeit, ja, ob du es glaubst oder nicht, außer, versteht sich, bei der Übergabe. Doch selbst da besprechen wir nur das Nötigste. Ich rede schon viel zu viel.«

»Hat deine Vorgängerin weniger geredet, als sie dir den Job übergeben hat?«

»Es ist kein Job, es ist –«

»Natürlich ist es ein Job, ein mentaler Blowjob.«

»Es ist ein Amt.«

»Ein ›Amt‹?«

»Ja, eine Art Hochamt.«

»Das glaubst du doch wohl selber nicht! Die Hure als Heilige, die Tempeldienerin und Hetäre, sag mal, in welcher Zeit lebst du eigentlich?«

»Ich sage jetzt nichts mehr.«

»So langsam zweifle ich an dir.«

»Ich sage nichts mehr.«

»Ich will deine Vorgängerin sprechen, heute noch, das heißt, falls sie noch lebt.«

»Natürlich lebt sie! Warum sollte sie nicht –«

»Irgendwas ist doch mit ihr!«

»Was soll mit ihr sein?«

»Geht es ihr gut?«

»Weiß ich doch nicht!«

»Ich kann auch zur Polizei gehen …«

»Um zu fragen, ob es ihr gut geht?«

»Ob sie tot ist.«

»Sie lebt – wie oft soll ich das noch sagen? Sie lebt etwas weiter außerhalb, in einer Siedlung am Stadtrand.

Nach allem, was ich weiß, ist sie inzwischen verheiratet und schwanger oder hat schon ihr Kind.«

»Musste sie deswegen aufhören?«

»Was?«

»Wegen der Schwangerschaft? Hat man ihren Bauch zu sehr gesehen?«

»Nein, das kam später.«

»Die Schwangerschaft oder dass man es sehen konnte?«

»Beides, nehme ich an.«

»Dann ist das Kind nicht von ihm?«

»Von wem?«

»Dr. No!«

»Wenn du nicht endlich damit aufhörst −«

»Und dann, gerade zur rechten Zeit, kamst du als ihre Nachfolgerin, rank, schlank, nicht schwanger. Du bist doch nicht schwanger, oder?«

»Nein.«

»Und warum wirst du dann ausgetauscht?«

»Ich werde nicht ›ausgetauscht‹.«

»Bist du ihm zu alt? Will er eine Jüngere? Oder einfach nur Abwechslung?«

»Ich werde nicht ausgetauscht!«

»Dann hast du gekündigt, freiwillig, ja? Warum willst du nicht mehr? Und warum sollte ich wollen, was du nicht willst?«

»Hör zu, es tut mir leid. Es war ein Fehler, mein Fehler. Ich dachte, es könnte dich interessieren, du seist womöglich die Richtige. Falsch gedacht, ich hätte dich gar nicht erst fragen sollen, vergiss es. Vergiss es einfach.«

»Aber wieso denn?«

»Du willst nicht, und ich will dich nicht überreden. Also lassen wir das.«

»Aber ich will ja. Ich habe nie gesagt, dass ich nicht will.«

»Du hast gesagt –«

»Ich habe nur gesagt, ich will wissen, worauf ich mich einlasse, das heißt doch wohl, dass es mich interessiert.«

»Es interessiert dich?«

»Sonst würde ich ja nicht fragen.«

»Du willst meine Nachfolgerin werden?«

»Ja, natürlich. Ich will den Job – oder das ›Amt‹, wenn dir das lieber ist.«

»Wegen des Geldes?«

»Soll ich lügen?«

»Nein, nein, schon gut. Am Anfang habe ich es ja auch wegen des Geldes gemacht.«

»Und ein bisschen, weil ich es aufregend finde, so als Pool-Hostess.«

»Na ja, ›Pool-Hostess‹ …«

»Das ist es doch, was er will, wenn wir ehrlich sind: eine schwimmende Hostess für seinen Gebirgspool.«

»Ich würde eher sagen –«

»Nur ohne Sex.«

»Was?«

»Nur Schwimmen, hast du gesagt, ohne Anfassen, oder?«

»Sicher.«

»Oder hat er dich angefasst? Wollte er Sex von dir?«

»Nein!«

»Ich will es nur wissen, damit ich mich darauf einstellen kann.

Ich will wissen, was ich verkaufe und für welchen Preis.«

»Du würdest es auch machen, wenn …?«

»Wenn es entsprechend bezahlt wird.«

»Du würdest deinen Körper verkaufen?«

»Davon reden wir doch die ganze Zeit.«

»Ich nicht!«

»Nein, du nicht, du redest darum herum, aber ich.«

»Ich habe nie gesagt, dass du deinen Körper verkaufen sollst!«

»Es ist wie mit einem Aquarium, hast du gesagt, nur dass Dr. No keinen Fisch für seinen Pool will, sondern eine Schwimmerin. Leider gibt es uns nicht in einer Zoohandlung, und das Kaufen von jungen Frauen und ihren Dienstleistungen ist noch immer –«

»So habe ich das nicht gemeint.«

»Was nicht heißt, dass ich es nicht mache. Vorausgesetzt, der Preis stimmt.«

»So läuft das nicht!«

»Alles hat seinen Preis.«

»Also, ganz ehrlich, ich glaube, wir lassen es.«

»Lassen?«

»Ja. Es tut mir leid, aber ich – ich glaube wirklich, wir sollten es lassen.«

»Glaubst du, ich kann Dr. No nicht zufriedenstellen?«

»Darum geht es nicht.«

»Traust du mir das nicht zu?«

»Nein, nein, ich habe mich getäuscht, meine Schuld.«

»Was ist denn jetzt los? Du kannst doch nicht plötzlich einen Rückzieher machen!«

»Ich mache keinen Rückzieher, ich hatte schon die ganze Zeit kein gutes Gefühl, und inzwischen bin ich mir sicher, dass – ich bin zu dem Schluss gekommen, dass es falsch ist.«

»Bin ich nicht die Richtige?«

»Das habe ich nicht gesagt, aber –«

»Du hast gesagt, du hättest geglaubt, ich sei die Richtige, und jetzt sagst du, es sei falsch, das heißt ja wohl, dass ich die Falsche bin.«

»Du bist nicht die Richtige, ja.«

»Wieso?«

»Lass uns das nicht vertiefen.«

»Bin ich nicht gut genug? Bin ich in deinen Augen keine ›würdige Nachfolgerin‹ für dich?«

»Bitte, glaub mir, glaub mir einfach.«

»Ich kann alles im Wasser, was du kannst, alles, und außerhalb des Wassers, nun, wir werden ja sehen …«

»Es hat keinen Sinn.«

»Dr. No wird sich nicht beschweren, ich werde ihm keinen Grund zur Klage geben, verlass dich drauf!«

»Darum geht es nicht. Entschuldige, aber – die Antwort ist Nein.«

»Nein?«

»Nein, leider.«

»Ich möchte Dr. No persönlich sprechen. Ich will mich ihm vorstellen. Er soll sagen, ob ich die Richtige bin oder nicht.«

»Ausgeschlossen.«

»Gib mir die Chance.«

»Das geht nicht.«

»Ich will nur eine Chance!«

»Du hast deine Chance gehabt.«

»Wie? Das hier – dieses Gespräch hier mit dir, das war meine Chance?«

»Ja, jede Vorschwimmerin bestimmt ihre Nachfolgerin.«

»Und warum sagst du mir das nicht!«

»Ich sage es dir ja.«

»Warum sagst du mir nicht, was ich falsch gemacht habe?«

»Das führt doch zu nichts.«

»Was habe ich falsch gemacht?«

»Gar nichts, ich habe einfach nur kein gutes Gefühl.«

»Bei mir.«

»Bei dem Ganzen.«

»Aber du hast es gemacht, das Ganze, ohne Bedenken, nur bei mir hast du auf einmal kein gutes Gefühl –«

»Ja, Herrgott, ja! Ich habe kein gutes Gefühl bei dir!«

»Okay ...«

»Du wolltest es wissen, bitte, jetzt weißt du es. Ich habe bei dir kein gutes Gefühl, Punkt.«

»Weil?«

»Es passt einfach nicht. Glaub mir.«

»Weil?«

»Weil ich weiß, worum es geht, und du nicht.«

»Dann erklär's mir!«

»Das hat keinen Sinn.«

»Weil ich es nicht verstehe.«

»Weil wir uns offensichtlich nicht verstehen.«

»Weil ich zu dumm bin.«

»Du bist nicht zu dumm.«

»Du hast es verstanden, ich verstehe es nicht, das heißt doch wohl, ich bin zu dumm dazu.«

»Du bist nicht zu dumm, es ist die Einstellung ...«

»Ich habe also nicht die richtige Einstellung?«

»Wie gesagt.«

»Ich kann sie ändern.«

»Nein.«

»Aber natürlich, ich kann meine Einstellung ändern. Wie soll ich denn sein? Wie hättest du mich denn gern?«

»Hör auf damit.«

»Stell ich dir zu viele Fragen?«

»Lass das!«

»Bin ich zu direkt oder zu plump für dich und deinen Ästheten oder zu –«

»Das hat wirklich keinen Sinn.«

»Zu ordinär, wollte ich sagen. Ich bin zu ordinär für den Job, das Amt. Dein ›Hochamt‹, nicht wahr, ist einfach zu hoch für mich!«

»Du weißt gar nichts.«

»War es der Sex? Sag es mir, bitte. Habe ich dir – euch – zu viel über Sex geredet?«

»Kein Kommentar.«

»Ich wusste es. Ihr mögt es nicht, wenn man davon spricht …«

»Kein Kommentar.«

»Wenn ich euch damit zu nahe getreten bin, bitte ich um Entschuldigung, aber ich dachte, Sex sei ein Teil der Stellenbeschreibung.«

»Es geht nicht um Sex, um nichts Sexuelles, das habe ich dir von Anfang an gesagt!«

»Und ich habe nicht auf dich gehört und immer weiter von Sex geredet, ordinärerweise, unästhetischerweise! Entschuldigung.«

»Können wir das Thema jetzt beenden?«

»Habe ich es schon wieder getan? Tut mir leid.«

»Immer musst du alles in den Schmutz ziehen! Immer musst du alles kaputt machen und in den Schmutz ziehen! In meiner ganzen Zeit als Vorschwimmerin habe ich mich nicht so beschmutzt gefühlt wie jetzt durch dieses Gespräch mit dir!«

»Das war nicht meine Absicht.«

»Wenn du glaubst, dich prostituieren zu müssen, wenn du bereit bist, für Geld alles zu tun, dann, bitte, tu dir keinen Zwang an, aber beruf dich nicht auf mich, denn ich habe es nicht getan und würde es auch nie tun, weil ich keine Nutte bin und erst recht keine zu alt gewordene, hast du das jetzt verstanden? Ich bin nicht deine Puffmutter!«

»Das wollte ich damit nicht –«

»Und ich lasse mich nicht länger von dir beleidigen, hörst du? Ich lasse mich und das, was ich getan habe – mit Respekt und Dankbarkeit getan habe –, nicht länger von dir beleidigen!«

»Das wollte ich damit weder sagen noch andeuten, aber –«

»Es dreht sich nicht alles um Sex, nur weil sich für dich alles um Sex dreht. Es ist nicht jeder pervers, nur weil du so denkst!«

»Sich eine Schwimmerin für seinen Pool zu kaufen – also wenn das nicht pervers ist!«

»Red nicht von Dingen, die du nicht verstehst! Red nicht bei allem, was dir zu hoch ist, gleich von Kaufen und Verkaufen! Red doch nicht immer alles herunter!«

»Ich habe halt echt schlechte Erfahrungen gemacht.«

»Ist es denn so unvorstellbar, so undenkbar für dich, dass es im Leben noch etwas anderes gibt, etwas Drittes, jenseits von Sex und Geld?«

»Ich habe halt wirklich schlechte Erfahrungen gemacht.«

»Und warum, hast du dich das mal gefragt?«

»Vielleicht, weil ich immer an die Falschen geraten bin.«

»Und warum waren es die Falschen?«

»Keine Ahnung.«

»Weil du immer gleich das Schlechteste unterstellst! Weil du in allem das Hässliche siehst, nicht das Schöne. Nur, wer es nicht sehen kann, dem passiert auch nichts Schönes, verstehst du, dem passiert zwangsläufig das Allerhässlichste!«

»Ja, wahrscheinlich.«

»Ganz sicher! Und es wird nicht besser, wenn du so

147

weitermachst. Du wirst weiter an die Falschen geraten und deine schlechten Erfahrungen machen, immer noch schlechtere, weil alles, was dir widerfährt, nichts anderes ist als die Bestätigung deines eigenen Vorurteils.«

»Na ja –«

»Und du wirst die Schuld überall suchen, bei diesem oder jenem, der dir dieses oder jenes angetan hat, du wirst sie allen anderen zuschieben, die Schuld, nachdem du ihnen vorher Schlechtes unterstellt hast, nur bei dir selbst wirst du nicht suchen, der einzigen Person, die an allem Schuld hat, die selber schuld ist an der Gemeinheit und Hässlichkeit ihrer Welt!«

»Ich – ich bin selber schuld?«

»An der Gemeinheit und Hässlichkeit deiner Welt.«

»Das ist hart.«

»Das ist nicht hart, du musst es nur endlich verstehen!«

»Und wenn ich zu dumm bin?«

»Du bist nicht dumm.«

»Doch, bin ich. Und ordinär.«

»Es ist die Einstellung. Mit dieser Einstellung –«

»Ich bin Dreck, und mir passiert nur Dreck, es stimmt schon. Stimmt total.«

»Du musst raus aus dem Teufelskreis, das ist es. Mit dieser Einstellung kommst du nie aus dem Teufelskreis raus!«

»Ich hab's versaut. Ich habe euch beiden – dem Doktor und dir – Schlechtes unterstellt, und schon kommt etwas Schlechtes zurück, das ist typisch, so typisch für mich.«

»Weil du vom Leben enttäuscht bist.«

»Das kann man wohl sagen.«

»Weil du ein paar Mal vom Leben enttäuscht worden

bist und jetzt mit all den anderen Enttäuschten darum wetteiferst, wer von euch am enttäuschtesten ist, nur damit ihr sagen könnt, ihr kennt euch aus, ihr kennt die Wirklichkeit. Dabei ist das, was ihr die Wirklichkeit nennt, bloß das Phantasma eurer Frustration, die Art von Bestrafung, die unter Zynikern als Belohnung gilt, weil es für sie kein größeres Glück gibt, als recht zu behalten über die Schlechtigkeit der Welt. Und sie irren sich nie, weil sie alles Schöne aus ihrer Welt verbannt haben, weil es für sie nicht einmal mehr die Möglichkeit der Schönheit gibt! Und so willst du leben? So willst du weitermachen, bis in alle Ewigkeit?«

»Nein.«

»Du willst keine Zynikerin unter Zynikern mehr sein?«

»Nein!«

»Dann gibt es nur eins – du weißt, was ich meine.«

»Ich? Nein, sag du es mir, bitte. Hilf mir.«

»Du brauchst Hilfe?«

»Ja.«

»Das ist der erste Schritt, weißt du das?«

»Wirklich?«

»Sich einzugestehen, dass man Hilfe braucht, dass es so nicht weitergeht und man Hilfe braucht, das ist der erste Schritt.«

»Ist das gut?«

»Ja, das ist gut. Sofern auf den ersten der zweite Schritt folgt …«

»Und der wäre?«

»Das ist jetzt nicht leicht. Der zweite Schritt ist schwerer, viel schwerer als der erste. Aber es ist und bleibt eine Frage der Einstellung, der Bereitschaft. Bist du bereit?«

»Ich bin ziemlich fertig, um ehrlich zu sein.«

»Es ist reine Kopfsache. Der zweite Schritt betrifft die Einstellung selbst, den Glauben.«

»Okay.«

»Das Problem ist nämlich nicht das Enttäuschtsein vom Leben. Das Problem ist: Dir fehlt der Glaube.«

»Ja, das kommt noch hinzu, ich glaube an nichts, gar nichts.«

»Falsch – entschuldige, dass ich das so hart sage, aber ganz falsch! Das kommt nicht hinzu, das ist der Grund, die eigentliche Ursache. Du hast deinen Glauben verloren und dich abgefunden mit der vermeintlichen Schlechtigkeit deiner Welt. Und um da wieder rauszukommen, gibt es nur eins: Du musst langsam, ganz langsam wieder lernen zu glauben!«

»Tja, das habe ich gründlich verlernt.«

»Aber du kannst es wieder lernen. Es ist nicht leicht, es ist harte, sehr harte Arbeit – ich weiß, wovon ich spreche –, aber wenn du fest daran glaubst, dann schaffst du es auch.«

»Was?«

»Wieder zu glauben.«

»Woran denn?«

»An das Schöne. An dich.«

»Das kann ich nicht.«

»Natürlich kannst du!«

»Ich bin müde.«

»Du denkst, du bist müde, aber du bist nur enttäuscht.«

»Ich bin wirklich sehr müde.«

»Wenn du es schaffst zu glauben, wirst du auch wieder die Kraft haben, du wirst erfrischt sein, erquickt!«

»Sagt das der Doktor?«

»Ich sage das.«

»Und du hast es geschafft?«

»Du kannst das auch. Mit ein bisschen gutem Willen …«

»Aber ich will ja! Ich würde ja gern, so gerne glauben, was du glaubst, nur … es ist nicht dasselbe, fürchte ich, es ist sogar das Gegenteil davon, nicht Glaube, sondern Eifersucht. Ganz ehrlich, ich – ich bin eifersüchtig auf dich.«

»Ich war wie du.«

»Was?«

»Ich war wie du.«

»Wie ›wie ich‹?«

»Am Anfang. Als ich anfing, habe ich auch an nichts geglaubt, ich habe auch nur das Geld gesehen. Es war harte Arbeit, wie gesagt, es hat sehr lange gedauert, viele Stunden im Becken, viele Sonnenuntergänge, viel Regen, ganz viel Schönheit, bis …«

»Ich kann das nicht.«

»Das habe ich auch gedacht, und ich bin ungeduldig geworden, habe gezweifelt, gehadert, all das, aber irgendwann –«

»Und wenn ich nicht die Richtige bin?«

»Du bist die Richtige.«

»Glaubst du wirklich?«

»Zweifeln ist ja nicht falsch. Es hat auch bei mir lange gedauert, bis … bis ich wieder an das Schöne glauben konnte. Es gab Momente beim Schwimmen, da hätte ich es selbst nicht für möglich gehalten, ich bin geschwommen, im doppelten Sinne, hatte jeden Halt verloren, jede Sicherheit –«

»Genau!«

»Aber auch das will durchschwommen werden, diese Zeit. Ich bin einfach immer weiter geschwommen, in vollkommener Gleichmäßigkeit, und dann habe ich es erfahren. Ich habe die Erfahrung gemacht, dass es etwas anderes gibt, etwas Drittes, Schönes, und dass ich es sehen kann.«

»Und du bist sicher, dass ich ... also ich auch –«

»Du hast mich vorhin gefragt, ob ich berührt wurde oder angefasst, weißt du noch? Und ich habe gesagt, dass mich niemand angefasst oder berührt hat, und das ist die Wahrheit, aber die Wahrheit ist auch: Es hat mich angefasst, es, verstehst du, hat mich berührt, der Glaube, der Sinn für das Schöne.«

»Ja?«

»Und ich bin sicher, es wird auch dich anfassen und berühren, irgendwann, wenn du nur lange genug schwimmst.«

»Also gut.«

»Und das Verrückte ist, du wirst durch diese Berührung irgendwie unberührbar, du erlebst noch einmal deine Schwäche, deine Hilfsbedürftigkeit, deine Schuld, du bist ganz unten, ganz klein, und dann auf einmal, nach einiger Zeit wirst du erhoben, kraft deines Glaubens. Deine Schwäche wandelt sich in Stärke, deine Schuld in Unschuld. Du wirst unantastbar!«

»Und er hat dich wirklich nicht angefasst, also der Doktor ...«

»Nein, hab ich doch gesagt, nicht er, sondern es!«

»Es geht überhaupt nicht um Sex, richtig?«

»Es geht überhaupt nicht um Sex, es geht um das Gegenteil!«

»Das Gegenteil von Sex?«

»Reinigung. Es geht darum, dass du dich reinwäschst, indem du schwimmst.«

»Ja, natürlich reinige ich mich, wenn ich schwimme, nur –«

»Im übertragenen Sinne, im Sinne von Katharsis. Oder Läuterung, wie wir sagen. Wir sagen ›Läuterung‹.«

»Wir, das heißt, du und deine Vorgängerin …«

»Und meine Nachfolgerin, hoffe ich, also hoffentlich du.«

»Ich?«

»Vorausgesetzt, du willst es wirklich.«

»Und ob ich es will!«

»Ich meine, besser werden …«

»Ich will besser werden, und ob! Ein besserer Mensch!«

»Indem du dich reinwäschst und läuterst.«

»Ich will alles tun, um mich zu läutern. Ich will mich läutern wie ihr!«

»Du musst es nicht für uns tun, verstehst du, du tust es für dich.«

»Ja, ja.«

»Es geht um Unschuld, es geht darum, dass du deine Unschuld wiedererlangst auf die einzig mögliche Weise.«

»Durch das Gegenteil von Sex …«

»Durch Läuterung, genau.«

»Aber genau das will ich! Das will ich total!«

»Es ist kein Wettbewerb, es geht nicht darum, besser zu sein als irgendwer, sondern nur darum, dich zu bessern. Hast du das jetzt verstanden?«

»Ich glaube, ja.«

»Das ist schön. Das hast du schön gesagt.«

»Was?«

»Dass du glaubst. Du sagtest, ›ich glaube‹.«

»Ja, ich glaube wirklich, ich fange so langsam an, wieder zu glauben.«

»Das ist sehr schön.«

»Dann … dann sind wir im Wort?«

»Schön! Ist das nicht schön, unsere Sprache? ›Im Wort Sein‹, schön, nicht?«

»Ja, ich meine, wir sind im Geschäft, oder? Wobei ›Geschäft‹ jetzt natürlich nicht schön ist, aber du weißt, was ich meine …«

»Es ist kein Geschäft!«

»Nein, aber du weißt, was ich meine …«

»Darüber sprechen wir nicht. Wir sprechen nie mehr von Sex und Geschäft, verstanden? Wir bewahren Stillschweigen, ist das klar?«

»Ja, ja, Stillschweigen, absolut.«

»Gut.«

»Es ist auch nicht so, dass ich ständig daran denke, also an – du weißt schon. Ich denke nur immer, es wird erwartet, es wird von mir erwartet. Ich selber brauche das nicht, ich will es auch gar nicht. Ich will einfach nur schwimmen, das reicht mir.«

»Um dich zu läutern.«

»Was? Ja. Um mich zu läutern und so weiter, also das genaue Gegenteil von Sex.«

»Worüber wir nicht sprechen wollen.«

»Richtig, Stillschweigen. Schwimmen und schweigen. Das ist alles.«

»Und das sagst du nicht nur so? Du glaubst, was du da sagst?«

»Absolut. Ich komme allein, schwimme allein, gehe allein – wunderbar!«

»Du hast es verstanden.«

»Danke, ja. Dank dir.«

»Gut.«

»Ich … Ich habe meine Lektion gelernt.«

»Sehr gut.«

»Dann also … Muss ich irgendwas unterschreiben?«

»Nein, nein. Wir sind im Wort, wie du so schön gesagt hast.«

»Ja, klar, aber irgendwas Schriftliches …«

»Jetzt sag nicht, dass du mir nicht glaubst!«

»Nein, nein, nur so aus Gewohnheit. Natürlich glaube ich dir – und mir.«

»Schön. Also dann: Auf die Schönheit!«

»Auf die Schönheit!«

»Denn darin besteht der dritte Schritt: vom Glauben an das Schöne zur Schönheit selbst. Darin besteht das Geschenk, das Dritte, was man nicht kaufen kann, was unbezahlbar ist: dass sich der Körper im Glauben selbst überschreitet, sich zur Schönheit transzendiert, zum reinen Schönen. Aber keine Sorge, der dritte Schritt ist der leichteste, folgerichtigste, zwangsläufigste. Wenn du Schritt eins und zwei geschafft hast, geschieht der dritte Schritt, die Selbstüberschreitung ganz von allein.«

»So.«

»Ja. Du musst nur anfangen zu glauben, zu schwimmen und zu glauben.«

»Na, dann …«

»Nackt natürlich.«

»Entschuldigung?«

»Wegen der Reinigung.«

»Hast du gerade ›nackt‹ gesagt?«

»Und wegen der Körperlichkeit, damit sie sich entgrenzt.«

»Wir schwimmen nackt?«

»Natürlich nicht im übertragenen Sinne, du wirst dich nicht nackt fühlen, nur am Anfang vielleicht, ein wenig, aber dann im Gegenteil! Du wirst spüren, wie sich deine Nacktheit transzendiert.«

»Okay.«

»Du hast doch kein Problem mit Nacktheit?«

»Nein, nein, ganz und gar nicht.«

»Es ist nur aus ästhetischen Gründen, aus Gründen der Transzendenz.«

»Kein Problem. Ich versteh schon.«

»Bestens.«

»Dann ist das alles, was ich wissen muss?«

»Im Prinzip.«

»Wann ... wann fange ich an?«

»Wenn die Sonne untergeht.«

»Heute noch?«

»In zwei Stunden. Geht das?«

»Doch, ja, kein Problem.«

»Also dann ... Schwimm schön!«

»Ach, äh, und wie komme ich rein?«

»Ich führ dich hin. Heute. Beim ersten Mal. Bei Regen vielleicht.«

»Und morgen?«

»Morgen klingelst du einfach am Tor, an der Gegensprechanlage, sagst deinen Namen und dass du für mich kommst. An meiner Stelle.«

»So einfach.«

»Ja, das ist alles. Und ansonsten: Stillschweigen, nicht vergessen!«

»Klar, das ... das versteht sich.«

»Übrigens, eins noch. Wenn du dich transzendiert hast und unberührbar geworden bist in deiner Nacktheit, du verstehst ...«

»Ja?«

»Wenn du den Punkt erreicht hast, dass du von dir sagen kannst, ich glaube und sehe das Schöne, den Punkt, an dem es nicht mehr weitergeht, und du willst aufhören ...«

»Wenn ich aufhören will, ja, ich verstehe ...«

»Für den Fall also noch eine Bedingung: Du musst eine Nachfolgerin finden.«

»Eine Nachfolgerin?«

»Ja, ein Mädchen, eine junge Frau, eine Schwimmerin, die deinen Platz einnimmt. Du musst sie überzeugen – mit allem, was du an Glauben, an Überzeugungskraft gewonnen hast. Erst dann hast du es wirklich geschafft.«

»Ich muss –«

»Du musst deinen Glauben an sie weitergeben, den Samen und Keim deines Glaubens, so wie ich ihn an dich weitergegeben habe, damit sie es dir gleichtut. Wir nennen es ›einweihen‹.«

»Ich muss sie dazu bringen, für mich zu schwimmen?«

»Nicht für dich, sondern an deiner Stelle. Sie tut es ja dann für sich, um ihrer selbst willen, das heißt, vorausgesetzt, du überzeugst sie.«

»Ja, aber –«

»Du musst ihr die Chance geben, sich zu befreien aus dem Abwärtsstrudel von billigem Zynismus und Enttäuschung.«

»Das heißt, um aufhören zu können, muss ich erst –«

»Einen Menschen retten, ja.«

»Retten?«

»Aus dem Teufelskreis. Du musst erst dich retten und dann eine andere.«

»Also, ich … ich weiß nicht.«

»Erst dann bist du frei, wirklich frei.«

»Also, ich weiß nicht, ob ich das –«

»Oh, ich bin sicher, du kannst das. Du wirst es können, wenn es so weit ist.«

»Ja, aber wann denn, wen denn?«

»Du wirst wissen, wer die Richtige ist, wenn du an den Punkt gekommen bist.«

»Dann wusstest du von vornherein, dass du mich … dass ich für dich …«

»Dass du meine Nachfolgerin werden würdest?«

»Ja.«

»Nein. Ich wusste es nicht, das konnte ich nicht wissen …«

»Aber?«

»Ich habe es geglaubt.«

SANDRA NIERMEYER

Johnny

Kerstin und ich waren heute unter der Autobahnbrücke. Eigentlich dürfen wir dort nicht hin, aber solange Mama im Büro ist und Papa bei der Arbeit, merkt es keiner. Uns kamen zwei komische Frauen entgegen. Sie hatten lange, verfilzte Haare und zerrissene Kleidung und ihre Schlaghosen waren so lang, dass sie bis über die Schuhabsätze hingen und ganz mit Schmutz vollgesogen waren. Sie sahen uns verärgert an. Mir war gleich ganz unheimlich zumute. Ich hielt mich an Kerstin fest. Kerstin hat nie Angst. Oder sie tut zumindest so.

Die beiden Frauen gingen auf dem schmalen Weg unter der Brücke hintereinanderher, wir stellten uns an den Rand, um ihnen Platz zu machen. Als sie an uns vorbei waren, flüsterte Kerstin mir zu: »Siehst du die Fußabdrücke?«

Es hatte geregnet, der Weg war schlammig, und die Schuhabdrücke der beiden waren deutlich auf dem aufgeweichten Weg zu sehen. Es waren Plateausohlen, mit denen sie tief eingesunken waren.

»Wir graben die Abdrücke aus, bewahren sie auf, und dann schaue ich morgen bei Aktenzeichen XY, ob die beiden Frauen gesucht werden«, bestimmte Kerstin.

Kerstin sagt immer, was gemacht wird.

Ich rannte nach Hause, weil mein Zuhause näher lag als Kerstins, und holte zwei Schaufeln und ein paar alte Porzellanschalen aus dem Abstellraum, die dort aufbewahrt wurden, weil sie gesprungen waren und entsorgt werden sollten.

Als ich wieder zur Autobahnbrücke zurückkam, kniete Kerstin neben den Fußabdrücken und bewachte sie, dabei war weit und breit niemand zu sehen, der die Abdrücke hätte zerstören können. Wir gruben sie aus, legten sie auf die Porzellanschalen und deponierten sie neben den Kaninchenställen in unserem Garten.

»Ich erzähle dir dann morgen, was sie bei Aktenzeichen XY gesagt haben«, verabschiedete Kerstin sich.

Kerstin ist zwei Jahre älter als ich. Sie darf schon XY gucken, ich noch nicht.

Beim Abendbrot dachte ich die ganze Zeit an die beiden Frauen.

Ich muss nun aufhören zu schreiben. Papa kommt die Treppe hoch. Er will nachschauen, ob ich noch lese. Ich darf nur bis neun Uhr lesen, und es ist schon Viertel nach neun.

Wir haben heute auf dem Schulhof ein Spiel gespielt. Ich kannte es noch nicht, aber die älteren Kinder haben es schon oft gespielt.

Wir stellten uns im Kreis auf, klatschten uns gegenseitig auf die Hände, und wer an einer bestimmten Stelle des Liedes abgeklatscht wurde, musste in die Mitte gehen.

Das Lied ging so ähnlich: *Johnny, komm, wir knacken eine Leiche, Johnny komm ins Leichenhaus. Johnny, komm, die Leiche wird schon weicher, und dann schlürfen wir sie aus. Jajaja, ob sie, ob sie, ob sie das wohl dürfen, ohne Messer, ohne Gabel, ohne Tischgebet …*

Meistens wurde ich abgeklatscht, weil ich zu langsam war. Wenn ich in die Mitte musste, hatte ich Angst. Ich war dann die Leiche, die ausgeschlürft wurde.

Die anderen sangen immer lauter und verkleinerten den Kreis. Zum Glück klingelte es zur nächsten Stunde, bevor sie mich ganz umzingelt hatten.

Ich muss nun erst die Mathehausaufgaben machen, bevor ich weiterschreiben kann.

Beim Mittagessen habe ich Mama gefragt, ob ich heute Abend Aktenzeichen XY sehen dürfte. Mama meinte, dafür sei ich noch zu klein. Ich sagte, dass Kerstin es schon seit zwei Jahren sehen dürfte. Das stimmt zwar nicht, aber Mama lässt sich manchmal erweichen, wenn ich ihr sage, dass andere Kinder es viel besser haben als ich. Sie antwortete, sie müsste erst Papa fragen. Das war schon ein halbes Ja.

Ich habe gerade nach den Fußabdrücken neben den Kaninchenställen geschaut. Sie sind gut getrocknet. Das Profil der Schuhe ist genau zu erkennen, sogar das Spiegelbild der Größenangabe. Die eine Frau hat Schuhgröße 41 und die andere Größe 42. Sehr große Füße für eine Frau, wenn man mich fragt. Es macht sie noch verdächtiger, finde ich.

Papa hat es erlaubt! Wenn er Hunger hat und nicht vom Essen abgehalten werden will, erlaubt er fast alles. Ich frage ihn immer vor dem Abendessen, wenn ich irgendetwas Wichtiges will.

Ich muss unbedingt noch schreiben, obwohl es schon drei Uhr nachts ist. Ich kann nicht schlafen. Aktenzeichen XY war ganz schrecklich.

Mama und ich saßen auf dem Sofa und Papa im Sessel. Zuerst habe ich nur auf die Primel gestarrt, die auf dem Fernseher steht, weil ich mich nicht traute, auf den Bildschirm zu schauen, und dann habe ich auf den

Videorekorder unter dem Fernseher gestarrt, auf den Papa so stolz ist, weil wir die Ersten in der Straße sind, die Video 2000 haben, und unser Nachbar schon ganz grün vor Neid ist, weil normalerweise er alles als Erster hat, aber dann habe ich doch irgendwann auf den Bildschirm geschaut. Ich verstand nicht alles, worum es ging, aber an eine Szene erinnere ich mich deutlich.

Eine Frau arbeitete im Supermarkt. Sie war die Letzte dort, und als sie ging, schloss sie die Tür ab. Ein Mann lauerte ihr auf. Er überfiel sie noch neben dem Supermarkt und erstach sie. Man konnte nur seine Füße sehen, auf die das Blut spritzte. Er wusch sich das Blut an einem Wasserhahn ab, der am Seitenausgang des Supermarktes angebracht war. Das Wasser vermischte sich mit dem Blut und floss in einen Abfluss. Mama und ich fingen an zu schreien, weil es so gruselig war. Papa lachte.

Sie zeigten von dem Mann immer nur seine Füße, das war besonders unheimlich.

Irgendwie hängt das alles zusammen. Die Abdrücke der beiden Frauen und die Turnschuhe des Mannes. Ich weiß nur noch nicht, wie.

Wir haben heute auf dem Pausenhof wieder das Spiel gespielt. Heute war ich so schnell, dass ich kein einziges Mal in die Mitte musste.

Kerstin redet auf dem Schulhof nicht mit mir. Sie will nicht mit mir gesehen werden, weil ich zwei Jahre jünger bin.

Auf dem Nachhauseweg durch den Park holte sie mich ein. »Ich hab gestern Aktenzeichen XY gesehen«, schnaufte sie.

»Ich auch«, sagte ich stolz. Ich versuchte, nicht ganz so angeberisch zu klingen, aber ich fühlte mich wichtig, weil ich es auch gesehen hatte.

Kerstin ignorierte mich. »Die beiden Frauen kamen nicht vor«, sagte sie. »Wahrscheinlich dauert es noch bis zur nächsten Sendung. Sie sind bestimmt gerade erst an dem Tag aus dem Gefängnis geflohen, an dem wir sie unter der Autobahnbrücke gesehen haben.«

»Hast du den Mann mit dem Blut an den Turnschuhen gesehen?«, fragte ich.

Kerstin nickte. »Die Turnschuhe kenne ich«, sagte sie. »Die gibt es im Kaufhof im Sonderangebot. Zwei Streifen nur, nicht drei.«

Ich glaubte ihr nicht. Kerstin wollte nur angeben, das will sie immer.

»An den Schuhen der Frauen war auch Blut«, sagte ich.

»Nein«, sagte Kerstin, »an denen war kein Blut.«

»Doch«, beharrte ich. »Komm heute Nachmittag gucken, dann zeige ich es dir.«

Am Mittagstisch konnte ich kaum still sitzen. Zum Glück gab es Nudeln, sonst hätte ich vom Stuhl auf die Küchenanrichte klettern müssen, um aus dem obersten Fach den Ketchup zu holen. Aber so stand er gleich auf dem Tisch, und ich ließ ihn einfach verschwinden, als Mama sich umdrehte.

Ich rannte nach draußen und schüttete etwas Ketchup auf die Fußabdrücke und ließ ihn in die Ritzen sickern, damit er nach altem getrocknetem Blut aussah. Dann wartete ich auf Kerstin.

Sie kam um drei Uhr. Sie hat mehr Hausaufgaben auf als ich, weil sie älter ist.

»Hier«, zeigte ich ihr. »Blut!«

Kerstin sah die Abdrücke misstrauisch an. »Das war vorgestern noch nicht«, sagte sie.

»Es hat sich aus der Erde nach oben geschoben«, sagte ich, »durch den Trocknungsvorgang. Blut schiebt sich immer irgendwann an die Erdoberfläche, darum werden auch die meisten Morde aufgedeckt. Wenn man eine Leiche vergräbt, wandert ihr Blut nach oben.«

Kerstin runzelte die Stirn. Sie kann es nicht haben, wenn ich mehr weiß als sie.

»Hat mir mein Papa erklärt«, fügte ich hinzu. »Er kennt sich mit Biologie aus. Es hat etwas mit Ost-Mose zu tun.«

Plötzlich hörten wir ein furchtbares Geschrei aus dem Kaninchenstall des Nachbarn. Er hat große Kaninchen, nicht so kleine Zwergkaninchen wie wir.

Kerstin und ich lugten über den Zaun. Der Nachbar kam mit einem langen Stock aus dem Stall, der an der einen Seite einen Haken hatte, und der steckte im Genick eines Kaninchens.

Das Kaninchen zappelte und schrie. Es klang wie ein Mensch.

»Duck dich«, zischte Kerstin. Ich ging schnell in die Hocke.

»Hast du seine Schuhe gesehen«, flüsterte Kerstin. Ich spähte durch die Lücken des Holzzauns. Ich konnte nur die Füße des Nachbarn sehen. Er trug Turnschuhe mit zwei Streifen. Neben seinen Schuhen tropfte Blut zu Boden.

»Er trägt die gleiche Marke wie der Mörder«, sagte Kerstin.

Ich hielt mir mittlerweile die Ohren zu. Das Kaninchen schrie immer lauter. Warum konnte er es nicht endlich töten?

»Er quält es langsam und grausam zu Tode«, flüsterte Kerstin.

Mir war schlecht. Ich fand den Nachbarn schon immer unheimlich, aber dass er so grausam war, wusste ich nicht.

Endlich hörte das Kaninchen auf. Auf den Platten vor dem Stall war eine riesige Blutlache. Der Nachbar holte einen Gartenschlauch und spritzte das Blut in einen Abfluss. Es war genauso wie in dem Film mit dem Supermarktmörder. Er wiederholte seine Tat. Ich hatte gehört, dass Serienmörder ihre Tat immer und immer wieder begingen, bis sie vollständig zufrieden waren.

Der Nachbar hieß Jupken. Das war eine Abkürzung für Johannes, und das wiederum klang wie Johnny. Es hing alles irgendwie zusammen.

»Komm heute Nacht um drei Uhr an diese Stelle«, sagte Kerstin, »dann sehen wir weiter.«

Mit diesen Worten lief sie nach Hause.

Ich ging auch ins Haus. Es würde nicht weiter schwierig sein, nachts unbemerkt die Wohnung zu verlassen, meine Eltern hatten einen festen Schlaf.

»Wo ist die Ketchup-Flasche?«, fragte meine Mutter, als ich in die Küche kam.

Mir fiel ein, dass ich sie neben den Ställen hatte stehen lassen. Hoffentlich hatte Kerstin sie nicht gesehen.

Kerstin wartete schon auf mich, als ich um drei nur mit meinem Schlafanzug bekleidet zum Zaun kam.

Sie warf einen kritischen Blick auf mein Oberteil, auf dem Sarah Kay an einer Blume roch, und ich ärgerte mich, dass ich mir nichts übergezogen hatte. Schlafanzüge sind echt privat, finde ich, und dass ich ein Sarah-Kay-Fan bin, musste sie ja nicht unbedingt wissen. Das fand sie bestimmt zu mädchenhaft.

Ich verschränkte die Arme vor der Brust.

»Ich habe einen Drohbrief dabei«, sagte Kerstin knapp. »Lies mal.«

Ich streckte einen Arm aus und nahm den Brief. *Wir haben Sie gesehen*, stand dort, *und wissen, was Sie mit der armen Frau gemacht haben. Ihre Turnschuhe haben Sie verraten. Sie sind ein Verbrecher. Wenn Sie nicht zur Polizei gehen und gestehen, wird es Ihnen übel ergehen. Legen Sie morgen einen Beutel mit 100 Mark unter der Autobahnbrücke ab. Wenn Sie es nicht tun, verraten wir Sie.*

Wir kletterten über den Zaun und pinnten den Zettel mit einer Heftzwecke an die Tür des Kaninchenstalls.

Ich fühlte mich beobachtet, als wir durch den Garten des Nachbarn zurückhuschten. Er stand bestimmt hinter der Gardine und beobachtete uns. Auf den Platten vorm Stall waren immer noch kupferfarbene Flecken.

Ich habe gute Neuigkeiten: Das Geld lag tatsächlich da!!! Er hat es dorthin gelegt!!

Kerstin und ich sind heute nach der Schule gleich zur Autobahnbrücke gelaufen. Auf dem Weg unter der Unterführung lag eine Geldbörse mit hundert Mark. Sie enthielt nicht nur Scheine, sondern auch mehrere Schecks, ein paar Fotos, die aussahen wie von steckbrieflich gesuchten Verbrechern, und Briefmarken.

»Wir müssen aufpassen, dass die Scheine nicht nummeriert sind«, sagte Kerstin. »Fass sie am besten nicht an, damit deine Fingerabdrücke nicht darauf sind.«

Sie griff das Portemonnaie mit ihrem Pulloverärmel und ließ es in ihre Hosentasche gleiten.

»Am besten, du nimmst es mit nach Hause«, sagte Kerstin. »Ich habe heute eine Vier in Mathe geschrieben, und meine Mutter ist sauer auf mich.«

Als wir an meiner Haustür angekommen waren, steckte ich das Portemonnaie in meinen rechten Kniestrumpf, weil ich einen Rock trug, der keine Taschen hatte.

»Was hast du denn da am Bein?«, fragte meine Mutter, als ich in die Küche kam.

»Ach nichts«, sagte ich.

»Zeig mal her«, sagte sie.

Sie zog das Portemonnaie aus meinem Strumpf und öffnete es.

»Nicht anfassen!«, rief ich. »Du darfst deine Fingerabdrücke nicht hinterlassen!«

Meine Mutter sah mich komisch an.

»Wo habt ihr das gefunden?«, fragte sie.

»Auf der Straße«, log ich.

»Wir müssen es zur Polizei bringen«, sagte sie.

Ich bekam Angst. Wenn wir es zur Polizei brächten, käme heraus, dass wir unseren Nachbarn erpresst hatten, und Erpresser kamen ins Gefängnis.

Meine Mutter ging abends mit meinem Vater zur Polizei und lieferte das Portemonnaie ab. Ich saß nervös am Küchentisch. Nun würde alles herauskommen.

Als meine Eltern nach Hause kamen, sahen sie mich nicht an. Sie wussten bestimmt schon, dass ihre Tochter eine Erpresserin und kriminell war. Sie hatten kaum die Wohnung betreten, da klingelte das Telefon im Flur.

Meine Mutter legte ihre Jacke auf das Bänkchen neben dem Telefon und nahm ab. Ja, sagte sie, und dann eine Ewigkeit lang nichts. Sie setzte sich. Ich betrachtete den grauen Apparat und die Wählscheibe und mir wurde ganz schlecht.

»Jetzt schon?«, sagte meinte Mutter dann. »Das ging aber schnell!«

Ich zitterte. Der Nachbar hatte mich also schon angezeigt. Meine Mutter legte auf. »Der Besitzer des Portemonnaies hat sich schon gemeldet«, sagte sie. »Es ist eine Frau. Sie hat bei der Polizei siebzig Mark Finderlohn für uns hinterlegt, weil sie so froh war, dass sie die Schecks und Fotos wieder bekommen hat.«

Meine Eltern fuhren noch einmal zur Polizei und kamen mit den siebzig Mark zurück. »Die kommen auf dein Sparkonto«, sagten sie.

Ich konnte es immer noch nicht fassen. Sollte ich tatsächlich nicht ins Gefängnis kommen?

»Die Frau meinte, dass sie das Portemonnaie vermutlich unter der Autobahnbrücke verloren hat, als sie dort mit ihrer Freundin spazieren ging«, sagte meine Mutter beiläufig. »Wart ihr dort?«

Ich schüttelte heftig den Kopf. »Wir haben es auf der Straße gefunden«, sagte ich.

Heute Morgen erwartete uns eine weitere Überraschung. Unser Nachbar ist verschwunden. Er hat die Kaninchenställe geöffnet und ist dann abgehauen. Die Kaninchen hoppelten im Garten herum und fraßen Löwenzahnblätter.

»Seine Frau hat ihn verlassen, und da hat er das Trinken angefangen«, meinte meine Mutter. »Hoffentlich hat er sich nicht umgebracht.«

Aber ich weiß es besser. Er ist geflohen, weil er Angst hat, dass wir ihn verraten.

Als ich Kerstin nachmittags an der Schaukel traf, fiel mir ein, dass ihr ja eigentlich die Hälfte von den siebzig Mark zustehen. Aber ich sagte nichts. Das Geld auf meinem Sparkonto sollte nämlich irgendwann für meinen Führerschein sein, und der wird vielleicht teuer, wenn ich auch so viele Fahrstunden brauche wie meine Mutter.

»Hast du schon gehört«, sagte ich, »der Nachbar ist verschwunden.«

Kerstin nickte. »Schlechtes Gewissen«, sagte sie altklug.

Vierzehn Tage sind vergangen seit meinem letzten Eintrag. Der Nachbar ist wieder aufgetaucht. Besser gesagt seine Leiche. Er hatte sich in einem Försterhochsitz erschossen. Es hat ein paar Tage gedauert, bis ihn jemand gefunden hat, und er war schon ein bisschen vergammelt.

»Ich hab's mir fast gedacht«, meinte meine Mutter. »Er hat die Trennung von seiner Frau nicht verkraftet.«

Aber ich weiß es natürlich besser als meine Mutter. Sein schlechtes Gewissen hat ihn umgebracht.

Heute kam dann seine Frau und räumte die Wohnung aus. Sie hatte ihren neuen Freund dabei. Sie küsste ihn bei jedem Gang vom Haus zum Auto. »Schamlos«, meinte meine Mutter. Sie stand kopfschüttelnd vor dem Fenster.

Die Kaninchen sind schon lange verschwunden. Sie tauchen manchmal in dem einen oder andern Garten in der Nachbarschaft auf und fressen den Salat oder die Mohrrüben ab.

Einer unserer Nachbarn hat sogar mit einer alten Schrotflinte auf sie geschossen, aber zum Glück nicht getroffen, weil er grauen Star hat.

Ich durfte wieder Aktenzeichen XY sehen. Der Fall hat sich geklärt.

»Der Supermarktmörder ist gefasst«, sagte Eduard Zimmermann. »Dank vieler Anrufe in unserer Zentrale konnte er gefunden werden.« Er ging weiter zum nächsten Fall.

Ich wusste, dass er log. Der Mörder ist nicht gefasst, sondern tot. Aber das wollte Eduard den Zuschauern nicht sagen, damit sie nicht zu enttäuscht sind. Alle wollen, dass so ein Mörder vor Gericht kommt und hart bestraft wird. Sie sind traurig, wenn er sich einfach in einem Hochsitz erschießt. Die Gerechtigkeit soll siegen. Aber ich finde, dass es das Beste ist. Die Gerichte haben genug mit Nachbarschaftsstreitigkeiten und so weiter zu tun, da haben sie für einen Mörder keine Zeit.

Das Spiel *Johnny komm* spielen wir auf dem Schulhof gar nicht mehr, jetzt, wo Jupken tot ist. Wir spielen nun wieder Gummitwist.

Es hängt alles irgendwie zusammen.

SÉAMUS Ó GRIANNA

Die Rache der See

I

»Gott schütze uns vor allem Übel«, sagte Michael Roe eines Tages zu mir, als wir über alten Aberglauben sprachen. »Aber ich kann mich noch erinnern, dass viele Menschen an Piseóg glaubten. Sicher war Unwissenheit der Grund. Unwissenheit und fehlendes Gottvertrauen. Ich erinnere mich an eine Menge alten Piseóg. Dinge, die heutzutage einen jungen Mann wie dich überraschen würden. Vieles war verboten. Du durftest nicht vor einem Sarg in ein Boot steigen, du musstest ihn vor dir herschieben. Es war gefährlich, in der Walpurgisnacht nach der Dämmerung noch aus dem Haus zu gehen. Wenn dir auf einer Reise als Erstes eine rothaarige Frau begegnete, dann galt das als böses Omen, und du musstest umkehren. Ein Baby war zwischen Geburt und Taufe den Feen ausgeliefert, ein junger Mann oder eine junge Frau zwischen Verlobung und Hochzeit. Es gab noch etlichen anderen alten Aberglauben von dieser Art, aber das alles ist jetzt ausgestorben, Gott sei Dank.«

»Und war das alles Unsinn?«, fragte ich.

Der alte Geschichtenerzähler schwieg eine Weile. Dann sagte er: »Wenn du an sie glaubtest oder Angst vor ihnen hattest, dann war es leicht, dir einzureden, dass sie eine gewisse Macht über dich besaßen. Das Beste ist es, gar nicht daran zu denken. Der, der gesagt hat, *wenn du ein Geas ignorierst, wird das Geas dich eben-falls ignorieren,* war ein weiser Mann. Aber wie gesagt, diese Vorstellungen sind jetzt ausgestorben. Wo würdest du heute noch jemanden finden, der einen Ertrinkenden nicht rettet, weil er sich vor der Rache der See fürchtet?«

»Und so was haben die Leute früher geglaubt?«, fragte ich.

»Ja, einige jedenfalls, fürchte ich«, erwiderte der alte Mann. »Gott schütze uns vor der Macht des Bösen, aber es gab einen Mann hier im Dorf – er ist noch am Leben –, der ins Gebirge geflohen ist und sich dort niedergelassen hat, weil er sich vor der Rache der See fürchtete.«

»Der Mann war von dem Aberglauben also überzeugt«, sagte ich.

»Das allerdings«, sagte Michael Roe, »aber einmal hat er sich widersetzt. Er war ein wahrer Mann. Er setzte sein Leben aufs Spiel, um einen anderen zu retten. Welche größere Tat könnte jemand vollbringen? Dann fiel ihm das *Geas* ein, und er bekam es mit der Angst zu tun. Angst vor der Rache der See. Er gab die Fischerei auf. Am Ende floh er ins Gebirge und ließ sich dort nieder. Aus Angst, die See könnte sich sein Leben holen, als Ersatz für das, um das er sie betrogen hatte.«

»Das ist ja eine erstaunliche Geschichte«, sagte ich. »Ich habe nie auch nur ein Wort davon gehört.«

»Vielleicht«, sagte der alte Mann, »sollte ich dir erzählen, wie sich das alles zugetragen hat.«

Und das tat er dann auch.

II

Murty McRory aus dem Dorf Rinnaweelin war groß und stark und mutig. Seit Generationen waren die McRorys als Seeleute und Schmuggler bekannt.

Der junge Murty war erst fünf, als sein Vater sich in den Kopf setzte, den Jungen das Schwimmen zu lehren. Damit stand fest, dass der Junge in die Fußspuren des Vaters treten und den Familientraditionen folgen würde.

»Hast du denn völlig den Verstand verloren?«, sagte seine Frau zu Fergal McRory, als er von dieser ersten Schwimmstunde mit seinem Sohn zurückkam. »Mit dem Baby schwimmen gehen! Der glatte Wahnsinn, so nenne ich das!«

»Er ist fünf Jahre alt«, sagte der Vater. »Alt genug für diese Art von Taufe.«

»Aber das war gefährlich. Es hätte dem Jungen einen Schock fürs Leben verpassen können.«

»Er hat nicht den geringsten Schock erlitten, zum Teufel. Ich habe ihn eine Weile an den Schultern festgehalten, bis er sich an die Kälte gewöhnt hatte. Dann habe ich ihn losgelassen – aber ich hätte ihn natürlich jede Sekunde wieder packen können. Er ging unter, und das Wasser schloss sich über ihm. Aber nach wenigen Sekunden tauchte er wieder auf, wie ein Kormoran. Er schüttelte den Kopf und schnaubte das Wasser aus seinen Nasenlöchern. Dann streckte er sich in den Wellen aus und fing an zu schwimmen. Ich habe in meinem ganzen Leben keinen solchen ersten Versuch gesehen. Man hätte meinen sollen, er sei auf einem Wellenkamm geboren und aufgezogen worden.«

So war Murty McRory als Kind. Als er erwachsen war, sprachen alle Leute an der Küste von der Landzunge bis nach Crohy Head über ihn. Er war ein ungeheuer starker und mutiger Mann. Und er war ein hervorragender Fischer und Schwimmer.

Er begab sich oft in Gefahr, wenn er an Tagen und in Nächten voller Sturm den Sund vor der Insel Inishglass durchkreuzte. Was ihn zu der Insel zog, war ein Mädchen, in das er verliebt war. Sehr oft kam er erst nach Mitternacht von diesen Ausflügen zurück. Aber er schien zu glauben, dass ihm nichts passieren könnte, solange er die See nicht verärgerte oder ihren Zorn erregte. Denn wie der restliche McRory-Clan glaubte Murty, dass die See sich an allen rächen würde, die versuchten, ihr in die Quere zu kommen. Er war in Sicherheit, glaubte er, solange er niemanden vor dem Ertrinken rettete. Aber er war nicht hartherzig. Er hoffte, er würde niemals das tun müssen, was ihm das Herz brechen würde – einen Ertrinkenden seinem Schicksal überlassen und nicht versuchen, ihn zu retten.

III

Una McGonigle war das schönste Mädchen, das je gelebt hatte. Das glaubte zumindest Murty McRory, und für unsere Geschichte ist das genug. Una war ein Einzelkind und lebte mit ihren Eltern auf Inishglass, einer an die zwei Meilen vom Festland entfernten Insel. Es wäre eine ideale Verbindung gewesen. Die beiden jungen Leute waren leidenschaftlich verliebt ineinander, und Murty würde sich gewissermaßen in ein gemachtes Nest setzen. Und natürlich war er für das Leben auf einer Insel wie geschaffen, er war ja schließlich ein hervorragender Seefahrer, Schwimmer und Fischer.

Aber eines Tages passierte etwas, das sein Schicksal in ganz andere Wege lenkte, als er geplant hatte. Er kam in seinem Currach nach Hause, nachdem er beim Roaring Reef Hummerkörbe gesetzt hatte. Ein anderes Currach, ein Stück vor ihm, war mit einer Ladung Getreide für die Mühle unterwegs von Gola nach Bunbeg. Als der Mann von Gola mitten auf dem Sund angekommen war, bekam sein Currach ein Leck. Ihm blieb nichts anderes übrig, als ins Wasser zu springen und zu versuchen, sich mithilfe seines Ruders an der Wasseroberfläche zu halten, bis ihm jemand zu Hilfe käme. Er fing an zu schreien, in der Hoffnung, auf dem Festland gehört zu werden.

Der Wind wehte vom Land her, und die Rufe des armen Burschen waren dort nicht zu hören. Er war schon kurz vor dem Verzweifeln, als er hinter sich einen Ruf hörte: »Halt still und schieb dir das Ruder unters Kinn!«

Der Ertrinkende schaute sich um. Und da war Murty McRory (der aus edlem Antrieb handelte und allen törichten Aberglauben vergaß) bereits unterwegs zu ihm – er ruderte mit aller Kraft. Er rettete den Ertrinkenden und brachte ihn sicher an Land.

Doch dann, als er zu Hause war und die Nachbarn ihm zu dieser großen Tat gratulierten, kam ihm ein schmerzlicher Gedanke. Er überlegte. Was hatte er getan? Er hatte einen Mann vor dem Ertrinken gerettet. Er hatte die See um ihre Beute betrogen … Aber er konnte doch, überlegte er, keinen Menschen ertrinken lassen, wenn es in seiner Macht stand, ihn zu retten. Das wäre fast Mord, wenn nicht gar wirklich schon Mord. Diese vernünftige Überlegung brachte ihm für den Moment Erleichterung. Aber die entsetzliche Vorstellung stellte sich immer wieder ein. Sie fraß sich bis zu seinem Herzen durch. Er konnte sie nicht aus seinen Gedanken vertreiben. Er dachte an alle Geschichten, die er je gehört hatte und die sich auf seinen Fall bezogen. Er erinnerte sich an die Überzeugung der McMurtys – dass die See sich auf jeden Fall rächen würde!

Es ist möglich, dass er im Laufe der Zeit alles vergessen hätte, wenn nicht einige Wochen später etwas Beängstigendes passiert wäre. Eines Tages wagte er sich auf das Meer hinaus, nicht allein in einem Currach, sondern als Angehöriger einer Mannschaft auf einem größeren Boot. Sie fischten in der Bucht von Inishfree, und das Wetter sah eigentlich gut aus. Doch dann kam plötzlich ein Sturm auf. Sie machten sich sofort auf den Heimweg, wären jedoch um ein Haar bei der Sandbank gekentert und ertrunken. Von nun an war Murty McRory davon überzeugt, dass die See es auf ihn abgesehen hatte und ihn bei der nächsten Gelegenheit holen würde.

Er konnte das nicht ein zweites Mal riskieren. Das bedeutete, dass er nicht mehr hinausfahren durfte. Was sollte er tun? Wenn er nicht fischte, konnte er nicht zu Hause leben. Endlich entschloss er sich, nach Schottland zu gehen. Wenn die Zeit reif wäre, würde er Una McGonigle nachkommen lassen. Sie würden heiraten und ihr Leben in Schottland verbringen. Es war ein grausames Schicksal. Es bedeutete ewige Verbannung aus dem Land, in dem er geboren war. Aber es war besser, in Schottland zu leben, als in Irland zu sterben. Columcille hätte sicher das Gegenteil behauptet. Doch dieser Heilige war einer unter Millionen gewesen. Und er hatte keine Una McGonigle gehabt!

Murty entschied sich zur Auswanderung, was ihn für einen oder zwei Tage beruhigte. Aber dann fiel ihm ein, dass es zwischen Schottland und Irland keine Brücke gab. Um nach Schottland zu gelangen, musste er die See überqueren. Er würde sich dabei natürlich auf einem großen Schiff befinden. Aber das große Schiff war keine Garantie. Die See würde ihn kein zweites Mal entkommen lassen – selbst wenn sie dafür Hunderte andere mit ihm zusammen ertrinken lassen müsste.

Was sollte er tun? Wenn er auf dem Festland ein wenig eigenes Land besessen hätte, wäre er vielleicht irgendwie über die Runden gekommen. Aber er war der Älteste in einer großen Familie, und sein Vater konnte ihm nicht helfen. Er war also in einer furchtbaren Notlage. Zu Hause konnte er nicht bleiben. Das Meer überqueren, um sein Zuhause zu verlassen, konnte er auch nicht. Es gab nur einen Ausweg – er musste sich ins Gebirge zurückziehen. Seine Mutter war auf diesen Gedanken gekommen. In einer Krise, wenn die wirklich schweren Probleme des Lebens gelöst werden müssen, sind Frauen immer viel findiger als Männer.

Eine Verwandte von Murtys Mutter hatte ins Gebirge geheiratet – sie lebte hinter Knocksharragh, an die zehn Meilen im Binnenland. Diese Frau wurde um Rat gefragt. Wüsste sie zufällig von irgendeinem Mädchen mit einem Stück Land in ihrer Gegend, das bereit sein könnte, Murty McRory zu heiraten? Murty besaß nur die Kleider, die er am Leib trug, war aber der schönste Mann in den drei Pfarreien. Es müsste doch möglich sein, für ihn eine Frau mit einem Haus und etwas Landbesitz zu finden!

»Ich weiß zufällig von einer, die ihn vielleicht nehmen würde«, sagte die Verwandte und nannte den Namen der jungen Dame. »Und ich glaube schon, dass er mit ihr zufrieden sein könnte, wenn wir bedenken, in welcher Klemme der arme Murty steckt. – Ob sie gut aussieht? Na ja, eine Schönheit ist sie nicht gerade, aber ich würde sie auch nicht als hässlich bezeichnen … Wie alt? Na ja, sie hat noch keine grauen Haare, aber ich nehme schon an, dass sie ihre Weisheitszähne alle hat … Sie hat einen schönen Hof. Es gibt nur sie und ihren alten Vater. Sie haben eine Menge Bergweiden – eine gute Gegend zur Viehzucht, vor allem für Schafe. Und sie stammt aus einer Sippe, die für ihren gesunden Menschenverstand bekannt ist. Vielleicht haben sie ja sogar zu viel davon. Aber das wäre immerhin ein guter Fehler.«

Murty wurde über die Ehe informiert, die da für ihn arrangiert werden sollte. In dieser Nacht konnte er kein Auge zutun … Er würde natürlich in den Bergen ein sicheres Asyl finden, wenn dieses Mädchen ihn nehmen wollte. Aber Una McGonigle? Oh, großer Gott im Himmel, es war ja so schwer, sich in alle Ewigkeit von ihr zu trennen!

Aber schon bald wurden sie so nachdrücklich auseinandergerissen, wie es auf dieser Welt nur möglich ist. Weil Murty sie nicht mehr besuchte, glaubte Una, sie sei verlassen worden. Sie glaubte das Seemannsgarn von der Rache der See nicht. Sie war verletzt. Sie war traurig. Sie weinte tagelang. Dann kam ihr Stolz ihr zu Hilfe … Sie würde Murty McRory schon klarmachen, dass sie seinetwegen nicht litt … Und deshalb heiratete sie einen anderen – einen jungen Mann von ihrer eigenen Insel, der sie sehr gernhatte. Nach dieser Katastrophe fiel es Murty nicht mehr schwer, seine Zuflucht im Gebirge zu suchen.

Er machte seinen Antrag, und der wurde angenommen. Sie heirateten. Murty McRory sagte seinem Elternhaus Lebwohl und machte sich auf zu seinem neuen Leben im Gebirge – gute zehn Meilen von der See entfernt.

IV

»Lebt er noch?«, fragte ich den *Seanchai,* als er seine Geschichte beendet hatte.

»Er lebt und ist gesund und munter, habe ich gehört. Er ist noch nicht sehr alt, musst du wissen. Kann nicht älter sein als vierundsechzig oder fünfundsechzig.«

Mir kam sofort der Gedanke, dass ich gern diesen Mann besuchen würde, der vor der Rache der See geflohen war, um möglicherweise herauszufinden, ob er noch immer an diesem törichten alten Aberglauben hing.

An einem Sommertag ging ich zum Loch Farragh hinauf, um Forellen zu angeln. Das war jedenfalls mein Vorwand. Als ich von zu Hause aufbrach, sagte mir mein Vater, dieser Ausflug werde mir keinen Gewinn bringen. Es sei zu trocken, sagte er, und die Sonne zu heiß. Ich sah das auch so, aber für mich spielte es keine Rolle. Ich hatte meine eigenen Gründe für diese Wanderung ins Gebirge. Das mit den Forellen war nur ein Vorwand.

Gegen Mittag erreichte ich den See und warf meine Angel aus. Ich versuchte mein Glück mehr als eine Stunde lang, aber ich bekam nicht einmal eine Forelle zu sehen.

Endlich zog ich die Angelschnur ein, lud mir meinen Korb auf und machte mich auf den Weg zu Murty McRory. Als ich dort ankam, verteilte Murty gerade Dung auf einem Kohlfeld neben dem Haus. Er hob den Kopf, als ich ihn ansprach, und wischte sich den Schweiß von der Stirn. »Ihr seid fremd hier in der Gegend«, sagte er.

»Ja«, erwiderte ich. »Ich komme aus dem Tiefland. Aus einem Dorf, das Rinnaweelin genannt wird, unten an der Küste. Ich bin ein Sohn von Felimy Roe, falls Ihr den kennt.«

»Ein Sohn von Felimy Roe aus Rinnaweelin?«, sagte er und ergriff meine Hand. »Es freut mich ja so, Euch zu sehen.«

Dann musterte er meine Angelausrüstung und lächelte. »Aber erzählt«, sagte er, »habt Ihr wirklich damit gerechnet, in der sengenden Sonne Forellen fangen zu können?«

Ich antwortete, ich wüsste sehr wenig über Süßwasserfische oder deren Angewohnheiten.

»Das sieht man sofort«, meinte er. »Lasst uns ein wenig ins Haus gehen. Die Hitze ist im Moment einfach mörderisch. Hier ist es viel schlimmer als in Rinnaweelin. Keine kühle Brise in diesen stickigen Tälern. Manchmal habe ich das Gefühl, zu ersticken.«

Wir gingen ins Haus. In einer Ecke saß eine zahnlose, grauhaarige alte Frau und kratzte Wolle. Sonst war niemand anwesend. Murty stellte mich vor, aber die Alte hatte kein freundliches Wort für mich. »Manche Leute haben ein schönes Leben«, sagte sie. »Andere müssen arbeiten. Müssen arbeiten, um ihren Lebensunterhalt zu verdienen. So ist diese Welt nun einmal eingerichtet. Und übrigens«, fragte sie, nun an ihren Gatten gerichtet, »wie weit bist du mit dem Kohl?«

»Ich müsste heute Abend eigentlich fertig sein«, antwortete er.

»Heute Abend! Ich hatte gedacht, du würdest das in ungefähr einer Stunde schaffen. Du weißt doch, dass der Torf zum Trocknen aufgeschichtet werden muss. Dieses gute Wetter wird nicht mehr lange dauern. In ein oder zwei Tagen könnte es regnen. Das spüre ich in meinen Knochen«, sagte sie, als sie hinausging, um das Kohlfeld zu inspizieren.

»Ihr lebt schon lange hier oben«, sagte ich zu Murty, als wir das Haus für uns hatten.

»Zu Mariä Himmelfahrt werden es vierzig Jahre«, erwiderte er. »Damals war ich fünfundzwanzig, also bin ich jetzt fünfundsechzig.«

»Ihr habt Euch gut gehalten.«

»Ja, wirklich gar nicht schlecht. In mancher Hinsicht bin ich so stark wie immer. Ich kann Lasten heben und eine Bürde tragen und das Land umgraben. Aber in anderer Hinsicht merke ich, dass das Alter näher rückt. Das Gehen fällt mir schwer. Ich werde kurzatmig. Das spüre ich, wenn ich auf den Gipfel des Knocksharragh klettere. Dennoch gehe ich gern an Sonntagnachmittagen hoch, wenn das Wetter gut ist. Es macht mich froh, und es macht mich traurig, wenn Ihr versteht, was ich meine. Übrigens, wart Ihr je dort oben?«

Ich verneinte.

»Ihr müsst heute hinaufsteigen, wo Ihr schon einmal hier seid«, sagte Murty. »Ich werde Euch begleiten. Der Gipfel des Knocksharragh ist an einem Tag wie heute wunderschön. Ich meine, die Aussicht. Nirgendwo sonst im Land gibt es eine solche Aussicht. Ihr könnt die gesamte Küste vom Horn Head bis zu den Felsen von Rossowen sehen. Ich liebe diese Aussicht, obwohl ...«

Die alte Frau kam zurück ins Haus. »Du hättest den kleineren Pflanzen extra Dung geben müssen«, sagte sie. »Die brauchen mehr.«

»Setz den Kessel auf und mach uns etwas zu essen«, sagte Murty.

Die alte Frau bereitete schweigend den Tee zu. Ihre Miene machte deutlich, dass sie von Besuchern überhaupt nichts hielt.

»Jetzt gehen wir«, sagte Murty später zu mir.

»Wo um Himmels willen willst du denn hin?«, fragte die alte Frau mit schnarrender Stimme.

»Den Knocksharragh hoch, um dem jungen Mann die schöne Aussicht zu zeigen.«

»Und der Kohl düngt sich dann selbst?«

»Ich hätte ja ohnehin eine Pause gemacht. Die Sonne brennt viel zu sehr. Die Blätter hängen tot herunter. Muss warten, bis es heute Abend kühler wird.«

Ich hob meine Angelausrüstung und meinen Korb hoch.

»Lasst das doch hier, bis wir zurückkommen«, sagte Murty und nahm mir die Angelrute aus der Hand. »Wie man so sagt, selbst ein Küken ist auf die Dauer schwer zu tragen.«

Wir brachen auf. »Dort lang«, sagte der alte Mann. »Ich muss bei Frankín vorbeischauen. Ich habe gehört, dass es der Alten im Moment nicht so gut geht. Ich muss kurz fragen, wie es ihr geht. Ihr könnt hier auf mich warten. Ich bin gleich wieder da.«

Er blieb drei oder vier Minuten bei Frankín. Dann sah ich ihn zusammen mit einem anderen alten Mann aus dem Haus kommen. Die beiden gingen ans Seeufer und verschwanden hinter einem riesigen Felsbrocken. Bald darauf kehrte Murty mit einem Paket in der Hand zurück.

»Ihr werdet nie im Leben erraten, was ich hier habe«, sagte er.

»Das würde mir schwerfallen.«

»Ich habe einen so guten Tropfen Poitín, wie er zwischen Malin Head und der Küste von Connacht nur zu finden ist. Niemand kann ein solches Aroma zaubern wie unser Frankín. Und wie er ihn reifen lässt! In Eichenholzfässern, die er ein Jahr lang am Seeufer vergräbt.«

Ich war verlegen. Das bemerkte Murty. »Der ist genauso für mich wie für Euch«, sagte er. »Aber natürlich werdet Ihr Euren Anteil trinken müssen … Das ist das Mindeste, was ich zu einer solchen Gelegenheit tun kann. Ich habe nur so selten Besuch aus dem alten Heimatdorf am Meer. Aber ich werde ihn ebenfalls genießen.«

Als wir den Hang hochstiegen, schaute Murty sich um. Die alte Frau stand auf einer Felskuppe beim Haus, hielt die Hand an die Stirn und spähte in unsere Richtung.

»Sie ärgert sich jetzt über mich«, sagte Murty. »Ärgert sich, weil ich nicht im Kohlfeld arbeite. Manche Leute haben einfach keinen Verstand. Kohl wird doch noch wachsen, wenn wir schon Hundert und Aberhundert Jahre tot sind. Arbeit wird getan, und Arbeit wird vernachlässigt werden. Und die Welt wird sich weiterdrehen … Aber wir werden schon mit ihren Launen leben können, das werden wir. Und jedenfalls tut es einem Mann gut, ab und zu die Zügel an sich zu reißen und zu tun, was er für richtig hält.«

V

Wir kamen auf dem Gipfel an und setzten uns. Murty zog zwei Gläser aus der Tasche und den Korken aus der Flasche … und wirklich, Frankín wusste, wie man einen köstlichen Tropfen Poitín brennt.

Vom Gipfel aus gesehen war die Landschaft einfach prachtvoll. Als ich zur Küste hinüberschaute, staunte ich darüber, dass die Inseln dem Festland so nahe lagen. Das sagte ich Murty.

»Das liegt daran, dass Ihr so hoch oben seid«, war seine Antwort.

»Ja, vermutlich. Aber es sieht seltsam aus, wenn man

es zum ersten Mal erblickt. Von hier aus scheint Inishglass zum Festland zu gehören.«

»Ach«, sagte der alte Mann, »schön wär's.«

»Lebt Michael Roe noch?«, fragte er nach einer Weile.

»Bei bester Gesundheit. Und dabei ist er fast neunzig.«

»Er ist ein großer Geschichtenerzähler«, sagte Murty. »An eine seiner Geschichten kann ich mich besonders gut erinnern. Sie handelt von einem Mann, der ein wunderschönes junges Mädchen liebte. Sie jedoch sann auf Mord. Sie war bereit, bei der ersten Gelegenheit einen vergifteten Pfeil auf ihn abzuschießen. Er liebte sie sein ganzes Leben lang. Er beobachtete sie zu gern aus der Ferne. Aber er durfte sich nicht in ihre Nähe wagen, weil sie ihn ja umbringen wollte. Schrecklich, nicht wahr?«

»Trinkt aus, Mann«, sagte er und hielt die Flasche ins Licht.

»Habt Ihr je gehört«, fragte ich nun vorsichtig, »dass die Menschen vor langer Zeit geglaubt haben, die See wolle Rache üben?«

»Vor langer Zeit!«, sagte er. »Es gibt Leute, die das noch immer glauben. Und dazu haben sie auch allen Grund. Die See verlangt ihre Rache, mein Junge. Das war schon immer so. Als junger Mann habe ich jemanden vor dem Ertrinken gerettet. Das habe ich natürlich niemals bereut. Ich bin froh, dass ich damals meiner Eingebung gefolgt bin und ihn gerettet habe. Und ich hoffe, Gott wird mich am Jüngsten Tag dafür belohnen. Aber die See verlangt ihre Rache. Deshalb habe ich Rinnaweelin verlassen und mich hier oben im Gebirge angesiedelt. Ich konnte nicht zu Hause leben. Ich konnte nicht nach Schottland gehen, die See war dazwischen. Deshalb habe ich mich in die Berge zurückgezogen.«

»Ihr habt also an die Rache der See geglaubt?«

»Natürlich! Warum hätte ich das nicht tun sollen? Wer könnte sich weigern, das zu glauben, nach der Lektion, die mir erteilt worden war? Eines Tages, ungefähr eine Woche nachdem ich den Mann gerettet hatte, waren wir zu viert zum Fischen in der Bucht von Inishfree. Es war ein wunderschöner Tag, und das Wetter schien sich zu halten, so wie es aussah. Aber plötzlich kam ein Sturm auf, und wir wollten sofort an Land. Der Wind wehte in unsere Richtung. Und obwohl es eine starke Unterströmung gab, war die Wasseroberfläche einigermaßen glatt. Solange wir nicht in Brecher gerieten, konnte uns also nicht viel passieren. Wir erreichten den Sund und die Landspitze bei Illanbo. Dort glaubten wir, aller Gefahr entronnen zu sein, denn wir konnten nun im Windschatten der Küste bis hinter die Sandbank weitersegeln. Ich war am Steuer. Shamey More saß mir gegenüber auf der Bank und sah mich an. Plötzlich stieß Shamey einen furchtbaren Schrei aus und wurde bleich wie ein Leichentuch.

›Schau nach achtern!‹, brüllte er.

Ich drehte mich um. Eine gewaltige grüne Wand aus Wasser mit weißen Schaumfetzen ganz oben kam auf mich zu. Ich konnte nicht dichter an die Felsen der Insel heransteuern. Ich konnte auch nicht wenden, weil wir sonst auf die Sandbank aufgelaufen wären. Die einzige Möglichkeit bestand darin, uns ans tiefe Wasser zu halten.

Die Welle kam immer näher und hatte uns dann erreicht. Das Boot schien rückwärts zum Kamm hochzuklettern und dann auf der anderen Seite hinunterzugleiten. Aber die zweite Welle folgte der ersten auf dem

Fuße, und die dritte der zweiten. Ich werde diese dritte nie vergessen. Noch heute kann ich das Boot oben auf ihrem Kamm liegen sehen. Ich konnte nichts machen, das Ruderblatt ragte aus dem Wasser. An Steuern war nicht zu denken, eher fühlte ich mich wie ein Stück Holz, außerstande, irgendetwas zu unternehmen. Ich war sicher, dass mein letztes Stündlein geschlagen hatte. Ich schloss die Augen und betete um Vergebung meiner Sünden. Aber das Boot glitt von der dritten Welle herunter und richtete sich auf. Ich bin sicher, Ihr habt oft den Spruch von den ›drei tödlichen Wellen‹ gehört ... Die begegneten mir an jenem Tag, als wir die Sandbank passierten. Danach war ich sicher, dass die See mich verfolgte und dass es bei ihrem nächsten Angriff kein Entrinnen geben würde. Also seht Ihr, mein Junge, es ist kein törichter Aberglaube, dass die See ihre Rache verlangt. Wenn Ihr erst ihren Zorn erregt habt, wird sie Euch mit Sicherheit bestrafen.«

»Aber Ihr seid entkommen«, sagte ich.

Er blickte mich einige Sekunden lang an. Dann sagte er: »Eins kann ich Euch sagen, junger Mann, die See wird sich immer rächen – wenn nicht auf die eine Weise, dann auf die andere.«

VI

Wir blieben lange oben auf dem Gipfel. Murty erzählte mir alles über seine Abenteuer auf See, als er ein junger Mann gewesen war und »zu Hause« gelebt hatte, wie er sein Heimatdorf nannte. Dann erzählte er mir die Schmugglerabenteuer seiner Vorfahren über vier Generationen zurück. Er tat mir so leid. Mir ging auf, dass er die See sein Leben lang geliebt hatte und dass es ihm das

Herz brach, sie nur aus der Ferne sehen zu können, zumeist an schönen Sonntagnachmittagen im Sommer. Er erzählte mir, dass er dann auf den Gipfel stieg und stundenlang auf die See in der Ferne hinunterstarrte. Er war wie der Mann in der Geschichte, der vor Liebe zu einer schönen Frau wahnsinnig wurde und dessen Leben davon abhing, einen großen Bogen um seine Angebetete zu machen.

»Aber jetzt«, sagte er mit einem Blick auf die leere Flasche, »wird es Zeit für den Abstieg.«

Eine Stunde vor Sonnenuntergang kamen wir bei dem Haus an.

»Ich komme nicht mehr mit hinein«, sagte ich. »Würdet Ihr mir meine Angelrute und meinen kleinen Korb bringen? Es wird spät. Ich wäre gern am Loch Keel vorbei, ehe es dunkel ist.«

»Könntet Ihr nicht die Nacht bei uns verbringen?«, bat der alte Mann. »Ich würde mich über Eure Gesellschaft freuen … Unser Haus ist ein einsames Haus. Ein trauriges Haus. Nie ein Hauch von Fröhlichkeit, der die Düsterkeit erhellen könnte. Nie ein Lachen, bei dem man sich wieder jung fühlt.«

»Ich bin Euch sehr dankbar für Eure freundliche Einladung«, erwiderte ich. »Aber meine Familie würde sich Sorgen machen. Sie würden befürchten, ich sei in den Nebel geraten und von einer Klippe gestürzt und ums Leben gekommen. Ihr wisst doch, was man sich so denkt, wenn jemand vermisst wird.«

In diesem Moment kam die alte Frau aus dem Haus. Sie schien vor Zorn geradezu zu kochen. Sie wollte schon an uns vorübergehen, ohne uns auch nur eines Blickes zu würdigen. Aber ihr Mann sprach sie an.

»Wohin gehst du, Liebste?«, fragte er mit sanfter Stimme.

»Wohin ich gehe? Ich will die Kühe holen«, erwiderte sie mit bitterer, schnarrender Stimme. »Die Kühe holen, zwei Stunden nach der eigentlichen Melkzeit!«

»Geh ins Haus, liebe Frau, und ruh dich aus, und ich hole die Kühe«, sagte der alte Mann.

»Du holst die Kühe«, fauchte sie. »Wenn du auch nur einen Gedanken für die Kühe oder deine Arbeit oder für Haus und Heim oder für mich hättest, würdest du nicht fast einen ganzen Sommertag oben auf dem Knocksharragh herumsitzen und Poitín trinken!«

Und sie fegte an uns vorbei.

»Was hab ich Euch gesagt?«, fragte Murty.

Ich ging ins Haus und griff nach meiner Angelausrüstung. Murty forderte mich nicht mehr auf, Platz zu nehmen. Er brachte mich zur Tür und begleitete mich dann noch fast eine Meile auf meinem Weg.

»Und jetzt immer geradeaus«, erklärte er mir schließlich. »Wenn Ihr an Tullybrack vorbei seid, dann haltet Euch links. Zu Eurer Rechten ist der Boden weich und morastig … Das Tageslicht wird reichen, bis Ihr beim Loch Keel die Straße erreicht.«

»Lebt wohl und vielen Dank für einen überaus angenehmen Tag«, sagte ich.

»Gott segne Euch, mein Sohn«, erwiderte er und schüttelte mir die Hand. »Bei Eurem Besuch habe ich mich für kurze Zeit wieder jung gefühlt. Und Ihr habt nun mit eigenen Augen gesehen, dass die See es immer schafft, sich zu rächen.«

DORA HELDT

Entscheidet euch doch mal!

Letzten Samstag im Supermarkt. Der Laden war voll, ich hatte noch eine ganze Menge anderer Dinge zu erledigen und stand an der Käsetheke. Vor mir war zufällig meine Freundin Anna, die sich in aller Ruhe die Käsesorten erklären ließ, nach Herkunft, Fettgehalt und Geschmack fragte und lediglich die Namen der Kühe ausließ. Nach einer gefühlten halben Stunde kaufte sie vier Scheiben alten Gouda. Anna drückte auch alle Tomaten, blätterte in allen Zeitschriften und besah sich jeden Joghurtdeckel. An der Kasse ließ sie ihren Wagen einen Moment allein stehen und tauschte mehrere Dinge wieder um. Wir mussten auf sie warten, auch weil sie erst nach Nennung der Summe begann, in ihrer überdimensionalen Tasche ihr Portemonnaie zu suchen. Es dauerte sehr lange. Annas Mann Axel ist der Meinung, dass die meisten Frauen unentschlossen sind. Männer gehen in ein Restaurant, werfen einen Blick in die Speisekarte und bestellen. Frauen lesen sich alles durch, überlegen, welche Beilagen sie noch ändern können, entscheiden sich für die Nummer 62, lassen erst die anderen bestellen und wollen dann plötzlich die Nummer 28. Um mit ihrem Mann, der die 62 bestellt hat, anschließend zu tauschen. So macht Anna das meistens. Sagt Axel.

Anna wäre auch nicht in der Lage, in einen Laden zu gehen, nach einer weißen Bluse zu fragen und die dann zügig zu kaufen. Sie probiert stattdessen alle weißen

Blusen an und kauft nach einer Stunde eine rote. Er versteht es nicht. Er bräuchte für den Kauf eines weißen Hemdes genau zehn Minuten. Mit Anprobieren.

Obwohl ich mit Anna befreundet bin, gebe ich ihm insgeheim recht. Ich habe sie einmal begleitet, um Bettwäsche zu kaufen. Obwohl ihr im ersten Laden schon etwas gefiel, mussten wir noch in drei andere gehen, damit sie sich ganz sicher wurde. Sie hat nach zwei Stunden die aus dem ersten Laden gekauft. Anschließend standen wir eine halbe Stunde vor der Kuchentheke einer Bäckerei, weil Anna sich nicht hundertprozentig sicher war, welchen Kuchen sie denn nun gerne hätte. Die Schlange hinter uns passte kaum noch ins Geschäft, also entschied ich für uns beide, woraufhin sie protestierte und für sich Pflaumenkuchen bestellte. Ganz bestimmt. Als wir endlich am Tisch saßen und ich mit ihr in aller Ruhe über ihre Entscheidungsschwäche sprechen wollte, erzählte sie mir, dass sie sich so über Axel amüsieren könnte. Seit drei Monaten will er sich ein neues Fahrrad kaufen, liest ständig Testergebnisse, guckt sich in Fahrradläden um, kommt aber nicht weiter. Typisch Mann, hat sie gesagt, anstatt einfach ein Fahrrad zu kaufen, macht er eine Wissenschaft daraus. Ich wies sie verblüfft auf ihre gerade erlebte Umständlichkeit hin, aber sie hat nur gelacht und erklärt, sie kaufe lediglich entspannt und in Ruhe ein, wogegen Axel einfach entscheidungsschwach wäre.

Was sollte ich dazu sagen? Vielleicht nur eine Bitte: Wenn wir uns demnächst an der Supermarktkasse treffen, würde ich mich freuen, wenn die Suche nach dem Portemonnaie nicht ganz so spät beginnen könnte.

Mit Dank und viel Entscheidungsstärke grüßt
Ihre Dora Heldt

CATRIN PONCIANO

Last Minute Lissabon

Almuths ausgestreckter Zeigefinger zitterte wie eine Wünschelrute über der Maus. Der Cursor lag bereits in dem blau unterlegten Feld. Doch sie zögerte. Dabei wollte sie verreisen. Unbedingt sogar. Beherzt ließ sie den Finger ein zweites Mal sinken. Klick.

Jetzt gab es kein Zurück mehr. Ihre Reise war besiegelt. Last Minute Lissabon. Ein echtes Schnäppchen. Flug, Mietwagen, Ferienwohnung und Flughafentransfer inklusive. Plus Extras.

»Nimm nichts, was nicht all diese Leistungen inklusive bietet«, hat ihr Mann Axel gesagt. Almuth schnalzte mit der Zunge. Wenn er wüsste, was sie noch alles gebucht hat.

Ihr Herz klopfte ungestüm. Lissabon! Endlich! Sie freute sich darauf, die Stadt am Tejo wiederzusehen. Den Königsstatuten wollte sie *bom dia* sagen. Gin Tonic in der Bahnhofskneipe *Lisboa* nippen und zusehen, wie das Licht der untergehenden Sonne ihre Lieblingsstadt in purpurnes Licht tauchte. Durch die romantische Altstadt Alfama wollte sie flanieren, an einem der typischen Puppenhaustischchen verweilen, ein Glas Wein vor sich, bittere Oliven, ein paar Chips dazu. Fado hören. Vom Turm zu Belém dem Horizont und dem Ozean zuwinken. So wie vor zehn Jahren. Auf ihrer letzten Reise als Single. Kurz danach hat sie Axel geheiratet.

Ach. Lisboa. Almuth seufzte wehmütig. Die Glücks-
sterne von damals hoffte sie in Lissabon wiederzufin-
den, als die Zukunft noch ein unbekanntes Abenteuer
gewesen war und sie die ganze Welt hatte umarmen wollen. Das unbekannte Abenteuer hatte sich dann leider
als Alltagsfalle entpuppt und die Welt hatte sich nach
ihrer Hochzeit auf das Bauerndorf Aerzen bei Hameln
beschränkt. Heute wusste sie, dass sie Glück erst wieder
spüren würde, wenn sie ihr Vorhaben in die Tat umset-
zen würde. Hoffte sie.

Mit allen zehn Fingern strich sie ihr Haar nach hinten. Schüttelte den frisch blondierten Schopf über ihre
Schultern, den sie seit einigen Wochen frech fransig ge-
schnitten trug. Was Axel nicht bemerkt hatte. Natürlich nicht, erinnerte sie sich konsterniert und klickte
zur Ablenkung durch die Fotogalerie auf der Lissabon-
Stadtseite für Touristen. Warm sollte es werden, 30 °C,
leicht böiger Wind. Sie könnte barfuß in Sandalen laufen. Ihre Zehen in die heranplätschernde Flut am Fähr-
anlegesteg in den Tejo stippen. Sie könnte ihre Sommer-
kleider ausführen. Sie konnte ... es kaum noch erwarten.
Diese Reise sollte unvergesslich werden. Für sie – und
für Axel. Ihr Smartphone vibrierte und vermeldete eine
Textnachricht. *Alles erledigt, Schatz*, las sie und antwortete: *Hier auch.*

Zwei Tage später brachen Axel und sie auf mit dem
Überlandbus von Aerzen nach Hameln, mit dem Zug
nach Hannover, weiter mit der S-Bahn bis zum Flughafen, von dort via Amsterdam mit Umsteigen nach Lissabon.

»Hast du auch wirklich an alles gedacht, Almi?«,
wollte Axel unterwegs unentwegt wissen.

»Aber natürlich.«

»Auch an das Aufladekabel für mein Handy?«

»Aber ja. Mach dir keine Gedanken.«

Endlich angekommen auf dem Lissabonner Flughafen wollte Almuth unbedingt einen ersten Lissabon-Gruß genießen: einen kleinen portugiesischen Kaffee *bica* und das berühmte klösterliche Vanillepuddingtörtchen *pasteis de Belém* dazu.

Axel lehnte angesichts der Halsabschneiderpreise ab.

»Du weißt ja gar nicht, was dir entgeht«, schwärmte Almuth und biss mit Appetit in das Törtchen.

»Maßlos überteuerter Firlefanz.« Axel winkte ab. »Vergiss nicht, das Zuckertütchen einzustecken.«

Seit zehn Jahren war sie gewohnt an Axels »Firlefanzerei«, aber Almuth ließ sich ihr *pasteis de Belém* trotzdem schmecken und genoss das bittere Aroma des kleinen Kaffees.

Außerhalb des Flughafengebäudes empfing sie die frühsommerlich laue Nacht – und ohrenbetäubender Straßenverkehr. Der Lärm störte Almuth nicht im Geringsten, er klang so anders als in einer deutschen Großstadt. Weicher irgendwie. Sie schloss für einen Moment die Augen. Wie sanft die Luft sich an ihre Wangen schmiegte. Wie zart der Wind ihre Nase kitzelte.

»Diese Hitze«, knurrte Axel hinter ihr. »Um zehn Uhr abends. Almi, hat die Pension Ärkondischning?«

»Es ist eine Ferienwohnung, Axel. Ohne Klimaanlage. Dafür mit Dachterrasse. Wir öffnen einfach alle Fenster und lassen die Meeresbrise durchwehen.«

Axels Hand verschwand in der Hosentasche seiner Jeans und brachte ein Stofftaschentuch zutage. »Das ist noch von meinem Vater. Taschentuchsparen in zweiter Generation«, grinste er.

Almuth hörte nicht hin. Die Taschentuchlitanei und

all die anderen Litaneien ihres zu extremer Sparsamkeit neigenden Gatten kannte sie.

Ihr Transfer-Chauffeur erwartete sie bereits am vereinbarten Treffpunkt, und Almuth nannte ihm die Adresse ihrer Unterkunft.

»Wollen Sie oben an der Straße oder unten aussteigen?«, brummelte der Fahrer in einer Sprache, die entfernt an Englisch erinnerte, und hielt Almuth galant die Tür auf.

Almuth stieg ein. »Oben.« Mit zwei Rollkoffern bergab rollen war definitiv einfacher.

»Wie Sie wollen.«

Axel wuchtete die beiden Koffer samt Handgepäck selbst in den Kofferraum. »Passt schon«, sagte er zum Fahrer und stieg vorne ein. Auf dem Weg in die Stadt stöhnte er trotz vier geöffneter Fenster unablässig über die Hitze. Eigentlich seltsam, dachte Almuth, bei seiner athletischen Figur, die er im Fitnessstudio jede Woche dreimal trainierte, müsste er eigentlich fitter sein.

Er trainierte übrigens nicht nur seine Figur. Das hatte ein Freund letztens anklingen lassen. Aber daran wollte Almuth jetzt nicht denken.

Ab dem Stadtteil *Campo Pequeno* begann der Verkehr dahinzuschleichen und kam kurz vor der Avenida da Liberdade zum kompletten Stillstand. Genau am Marques-de-Pombal-Kreisverkehr, mit dem ehrwürdigen Premierminister und Marquis von Lissabon auf seiner Säule, mitten im Rondell. Autos, Menschen, Flaggen. Ein Riesenspektakel.

»Benfica hat gewonnen«, erklärte der Fahrer lapidar.

Die Freude der Fußballfans der Siegermannschaft war maßlos. Angesteckt von der guten Laune beobachtete sie die fahnenschwenkenden Fans, die den achtspurigen Kreisverkehr besetzt hielten, sich auszogen und vor lauter Siegestaumel kreischend in den Brunnen des Marquis-Denkmals hüpften, während eine Armee Polizisten gelassen rauchend und schwatzend abwartete, bis das Spektakel vorüber war und sie die Straßensperren aufheben konnten.

Almuth lachte. »Schau nur, in Deutschland wäre das unvorstellbar!«

Axel zeigte weniger Begeisterung für die gute Laune der Fans. »Was für ein Affenzirkus. Bis wir endlich in unserer Pension ankommen …«

»Ferienwohnung.«

»… sind alle Kneipen dicht. Und mein Magen hängt durch.«

»In Lissabon kann man die ganze Nacht lang essen gehen. Es ist eine Metropole und kein Bauernkaff. Außerdem ist es gerade einmal kurz nach 22 Uhr.«

»Aerzen ist kein Kaff.«

Almuths Mundwinkel zuckten. »Dann eben Bauerndörfchen.«

Endlich ging es weiter. Das Taxi bog von der Avenida ab, folgte einer schmalen Einbahnstraße bergauf und holperte zum Schluss in eine kopfsteingepflasterte Sackgasse.

»Endstation.«

Almuth stieg aus und studierte den Umgebungsplan auf ihrem Handy. Sie mussten die *Escadinhas da Saudade*, die Treppe zur Sehnsucht hinabsteigen. Im fahlen Mondlicht lag der historische Tritt da, spärlich beleuchtet mit Laternen, aufgehängt an eisernen Haken an den Hauswänden. Die breiten, ungleich hohen Stufen trennte die Häuser zu ihrer Rechten und Linken, die wie Bauklötze aneinandergeschoben, den Hang hinauf- und hinabwuchsen.

»Macht 45 Euro 65.«

»Wie viel? Na, das ist ja ... ! Mit oder ohne Stau?«, quetschte Axel in unverständlichem Englisch hervor.

Der Taxifahrer grinste schief und zählte bereits das Wechselgeld passend auf 50 Euro ab, nahm den Schein und gab Axel den Rest zurück.

Der Mann besitzt Menschenkenntnis, dachte Almuth, denn Axel gab nie ein Trinkgeld. Wofür sie sich jedes Mal wieder schämte. Im Restaurant, im Taxi, im Hotel. Wie oft hat sie dennoch von Axel unbemerkt eine kleine Anerkennung liegen gelassen. So steckte sie auch jetzt dem Chauffeur heimlich einen Fünf-Euro-Schein zu, während Axel ihr Gepäck aus dem Kofferraum hievte.

»*Vai com Deús*«, tippte sich der Fahrer freundlich zu Almuth gewandt an die Stirn und drehte sich dann um zu Axel. »*Mas vai.*«

Almuth verstand die Anspielung. So viel Portugiesisch war ihr selbst zehn Jahre nach ihrem Sprachkurs noch geläufig. »Geh mit Gott«, hatte der Taxifahrer ihr gewünscht, und zu Axel hatte er gesagt: »Aber geh.« Ihre Wangen brannten. Das nannte man wohl einen gänzlich misslungenen kosmopolitischen Annäherungsversuch.

Das Getöse ihrer Rollkoffer die Stufen abwärts auf dem Kopfstein lockte sofort zwei ältere Damen ans Fenster, die nachdrücklich *silencio* forderten, und zwei Hunde auf einen Balkon, die durch die Gitterstreben der Balkonbrüstung kläfften, während ein Papagei in seinem Käfig herumhüpfte und lauthals *cala-te* krächzte.

Axel schimpfte ehrgeizig laut im Wettkampf mit dem Gekläff und dem Papagei um die stimmrechtliche Vorherrschaft und verlor.

Almuth senkte den Blick auf die Stufen. Sie beeilte

sich, ihr Domizil zu finden, und war froh, an der Haustür Nummer 77 anzukommen. Sie gab den Code ein und stieg die steile Stiege hinauf. Ihre Ferienwohnung lag unter dem Dach, und als sie die Tür aufschloss konnte sie ihr Glück kaum fassen: Der Ausblick reichte über das nächtlich beleuchtete Lissabon bis zum Tejo, zur Jesus-Christus-Statue am Ufer gegenüber, bis zur 25.-April-Brücke, die sich orange lackiert über den Fluss wölbte.

Zu schön, um wahr zu sein, flüsterte sie und streichelte die antiken Möbel aus Wurzelholz und die modernen aus Bambus, die die Wohnung zu einem heimeligen Refugium über den Dächern von Lissabon machten. Und es würde noch viel schöner werden, jubilierte sie innerlich.

Sie pfefferte ihre Sandalen von den Füßen und tanzte ungeachtet von Axels indignierten Blick barfuß über das Parkett. Im Bad stieß sie einen kleinen Schrei aus. Beim Duschen würde sie dem Dom aufs Dach schauen können. Direkt hinein in das gotische Skelett der Festungskirche, durch die Rosette mit den bemalten Glasfeldern aus dem Leben des Heiligen Bartholomäus in die Schatzkammer des Bischofs, wo der Schrein mit den Reliquien des Heiligen Vinzenz aufgebahrt stand. Wenn sie vorne hinaus die *Sé* sehen konnte, dann würde sie hinten ... sie stieß die Flügeltüren zur Terrasse auf, und ihr stockte der Atem. Das *Castelo de São Jorge*. Eilig überquerte sie die Dachterrasse und blieb vor den Steinquadern stehen, die als Zinnen direkt aus dem Haus herauszuwachsen schienen. Ihre Handflächen pressten sich gegen den rauen Kalksandstein. Ihr war, als vibriere der Stein und erzählte ihr die Geschichte all derer, die einst versucht hatten, dieses Gemäuer zu erobern, darauf erpicht, sich die Stadt an der Mündung des Tejo und

Ausfahrt zur Neuen Welt untertan zu machen. Genauso wollte auch sie sich Lissabon untertan machen. Alles wollte Almuth in sich einsaugen. Gerüche, Geräusche, Gefühle.

»Ausgerechnet Dachgeschoss«, beschwerte sich Axel. »Das ist ja der reinste Brutkasten.«

Doch Almuth packte bereits ihren Koffer aus und ließ Axels Beschwerde unkommentiert. Für das körperliche Wohl war alles da, sah sie mit Hausfrauenkennerblick. Sie wollte jetzt gleich losgehen und das Viertel rund um die Treppe der Sehnsucht auskundschaften. Es war schließlich erst kurz vor 23 Uhr. Also genau die richtige Uhrzeit für einen Gang durch das Kneipenviertel in der Alfama. »Kommst du mit?«

Axel verzog das Gesicht zur leidvollen Miene. »Almi, ich will duschen. Kannst du mir nicht ...?«

Sie lächelte, scheinbar verständnisvoll, hatte sie doch gehofft, er würde nicht mitkommen wollen, weshalb sie die ersten Stunden in Lissabons Altstadt ganz für sich haben könnte. »Kann ich.«

Almuth zog die Tür behutsam hinter sich ins Schloss, als wollte sie das, was dahinter lag, nicht stören. Sie blieb einen Augenblick stehen. Was hinter dieser Tür lag, hat bloß noch wenig mit mir zu tun, dachte sie. Zehn Jahre Ehe. Ohne große Vorkommnisse. Das reichte nicht mehr. Vor ihr lag ihr ganzes Leben ausgebreitet. Es sollte anders werden. Sogar bald. Die Quintessenz aus Tausenden davor gedachten Gedanken, die sie meistens gar nicht zulassen wollte und selten zu Ende gedacht hat. Zu beherrscht von der Furcht, ihre Ehe infrage zu stellen. Bald wurde sie fünfunddreißig. Kinder hatte ihre Ehe keine hervorgebracht. Und sie, die immer von einem schicken Friseursalon geträumt hatte, war Hausfriseuse geblieben. Die mit ihrem Utensilienkoffer die Kundinnen besuchte. Die sich die Miete und all die Scherereien rund um ein Geschäft erspart hatte. Axel hatte das so gewollt. Sie nicht. Aber sie hatte ihm nachgegeben. War das falsch gewesen? Das Nachgeben? Das Kompromisse eingehen? Beruhte nicht jede Ehe auf Kompromissen?

Sie stand mittlerweile vor dem Haus, unentschieden, ob sie treppauf oder treppab gehen sollte. Vor ihr auf der Gasse gingen Leute, die lachten und in dieser wunderbar melodiösen Sprache redeten. Sie hatte damals unbedingt diese Sprache sprechen und verstehen lernen wollen, nachdem sie sich Hals über Kopf in Lissabon verliebt hatte. Den Kurs an der Volkshochschule in Hameln hatte sie dann aber wieder abgebrochen, weil Axel, damals noch ihr Verlobter, gemeint hatte, wozu sie eigentlich Portugiesisch lernen wollte, wenn sie doch in Deutschland lebten. Und sie hatte nachgegeben.

Damit hatte es angefangen. Das Nachgeben. Und nie mehr aufgehört. Almuth seufzte. Es war logisch gewesen. Wie es auch logisch geklungen hatte, kein eigenes Friseurgeschäft zu unterhalten. Oder für eine neue Küche kein Geld zum Fenster hinauszuwerfen, weil doch die alte Küche immer noch intakt war. Anderseits, sie hatte in all den Jahren einen ordentlichen Batzen Geld angespart. Und ihre Einnahmen in bar beiseitegelegt. Ohne Bestimmung. Bisher.

Vor zwei oder drei Monaten hatte sie dann ihr Gespartes zur Bank in Hameln getragen, ein eigenes Konto eröffnet und eine Kreditkarte beantragt. Sie war einfach einer Eingebung gefolgt und hatte das Konto nicht auf ihrer Hausbank in Aerzen eingerichtet, sondern in der Zentrale in Hameln im Stadtzentrum. Die Hauptfiliale bot sehr persönlichen Kundenservice. Sie fühlte sich jedes Mal wohl aufgehoben auf dem Lederfauteuil, mit Kaffee und Keksen, bedient von ihrem persönlichen Sachbearbeiter, Herrn Ralph Steffen, der sich stets wieder freute, sie zu sehen. Der Almuth Komplimente machte. Über ihre Frisur. Ihr Kleid. Ihr Lächeln. Manchmal besuchte Almuth Herrn Steffen einfach so, auf ein Gespräch und eine Tasse Kaffee. Und er freute sich immer, sie zu sehen. Von dem Konto, von der Kreditkarte, geschweige denn von Ralph Steffen ahnte Axel nichts. Er nannte das Faible der modernen Gesellschaft, bargeldlos zu bezahlen, »Kreditkartenfirlefanz«. Im Gegensatz zu ihm, konnte Almuth sich mit dem Firlefanz prima anfreunden. Und behielt diesen kleinen Luxus für sich.

Aus der offenstehenden Tür des gedrungenen Hauses hörte sie Fado-Musik. Angelockt von dem Gesang trat sie ein in die kleine Gaststube, wo bloß ein halbes Dutzend zusammengerückte Tische Platz fanden. Mitten im Raum saßen zwei Musiker, einer mit Akustikgitarre, der andere mit einer portugiesischen Zwölf-Saiten-Gitarre auf dem Schoß. Zwischen ihnen stand die Sängerin. Mit schwarzem offenem Haar. Ein rotes Fransentuch über die Schultern geworfen, die Lippen dunkelrot geschminkt, die Augen geschlossen. Mucksmäuschenstill war es in dem voll besetzten Lokal. Almuth hielt den Atem an.

Confesso lautete das erste Wort, das über die Lippen der Fadista kam, gefolgt von einem lang anhaltenden vibrierenden Laut, *minhas pecadas*, begleitet von zart gezupfter Gitarrenmusik. Minutenlang zitterte die Stimme der Fadista am Ufer des Tränenmeers entlang, erhob sich plötzlich, die Sängerin öffnete die Augen, ballte die Fäuste und schloss mit den Worten »*mas não mais comigo!*«.

Der Gesang trieb Almuth heiße Tränen in die Augen, denn sie verstand das Lied. »*Aber nicht mehr mit mir*«, hieß es. Der Klang berührte sie tief im Innern, rüttelte etwas in ihr wach. Ein neues, noch gänzlich frisches Gefühl. Es fühlte sich gut an, obwohl sie keinen Namen dafür fand. Zwischen zwei Fados setzte sie sich an einen freien Tisch, nippte Wein vom Fass, probierte gegrillte Rotwurst *chouriça*, dazu grüne Kohlsuppe *caldo verde*, stippte Brotstücke in Olivenöl und ließ ihren Tränen bei jedem Lied wieder freien Lauf. Gleichzeitig fühlte sie sich auf eigenartige Weise gestärkt. Eine unheimliche und dennoch ermutigende Erfahrung. Passend zu dem neuen Gefühl ohne Namen.

Irgendwann später, Zeit spielte keine Rolle mehr, packten die Musiker ihre Gitarren ein, die Fadista setzte sich und aß selbst etwas, die Gäste bezahlten, bedankten sich, »*obrigado*«, mit einer monetären Aufmerksamkeit bei dem Ensemble und gingen nach Hause. Immer noch bewegt steckte Almuth spontan einen Fünfzig-Euro-Schein in den Hut. Und fühlte sich ungemein gut dabei.

Beschwingt schlenderte sie zurück zu ihrem Domizil. Erst da fiel ihr ein, dass sie Axels Sandwich vergessen hatte. Nicht einmal bestellt hat sie es. Nicht dass es noch eine Rolle spielte. Axel lag ausgestreckt auf dem Bett und schnarchte. Der Fernseher lief laut. Auf Portugiesisch. Almuth ließ ihn laufen, schloss leise die Tür und kuschelte sich auf das Sofa, bei weit geöffneter Terrassentür mit Blick auf die Dächer von Lissabon. Obwohl es bereits zwei Uhr früh war, schickte sie noch eine Textnachricht mit einem Gute-Nacht-Gruß ab, schlief danach sofort ein und lächelte im Schlaf.

Nach einem spartanischen Frühstück am nächsten Morgen in einem Steh-Café ganz in der Nähe ihrer Ferienwohnung, mit Milchkaffee und Buttertoast – brachen die beiden zu einer Erkundungstour durch Lissabons Altstadt auf. An den meist nur handtuchgroßen Balkons der Häuser hingen üppig bepflanzte Blumenkästen, Wäsche schaukelte an zwischen den Häusern gespannten Leinen. Im Gassenlabyrinth der Alfama roch es nach Kernseife. Strampelanzüge verrieten Familienzuwachs, daneben hingen hübsche Dessous, derbe Arbeitskleidung und in die Jahre gekommene Unterwäsche, für sie, für ihn, und erzählte von etlichen Jahrzehnten gemeinsamen Lebens. Was würde wohl ihre und Axels Wäsche dem Betrachter erzählen, dachte Almuth, falls sie sie jemals auf die Straßen hängen würde. In Aerzen natürlich undenkbar.

Ein Fußmarsch durch die Stadt, die auf sieben Hügeln verteilt liegt, kennt bloß zwei Richtungen: bergauf oder bergab, in diesem Fall treppauf oder treppab. Und das Thermometer stieg rasch auf 28 °C. Axel blieb ständig keuchend stehen und wischte sich den Schweiß mit seinem Stofftaschentuch aus »zweiter Generation« vom Gesicht. Seine im Studio gestählten Muskeln mochten ihm die Blicke vieler Frauen einbringen, zu einer besseren Kondition verhalfen sie ihm seltsamerweise nicht, spottete Almuth für sich. Ihr hingegen machten die frühsommerlichen Temperaturen nichts aus, im Gegenteil. Axel konnte so oft stehen bleiben, wie er wollte. So fand sie mehr Muße, sich umzuschauen, Lissabon in sich einsinken zu lassen. Die prachtvoll blau-weiß glasierten Azulejo-Fliesen, die schmiedeeisernen Türklopfer, die kunstvoll geschreinerten Holztüren. Und überall Blütenranken, die zwischen dem glühenden Blau des Himmels und den kalkweißen Fassaden der Häuser bunte Tupfen setzten. Sie fotografierte unablässig.

Auf der *Santa-Luzia*-Aussichtsterrasse mit dem monströsen Azulejo-Wandpanel von Lissabon im 18. Jahrhundert schauten sie hinab auf den Überseehafen, in dem gerade ein luxuriöses Kreuzfahrtschiff angelegt hatte.

Wie schön wäre Händchenhalten jetzt. An einem so romantischen Ort. Doch Axel war nicht romantisch. Axel war sparsam.

Von den *Portas-do-Sol*-Terrassen am Vinzenz-Denkmal schauten sie auf die weiße Kuppel der komplett aus Marmor erbauten Kirche *Santa Engraçia* und auf das Vinzenz-Kloster.

»Komm, Axel, das Kloster will ich dir unbedingt zeigen. Dort ist die Grablege-Kapelle mit Gräbern aller portugiesischen Könige. In das Mausoleum, die große Kirche aus Marmor, will ich auch, und ich will unbedingt auf die Dachterrasse steigen. Außerdem ist heute Dienstag und hinter dem Kloster findet der älteste Flohmarkt statt. *Feira da Ladra*, Markt der Diebe heißt der. Bestimmt finden wir dort hübsche Mitbringsel für unsere Kegelfreunde und ein nettes Lokal.«

»Ich reise doch nicht nach Lissabon, um einen Flohmarkt zu besuchen.«

Ihr Magen krampfte. Da war er wieder. Dieser bestimmte, im gleichen Satz belehrende und spottende Unterton.

»Klimbim-Markt haben wir in Aerzen auch, jeden ersten Samstag im Monat.«

Ja, mit unerträglich altmodischem muffigem Krimskrams aus dem Weserbergland Barock.

»Klöster haben wir genug gesehen, erinnere dich an unseren Ausflug nach Augsburg ins Zisterzienserkloster Oberschönefeld. Das ist gerade einmal zwei Jahre her. Und da haben wir übrigens weitaus mehr bekommen für unser Geld. Das war ein echtes Schnäppchen.«

Sie erinnerte sich an Oberschönefeld, als wäre es gestern gewesen. An die stundenlange Busfahrt, an die Nullachtfünfzehn-Führung, an die klebrigen Kässpatzn und an die stundenlange Rückfahrt mit mehrstündigem Stau. Von wegen Schnäppchen. Ein Horrortrip.

»Wozu soll ich in der Kirche bis auf das Dach steigen und dafür auch noch Geld ausgeben? Glaubst du im Ernst, du könntest von da aus mehr sehen als von hier? Komm, lass uns in die Stadt fahren, Almi, ich will in das Trikot-Geschäft von *Benfica*. Ich habe dem Meier versprochen, dass ...«

Was Axel noch alles sagte, hörte Almuth nicht mehr. Sie packte den Fotoapparat ein und schaute mit unbewegter Miene den Mann an, mit dem sie am Freitag seit zehn Jahren verheiratet sein würde, und den nichts mehr begeistern konnte, als irgendwo zehn Cent zu sparen.

Sie gingen zu Fuß in die Stadt. Die gesamte Strecke von den *Portas do Sol* bis in die Rua Augusta, weil Axel auf keinen Fall für drei Stationen Straßenbahnfahren mit der historischen Tram von Lissabon drei Euro achtzig pro Person berappen wollte.

»Touristennepp«, schimpfte er den Straßenbahnlenker an, der sich bloß verlegen am Kopf kratzte.

Almuth suchte hinter dem Haltestellenschild Deckung. Merkte Axel eigentlich nie, wie peinlich er war?

Zwischen den Häusern staute sich die Hitze. Der Verkehr kam nur zähflüssig voran, die Fahrzeugschlange stand an jeder Haltestelle erneut hinter jeder Tram still. Sie marschierten hintereinander abwärts den schmalen Bürgersteig entlang. Ihnen kamen Reisegruppen entgegen, angeführt von Tourguides, die Fähnchen schwenkten. Eine deutsche Nationalflagge für deutsche Reisegruppen, eine brasilianische für Touristen aus Brasilien. Man wich sich aus, so gut es ging, meistens ging es nicht ohne Tuchfühlung. Alle klammerten sich an ihre Handtaschen, aus Angst vor Taschendieben.

Vor der wuchtigen, wie eine Festung im Mittelalter erbauten Kathedrale von Lissabon lauerte ein Schwarm Tuk-tuk-Fahrzeuge auf fußlahme Kundschaft. Die dreirädrigen Vehikel mit Fahrerkabine und Sitzbänken liefen mit E-Motor, andere mit stinkend knatterndem Zwei-Takt-Motor. Axel scheuchte die sich anbiedernden Fahrer mit einer harschen Handbewegung fort.

Almuth nutzte den Moment und stieg die uralten spiegelglatten und ausgetretenen Steinstufen zum Domus Dei hinauf. Sie betrat die Kathedrale durch das mächtige Holzflügeltor und spürte augenblicklich die Kühle des Gemäuers – und die Ruhe. Sie ging durch das Mittelschiff entlang bis zum Altar und weiter bis zur Kapelle des Heiligen Bartholomäus. Jetzt stand sie genau unter dem Rosettenfenster, das sie von der Dachterrasse ihrer Ferienwohnung von außen sehen konnte. Das mittägliche Licht warf bunt leuchtende Schatten der kunstvoll bemalten Glasfächer an die rohbelassenen Steinquader des Doms. Als hüpfte das Licht an die Wand. Orange und grün, kobaltblau und goldgelb. Almuth war keineswegs gläubig, aber in dem Moment hoffte sie auf ein Zeichen. Von wem auch immer. Sie war schließlich in Lissabon! Ihrer Lieblingsstadt. Nein, beschloss sie trotzig. Sie würde sich von Axel ihre Erkundungslust nicht weiter vermiesen lassen. Und ihr künftiges Leben gleich gar nicht. Sie würde ihren Plan zu Ende führen.

In ihrem Entschluss bestärkt verließ sie die *Sé de Lis-*

boa und fand Axel auf einer Bank unter einer Linde sitzend.

»Hier bin ich«, winkte Almuth ihm zu, überquerte die Fahrbahn und übernahm ab jetzt die Führung.

Zügig lief sie mit Axel im Schlepptau abwärts über die Santa-Madalena-Straße, folgte der Rua da Conceição und bog drei Parallelstraßen weiter rechts ab auf die Rua Augusta. Erst vor dem Trikotgeschäft des Lissabonner Kicker-Königs *Benfica* blieb sie stehen. »Da sind wir.«

»Musst du denn so rennen?«, japste Axel. Sein verständnisloser Blick traf sie und prallte an ihr ab. Sie fühlte sich plötzlich sehr abenteuerlustig und wollte dieses Gefühl auskosten.

»Du kannst nach Lust und Laune hier für Meier und für sonst wen stöbern und einkaufen. Da drüben ist noch ein Fanshop. *Sporting Lissabon.* Solltest du Hunger haben, schau«, sie zeigte auf die Fußgängerzone, »überall da, wo Stühle auf der Straße stehen, gibt es etwas zu essen. Sprachkenntnisse brauchst du keine, die Speisenkarten sind alle bebildert, du zeigst einfach auf das, was du essen willst.« Ihre Stimme klang übertrieben mütterlich. Dabei war es doch ihr Mann, mit dem sie sprach. Bevor sie losging, riss sie einen Zettel aus ihrem Notizbuch, schrieb die Adresse der Ferienwohnung auf und den Türöffner-Code.

»Hier, damit du nicht verloren gehst.« Schon wieder dieser Mutterton. Seit wann hatte sich der denn eingeschlichen?

Axel fand endlich die Sprache wieder. »Kommst du etwa nicht mit zum Einkaufen?«

Sie lächelte provozierend breit. »Nein.«

»Und was machst du?«

»Das, was mir Spaß macht.«

Als Almuth nach ihrem überaus vergnüglichen Nachmittag mit Kaffeehausbesuch, Museumsbesuch und Burgbesteigung das gemeinsame Domizil erreichte, lief der Fernseher im Wohnzimmer. Axel saß schnarchend auf der Couch. Selbst im Urlaub nichts Neues. Axel war und blieb eine Couch-Kartoffel. Ein Langweiler. Mit hübschem Gesicht und durchtrainiertem Körper. Damals hatte er ihr auf Anhieb gut gefallen. Ein Mann zum Anlehnen, zum Hinkucken, hatte sie gedacht. Bis sie merkte, dass sein Lieblingsplatz die Couch war. Von der sie ihn nur selten herunterziehen konnte für gemeinsame Unternehmungen.

Bestimmt würde er auch jetzt weder eingekauft noch bereits zu Abend gegessen haben. Nein, hatte er nicht. Er wartete auf sie und darauf, dass sie für beide entscheiden und sich kümmern würde. Sie seufzte. Sei's drum. Auf dem lauschigen Platz unter Weinlaub am Ende der Treppengasse vor der kleinen Kapelle stand eine Tafel. *Há Sardinhas*. Heute Sardinen vom Grill. Was wäre ein Lissabon-Besuch ohne Sardinen.

Sie weckte Axel. »Komm, raff dich auf! Lass uns essen gehen und den schönen Abend genießen. Es weht auffrischender Wind. Das tut gut nach dem heißen Tag. Dir bestimmt auch.«

Auf dem Sofatisch lag ein halbes Dutzend Fußballtrikots ausgebreitet, allesamt Sonderangebote: 4,99 statt 9,99. Ihr Mann war einfach der beste aller Schnäppchenjäger. »Ich sehe, du hast hübsche Sachen gefunden«, lobte sie.

Dass sie das ironisch meinte, merkte Axel nicht und knurrte: »Schwein gehabt. Die spinnen mit den Preisen.«

Almuth tauschte das kurze Sommerkleid gegen eines mit längerem Rock, zog weiße Turnschuhe an und bürstete ihr Haar. So gefiel sie sich. Im Spiegel tauchte Axel hinter ihr auf. Wie fremd er ihr war, dachte sie weder mit Groll noch mit Wehmut. *Es waren einmal Almuth und Axel …* Vor allem war es einmal Almuth, die sich ihre Ehe gänzlich anders vorgestellt hatte, nämlich fröhlich, kameradschaftlich, genussvoll. Sie hatte nach einem Partner gesucht und leider einen Sparfuchs geheiratet. Einen Charmeur hatte sie sich gewünscht, der seine stattliche Figur zum Fitbleiben trainierte, und nicht einen Beau, der ins Kraftsportstudio ging, um bei anderen Frauen Eindruck zu schinden. Im Laufe der Jahre hatte sie ihren Irrtum erkannt, und seit sie seit Kurzem nicht mehr wie früher bloß Augen für Axel hatte, merkte sie erst, wie wunderbar das Leben sein konnte. Davon wollte sie mehr.

In dem lauschigen Lokal war noch ein Tisch auf der Esplanade frei, und sie nahmen Platz unter einem Zelt aus Weinranken, die sich an den Hausmauern emporhangelten. Gitarrenmusik aus dem Radio sorgte für eine anheimelnde Atmosphäre, zusammen mit bunten Lampions und ihrem schmeichelnden Licht.

Bei exzellenten Schinkenstücken zur Vorspeise, nach Axels Meinung natürlich viel zu teuer, was Almuth mit »Der ist vom Schwarzen Schwein. So eine Delikatesse essen wir ja nicht jeden Tag«, abwiegelte, erzählte Axel stolz von seinem Verhandlungsgeschick in den Fußballfanläden.

»Da müssen die früher aufstehen, bevor sie mich alten Hasen über den Tisch ziehen wollen.«

Almuth hörte zu, lachte höflich, ganz so wie bei einem Dinner mit Fremden, an den vermeintlich richtigen Stellen, und stieß mit ihm auf seine Schnäppchen an.

Als die Sardinen serviert wurden, verfinsterte sich Axels Miene.

»Da sind ja noch Kopf und Schwanz dran, und, igitt, die Dinger sind nicht ausgenommen.«

»Schau her, Sardinen vom Grill isst man so.« Wieder kam sie sich vor wie eine Mutter und nicht wie eine Ehefrau. Geschickt zog sie den Fischlein die Haut, dann das Filet ab und steckte sie sich in den Mund.

»Mit den Fingern?«

»Sardinen isst man immer mit den Fingern«, antwortete sie und klaubte ihrem Mann die Filets von den Gräten und tauschte die Teller.

»Ist das ein Riesling?«

»Nein, grüner Wein. Den gibt es nur in Portugal.«

Er hielt das Glas gegen das Licht eines Lampions und grunzte. »Der Wein ist nicht grün, er ist weiß und schmeckt wie Riesling.«

»Na dann, Prost.«

»Was unternehmen wir morgen?«

Wir? Almuth blinzelte. Hatte sie richtig gehört?

»Wir können ans Meer fahren, den Leihwagen nutzen, was denkst du, Almi?«

»Wir können die Königsschlösser in Sintra besuchen«, schlug sie vor.

»Königsschlösser? Die sehen doch alle gleich aus. Hast du selbst gesagt, in Österreich, nach drei Schlossbesichtigungen.«

Seine Unlust wollte Almuth überhören, doch so ganz schaffte sie es nicht. »Das *Pena*-Schloss oben auf dem Berg in Sintra soll den Bau von der Burg Neuschwanstein inspiriert haben und sein Erbauer ist ein Prinz aus Coburg gewesen. Ein Märchenschloss, hoch droben auf dem Gipfel. Von dort schaut man nach Lissabon und aufs Meer, und danach fahren wir den Berg hinunter bis zum Atlantik, erst zum Leuchtturm und danach an den großen Strand von *Guincho*.«

»Wenn es denn sein muss, dann machen wir das so.«

Axel trank das Glas Weißwein in einem Zug leer, schenkte sein Glas mit dem Rest aus der Flasche voll. Ihres blieb leer.

Am nächsten Morgen holten sie den Mietwagen ab. Almuth hatte am Abend zuvor bereits das Check-in online erledigt, alle Papiere lagen bereit. Axel unterschrieb den Leihvertrag, lehnte jedoch das Angebot der Mitarbeiterin ab, für alle Fälle eine Zusatzversicherung für Pannen, Unfall und Glasbruch in Höhe von 14 Euro 98 abzuschließen.

»Eine Zusatzversicherung braucht ein Mann wie ich nicht«, kokettierte er und zwinkerte der Angestellten zu, die sein Zwinkern mit einem höflichen Lächeln und einem raschen Seitenblick auf Almuth beantwortete.

Almuths Miene blieb entspannt. Dass Axel sich vor anderen Frauen in Pose warf, hatte sie früher oft beschämt. Jetzt nicht mehr. Stoisch programmierte sie das Ziel Sintra in ihre Navigations-App, und dann ging es los. Axel fuhr, Almuth dirigierte. Sie folgten der Avenida da India Richtung Belém, am Kloster Hieronymus vorbei weiter nach Algés und dann auf den Zubringer der Autobahn Cascais/Sintra. Ein weiterer Tag mit wolkenlosem Himmel erwartete sie. Einzig die sich schier endlos auftürmenden Trabantenstädte im Speckgürtel von Lissabon passten nicht zu dem Postkartenbild der Metropole.

An der Ausfahrt Sintra kam der Verkehr ins Stocken. Axel fädelte sich ein in eine lange Reihe Reisebusse, die im Schritttempo durch die enge Einbahnstraße des Bergortes rollten.

»Das Nest ist ja ausschließlich auf Touristenabzocke getrimmt, hier essen und trinken wir ganz bestimmt nichts.«

Das hatte sie bereits vorausgesehen und mit Wasserflaschen und Müsliriegel aus dem *Minimercado* in ihrer Treppengasse vorgesorgt.

Im Stopp-and-go ging es voran, bis das historische Zentrum Sintras zu sehen war.

»Oh, wie hübsch.« Almuth zückte den Fotoapparat.

Umstellt von Gebirgsmassiv und dichtem Wald lagen die Villen und Parkanlagen in eine Talsohle ausgebreitet. Ein verträumter Ferienort der Aristokratie und der Künstlerszene, wo sich einst Strauss, Viana da Motta, Cook, Lord Byron und andere Schöngeister die Ehre gaben. Das neomaurische Rathaus von Sintra, gleich dahinter der Palast von Sintra mit seinen beiden zylinderförmigen Schornsteinessen, die sich als Wahrzeichen über das Stadtschloss in den azurblauen Himmel reckten.

»Die Fensterbögen sehen aus wie Seile oder wie Oktopusarme, wie aus einem Märchen. Hier haben bestimmt viele Prinzessinnen aus dem Fenster Richtung Meer geschaut«, begeisterte Almuth sich. »Und das Örtchen. Wie es den steilen Hang hinaufklettert, die bunten Häuschen mit den spitzen Giebeln aufgesetzt. Ach, ist das romantisch.«

»Sag mir lieber, wo ich langfahren muss. Bei all den Leuten, die hier kreuz und quer blindlings über die Straße rennen und überall stehen bleiben, um zu fotografieren, kann ich nicht auch noch auf Hinweisschilder achten.«

In Almuths Ohren knirschten Axels Worte, als schleife er ihr Gehör mit Sandpapier. Sie senkte den

Blick auf das Smartphone in ihrer Hand. Wieder einmal hatte er es geschafft, ihr mit einem einzigen Satz die Laune zu verderben. Ohrfeigen wollte sie ihn dafür und umklammerte das Smartphone mit beiden Händen. »Geradeaus, weiter vorne links abbiegen, in die Einbahnstraße.«

Danach sagte sie nichts mehr. Die liebliche Landschaft Sintras, wegen ihrer reichhaltig botanischen Vielfalt mit Bäumen und Pflanzen aus fünf Kontinenten zum Weltkulturerbe erhoben, rauschte glanzlos an ihr vorüber.

Vor dem Eingang zum *Pena*-Palast, auf der Bergkuppe, entließen drei Reisebusse annähernd 200 Menschen. Axel ergatterte gleich vor dem Eingang einen Parkplatz. Sie stiegen aus und Axel schaute grimmig auf die immer länger werdende Warteschlange.

»Du glaubst doch nicht im Ernst, dass ich mich *da* anstelle?«

Natürlich glaubte Almuth das nicht und hatte bereits online Tickets gekauft.

Überrumpelt von ihrer Voraussicht trottete Axel hinter ihr her, am automatischen Kassenhäuschen vorbei in den Park.

»Wo soll denn hier ein Schloss sein?«, murrte er und sah sich suchend um.

»Der Palast ist ganz oben, genau auf die Bergkuppe gebaut.«

»Zu Fuß, *den* steilen Weg hinauf?«

Almuth antwortete nicht und ging voran. Fest entschlossen, sich den Tag nicht noch mehr verderben zu lassen. Müsliriegel und stilles Wasser zum Mittagessen statt gegrilltem Fisch und Wein dazu in einem historischen Restaurant in Sintra waren Zugeständnis genug. Das Mahl mit Blick auf Sintra konnte sie sicher einmal nachholen. Nur nicht mit Axel. So viel stand fest.

Je höher sie den Weg hinaufstiegen, desto dichter zog Nebel auf. Die 400 Jahre alten Thuja-Bäume verloren ihre Baumkronen in einer dichten Kissenwolke aus feuchtem Morgendunst. Es roch nach Rhododendron, nach Jasmin und nach Thuja-Öl. Als sie den Gipfel erreichten, verpuffte der Nebel, Sonnenschein erwartete sie. Als habe ein Riese sein Spielzeug über den Wolken oben auf das Felsmassiv gestellt, tauchte das portugiesische Märchenschloss orange und ockergelb glänzend auf.

Sie liefen durch den burgeigenen Tunnelgang in den Burghof. Sogar Axel staunte. Über die Aussicht bis zum Ozean und noch mehr über die mächtige Skulptur über dem Eingangsportal. Eine Götterfigur, ein Mann, der erst aus dem Wasser stieg, dann aus der Erde wuchs, auf seinen Schultern Bäume trug und den Argonauten *Tritão* verkörperte. Axels Staunen blieb jedoch eine Momentaufnahme. Dem bemerkenswerten Gebäude, in dem sich sämtliche Baustile von der Gotik bis zur Rocaille vereinigen, schenkte er keine Beachtung. Der seiner Meinung nach amateurhaft verlegten Elektrik dagegen umso mehr.

Auf der Weiterfahrt zum Leuchtturm am *Cabo da Roca* hustete der Motor. Axel gab mehrmals kräftig Gas, um den Motor zu lüften, wie er sagte.

Auf dem Parkplatz am Leuchtturm standen mehr als ein Dutzend Autobusse, alle mit laufendem Motor. Der Motorenlärm übertönte selbst die Brandung, die tosend und gurgelnd an die Klippen schlug. Der Wind blies ziemlich kräftig und war empfindlich kühl. Almuth zog sich ihre Strickjacke über, Axel rieb sich die nackten Arme und Beine.

»Ich warte im Auto«, verkündete er.

Das begrüßte Almuth sehr, konnte sie so in aller Ruhe das Meer betrachten. Bis ganz vorne an den Rand einer Klippe stellte sie sich, bis sie befürchtete, dem Lockruf der Tiefe nachzugeben. Um Gottes willen! Sie wollte doch nicht sterben. Sie wollte leben und lieben! Rasch machte sie zwei Schritte rückwärts.

Auf der Fahrt an der Küste entlang nach Süden Richtung *Guincho*-Strand hustete der Motor erneut. Dampf stieg aus der Motorhaube. Axel ließ den Wagen im Leerlauf die kurvige Strecke den Berg hinabrollen bis zu einem Weiler mit drei Häusern und einer Tankstelle. In der Garage daneben schraubte ein Mechaniker an einem Traktor herum und schaute griesgrämig auf, als Axel und Almuth mit dem dampfenden Wagen vorfuhren.

Almuth sagte *bom dia*, der Mechaniker erwiderte ihren Gruß.

Axel grüßte den Mechaniker nicht und zeigte aufgeregt auf das Auto. »Car kaputt. Maybe it braucht water.«

»Kommen Sie aus Deutschland?«, fragte der Mechaniker stirnrunzelnd.

Axel bejahte. »Aerzen, Niedersachsen. You know this?«

Der Mechaniker lachte und ergriff Axels Hand. »Brotfabrik Aerzen. Habe ich gearbeitet. Drei Jahre. Ich bin José«

»Ist nicht wahr. Ich bin Axel.«

»Ist wahr, Axel«, sagte José.

In den folgenden Minuten hörte Almuth Worte wie Luftfilter, Zündkerzen, Zylinderkopfdichtung und hoffte, die Reparatur würde nicht allzu lange dauern, denn sie wollte nicht nur an den Strand, sondern auch noch in Belém anhalten und das Hieronymus-Kloster besichtigen.

»Mach es nicht zu teuer«, lachte Axel, und José aus der Brotfabrik in Aerzen lachte mit.

»Zahlt doch die Versicherung.«

Axels Lachen erstarb.

»Wir fahren ohne Zusatzversicherung«, klärte Almuth José auf und spürte unbändige Wut in sich aufsteigen.

»Seid ihr so arm?«, fragte José besorgt. »Macht nichts, arm zu sein ist nicht schlimm, bin ich auch.«

»Wir sind nicht arm«, empörte sich Axel.

»Warum schließt du dann keine Versicherung für fünfzehn Euro ab?«

Darauf gab Axel keine Antwort.

José wandte sich an Almuth. »Kosten eure Kinder euch denn so viel Geld?«

»Wir haben gar keine.«

José schob die Kappe in den Nacken und kratzte sich am Ohr. »Wofür dann das ganze Geld horten?«

Almuth drehte betreten den Kopf weg.

José zog die Kappe zurück in die Stirn und untersuchte den Kühler. Er goss reichlich Wasser in den Trichter und drehte den Deckel drauf, ließ die Motorhaube zufallen und wischte sich beide Hände an einem Lappen ab. »Das Wasser schenke ich dir, Axel aus Aerzen. Fahre sicher, fahre mit Gott.«

Axel wollte José fünf Euro Trinkgeld in die Hand drücken, wohl um zu beweisen, dass er nicht arm war, beobachtete Almuth, doch José hob abwehrend beide Hände.

Auf der Rückfahrt nach Lissabon, der Strandbesuch fiel aus, weil Axel der Wind zu kalt blies, weil er keine Jacke dabeihatte, weil Almi keine für ihn eingepackt hatte. Sie sagte kein Wort. Sie war wütend. Wie sollte sie diese Wut niederkämpfen? Erwachsen und besonnen, so hatte sie mit Axel sprechen und ihm alles sagen wollen. Doch dafür war es nun zu spät. Für alles war es nun zu spät. Er hatte sie zu lange genervt. Und sie hatte zu lange geschwiegen und zu viele Jahre die fürsorgliche Ehefrau mit Mutterton gemimt. Jetzt drohte sie an ihrem eigenen Schweigen zu ersticken, alles Ungesagte stürmte in ihren Kopf, bis sie Sterne zu sehen glaubte. Ihre rechte Hand klammerte sich an den Haltegriff im Auto, die linke grub sich in ihr Knie. Gleich ... gleich ... würde sie platzen!

Kaum stand das Auto auf dem Parkplatz vor dem berühmten manuelinischen Kloster der Hieronymiten, stieg Almuth aus und knallte die Beifahrertür zu. Die Sonne stand bereits tief und zauberte dem Monument aus weißem Kalkstein goldenes Leuchten auf die Fassade. Doch das Leuchten sah Almuth nicht und das Prachtgebäude ebenso wenig. Almuth sah rot.

Sie und Axel folgten dem Weg durch den Park des Imperiums am Springbrunnen vorbei, meterweit entfernt voneinander liefen sie, als gingen sie bloß zufällig in die gleiche Richtung. An der Ecke des Parks war auf einem Handkarren eine mobile Minibar aufgebaut und lockte mit frisch gepresstem Orangensaft und Cocktails. Der Duft reifer Orangen stieg Almuth in die Nase. Sie steuerte direkt darauf zu und bestellte *sumo de laranja*.

»Just Orange juice or Tequila Sunrise?«, erkundigte sich die Verkäuferin.

Almuth zog die Augenbrauen hoch. Tequila? Genau richtig. »Something with *álcool*.« Mochte der mexikanische Schnaps ihr Mut einflößen.

Die Bedienung nickte und servierte Almuth den gewünschten Cocktail.

Almuth nahm einen großen Schluck. Es schmeckte köstlich.

»Macht acht Euro.«

Almuth legte zehn hin. »*It is o. k.*«

Das Mädchen strahlte.

Axel tobte. »Abzocke hoch fünf.«

Almuth sog den scharf fruchtigen Cocktail durch den Halm und setzte erst ab, als das Glas leer war. Der Tequila raste wohlig würzig durch ihre Kehle in den Magen und von dort weiter bis in die Fingerspitzen. Herrlich prickelnd. Sie sollte öfter Cocktails trinken. Am besten immer den ersten um fünf Uhr nachmittags. Höchst anregend. »Noch einen bitte.«

»Almuth! Du wirst doch nicht noch einmal acht Euro opfern?«

Sie grinste diabolisch. »Almuth wird sogar zehn Euro *opfern*«, zischte sie und legte einen zweiten Zehn-Euro-Schein auf den Tresen. »Sie wird ab sofort sowieso und permanent Geld für ihr Wohlbefinden *opfern*.«

»Du solltest besser nichts mehr trinken.« Axel versuchte ihr das Glas wegzunehmen, doch sie wich ihm geschickt aus, setzte an und trank das Glas in wenigen Zügen leer. »Ich sollte vor allem eines tun, lieber Axel.«

»Jetzt reicht es aber. Komm zu dir.«

Das war das Stichwort. »Dein Wunsch sei mir Befehl. Morgen vor zehn Jahren habe ich *Ja* zu dir gesagt. Seitdem höre ich von dir, was alles zu teuer ist, was angeblich Firlefanz ist und wie man abgezockt wird. Seit zehn Jahren lebe ich mit denselben Vorhängen, derselben Waschmaschine, denselben Teppichläufern, sogar mit demselben Geschirr, alles geschmackloses Zeugs aus der uralten Einrichtung der Ferienwohnung deiner Eltern. *Vintage* haben sie damals ihr Geschenk vornehm genannt.« Mit gespitzten Lippen imitierte sie die Stimme ihrer Schwiegermutter. »Von wegen geschenkt! Das Entrümpeln wollten deine Eltern sich sparen und das Geld für ein angemessenes Hochzeitsgeschenk. Mitgemacht habe ich die scheinheilige Charade nur deswegen, weil ich«, sie schnappte nach Luft, »weil ich jung und unerfahren gewesen bin. Weil ich dir geglaubt habe, dass wir uns in Ruhe etwas Schönes für unsere Wohnung suchen werden.« Ihre Stimme gewann an Fahrt. »Es vergingen ein Jahr. Zwei, fünf, zehn Jahre! Und du hast nicht einmal eine Blumenvase gekauft, und warum nicht? Weil du mir nicht ein einziges Mal Blumen gekauft hast. *Wozu denn Blumen*, hast du mich verständnislos gefragt und meine Enttäuschung nie gemerkt.« Ihr Finger bohrte sich in sein Schlüsselbein. »Du bist genauso ein Geizkragen wie dein Vater. Zu geizig, dass wir uns unsere Wohnung nach unserem Gusto einrichten. Zu geizig, um mir eine Freude zu bereiten. Zu geizig, um eine Versicherung für fünfzehn Euro für einen Tag abzuschließen. Als ob das noch nicht reicht, beschämst du den Automechaniker und mich mit deinem Gerede, *es darf aber nichts kosten*, obwohl du mehr als genug Geld hast. Du hast es, und du hältst es fest, als wäre es eine Reliquie.« Ihre Hand schlug flach auf den Holztresen der fahrbaren Saft-Bar.

Das Mädchen stellte ihr einen doppelten Tequila hin, ohne Saft, und grinste: »Geht aufs Haus.«

»Aber, Almi. Wenn du so unbedingt neue Möbel möchtest, gehen wir zum Möbelhaus Meier. Du weißt doch, der Junior und ich haben früher Fußball miteinander gespielt, der macht uns bestimmt einen guten Preis ...«

»Es geht nicht um die verdammten Scheißpreise«, unterbrach sie ihn barsch. »Ich kann deinen Geiz nicht mehr ertragen. Wir haben nämlich genügend Geld, um unsere Wohnung dreimal schick einzurichten. Aber du *willst* nicht.« Sie kippte den mexikanischen Schnaps auf ex und zischte: »Das macht mich w-a-h-n-s-i-n-n-i-g. Wenn ich noch einmal das Wort Sonderangebot aus deinem Mund höre, dann ... dann ... kriege ich einen Kotzkrampf.«

»Was willst du denn dann?«

Almuth schloss die Augen. Ihre Wut war niedergebrannt. Axel würde es nicht verstehen. Nicht heute. Nicht morgen. Niemals. Bliebe sie bei ihm, würde sie sich nach und nach vollends auflösen. Dabei hatte sie es versucht. Aufrichtig versucht. Doch Axel wollte nichts mit ihr teilen. Weder Lebensfreude noch Neugier. Auch das letzte Glas Wein nicht. Nicht einmal Geld wollte er mit ihr teilen. Nicht für eine neue Einrichtung und noch weniger für Schönes. Das war schade. Irgendwie. Schließlich sind Axel und sie mal ineinander verliebt gewesen. Und ihre Freundinnen hatten sie so beneidet. Oder zumindest hatte Almuth das geglaubt. Verliebtsein reichte nicht für ein ganzes Leben. Und von anderen beneidet zu werden für eine Liebe, die nicht echt war, noch weniger. Eine bittere Lektion. Sie holte tief Luft. »Ich will mein Leben zurück.«

Axel zog die Stirn kraus und schaute ins Nirgendwo über ihren Kopf hinweg.

Wie immer, sobald er sie nicht verstand. Also gefühlte zehn Mal pro Tag, erboste sie sich und spürte die Wut zurückkommen. Sie war es so satt. Keinen einzigen Atemzug länger wollte sie mehr darauf hoffen, dass Axel sie eines Tages doch verwöhnte, sie doch noch mit einer kostspieligen Aufmerksamkeit überraschte, gar mit einem Kompliment. Ihre Hoffnung war erkaltet, ihre Wünsche erfüllte sie sich schon seit Jahren selbst und Komplimente erfuhr sie von anderer Seite. Von ihren Freundinnen, von Bekannten, von Ralph Steffen aus der Bank. Bloß Axel machte ihr keine. Das musste aufhören, und das würde es. Sie holte den Umschlag, den sie seit einigen Wochen mit sich herumtrug aus ihrer Handtasche. Erst war sie unschlüssig gewesen, ob es die richtige Entscheidung war. Danach wusste sie nicht, wann sie ihm das Kuvert geben wollte. Seit ihrer Reisebuchung nach Lissabon gab es keinen Weg zurück. Die vergangenen 48 Stunden hatten ihr gezeigt, wie richtig ihr Entschluss war. Hier in Lissabon wollte sie an ihrem Hochzeitstag ihre Vergangenheit beenden. Ihr Hochzeitstag war zwar erst morgen, doch die Stimmung des Augenblicks konnte für den Schlussstrich nicht passender sein.

»Lieber Axel«, begann sie feierlich. »Zwar sind wir erst morgen laut standesamtlicher Urkunde seit zehn Jahren verheiratet, aber ich überreiche dir heute schon dein Geschenk.«

Überrumpelt von ihrer formellen Ansprache, streckte Axel langsam die Hand aus.

»In dem Umschlag steckt eine Portion Glück«, prophezeite sie ihm.

Skeptisch zog er das Kuvert aus ihrer Hand, öffnete es und faltete den Bogen auf. »Scheidung?«

Almuth nickte. »Für Susi.« Axel zuckte zusammen. »Und für dich. Damit ihr euch nicht länger verstecken müsst.« Sie zeigte dem Mädchen am Tresen mit einem Fingerzeig an, dass sie zwei Tequila bräuchte. »Prost.« Sie reichte ihm ein Glas.

Wie ferngesteuert stieß Axel mit ihr an. »Seit wann weißt du …?«, krächzte er.

»Von Susi? Und von Michaela, von Petra, die erste hieß Gisela, nicht wahr? Die du nacheinander im Fitnessstudio angebaggert hast? Ralph hat mir davon erzählt. Er geht nämlich auch zum Training dorthin. Im Duschraum höre man so einiges, deutete er an.«

»Ralph?«

Almuth ergötzte sich an Axels verdutztem Gesichtsausdruck. »Ganz genau, Ralph Steffen. Der Kundenberater in der Hauptzentrale unserer Bank. Wir verstehen uns blendend. Seit einigen Wochen sogar mehr als das.«

Endlich fiel der Groschen. Axel verstand sie zum ersten und gleichzeitig zum letzten Mal in ihrer Ehe. Zum Abschied bediente Almuth sich der portugiesischen Weisheit des Taxifahrers: »Geh mit Gott, aber geh«, sagte sie zu ihm, auf Portugiesisch, und ließ ihn stehen.

Die dem Heiligen Hieronymus geweihte Klosterkirche und ihr weltweit unübertroffen plateresker Kreuzgang gehörten ihr. Sie war die letzte Besucherin und nahm sich so viel Zeit, wie sie wollte, für das reich ornamentierte Monument. So etwas Schönes hatte sie noch nie zuvor in ihrem Leben gesehen. Passend zu ihrem neuen Leben wollte sie ab sofort nur noch schöne Dinge sehen und erleben. Manches davon gerne allein und anderes nicht, lächelte sie. Sie zog ihr Handy aus der Handtasche und rief die zuletzt gewählte Telefonnummer an.

»Hallo, Schatz. Ich habe es getan. Ja, stell dir vor, heute schon.« Am anderen Ende wurde etwas gesagt. Almuth lächelte in das Telefon. »Unbedingt«, lachte sie dann. »Holst du mich in einer Stunde an der Haltestelle in der Parallelstraße hinter dem Augusta-Triumphbogen ab? Fein. Ich habe nämlich einen Tisch für uns reserviert. In Fernando Pessoas Stammlokal *Martinho das Arcadas.* Genau. Und du hast eine Suite im Hotel in der Burg? Wie schön. Bis gleich. *Beijinho.*«

MAREN DAMMANN

Die Lektorin meines Lebens

Was sollte ich mir vormachen? Ich hatte alles verloren. Mein Erbe an die Spielsucht meines Ehemannes, meinen Ehemann an eine andere Frau. Und jetzt? Ich wusste es nicht.

Wilde braune Locken wirbelten mir ins Gesicht, nahmen mir die Sicht auf die grüne Hügellandschaft und strichen die Tränen weg. Seufzend ließ ich mich auf der Mauer nieder, die unser altes Steinhaus in Killeeneen umgab, es einrahmte wie ein Ring einen Finger oder Rinde einen Baum. Eine Bö brachte die ersten Tropfen mit sich, gleich würde die graugelbe Wolke über mir aufbrechen und Regen den ohnehin schon feuchten Boden aufwühlen. Einen Moment verharrte ich, schmeckte die schwere Gewitterluft.

Der Regen kam mit einer derartigen Heftigkeit, dass ich es keine Minute lang aushielt. Irlands Wetter war so wechselhaft wie die Launen der Selkies, die der Legende nach seine Küsten bewohnten. Hastig eilte ich zurück zum Haus, schlüpfte aus meinem Kamelhaarmantel und begab mich an das Panoramafenster im Wintergarten. Es donnerte, es blitzte. Das Pendel der alten Standuhr schwang regelmäßig hin und her, aber auch das half nicht, um meinen Puls wieder zu verlangsamen. Mein Blick fiel auf das bereits angestaubte Manuskript auf meinem Schreibtisch, auf das Buch, das ich immer schreiben wollte, für das mir aber die entscheidende Idee fehlte.

»Ich wünschte«, sagte ich, »ich wünschte, ich könnte mein Leben von außen betrachten und es korrigieren.« Das, so dachte ich, würde Heilung bringen, meine verletzte Seele flicken und mich auf den rechten Pfad zurückbringen. Kaum hatte ich diesen Wunsch ausgesprochen, schlug die Uhr drei Mal. Dann blieb sie stehen. Ein eisiger Hauch ging durch den Raum, der mir eine Gänsehaut in den Nacken trieb. Verdutzt schaute ich mich um und erschrak. Im Ohrensessel neben dem Kamin saß eine Frau. Ihre langen weißblonden Haare waren zu einem strengen Zopf gebunden, streng war auch ihr schmales Gesicht mit der übergroßen Wayfarer-Brille. Ungeduldig blätterte sie in einem rot eingebundenen Buch, die Beine übereinandergeschlagen, einen Stift hinter das Ohr geklemmt.

»So geht das nicht. Das müssen wir streichen«, murmelte sie, ohne dabei aufzusehen. Sie war etwa fünfzig, aber so genau war das nicht zu sagen, denn ihre helle Haut war makellos, die Hände steckten in feinen Lederhandschuhen, die gut zu ihrem Tweed-Kostüm passten.

»Wer sind Sie und was machen Sie hier?«, fragte ich verdutzt und fügte hinzu: »Und wie sind Sie überhaupt hier reinkommen?« Die Haustür war stets verschlossen, der Dienstboteneingang hatte eine Glocke, die laut bimmelte, wenn sie sich öffnete.

Das Buch klappte mit einem lauten Knall zu. Energisch legte die Frau es beiseite, strich sich über ihr Kostüm und stand auf. Sie war nicht besonders groß, aber das machte sie mit ihrer Entschlossenheit wett. »Sie wollten doch Ihr Leben korrigieren, oder etwa nicht?«

Sie kam auf mich zu, instinktiv wich ich nach hinten aus. Meine Hände fingen an zu zittern, ich wusste nicht, was ich antworten sollte. Die Temperatur im Zimmer war um mehrere Grad gesunken, meine Lippen fühlten sich klamm an.

»Von einer Autorin hätte ich etwas mehr Eloquenz erwartet. Wo ist die schlagfertige Antwort? Wo die Neugier?«

Der Boden schien sich zu bewegen, wogte auf und ab wie ein aufgewühltes Meer, zumindest fühlte es sich so an, als ich zur Seite stolperte und mich an einem Regal festklammerte. Sie kam so nah an mich heran, dass ich ihr Parfüm riechen konnte. Ingwer, Orange, Holz.

»Ich …«

»Ja?«

»Ich …«, setzte ich wieder an und gab dann auf. »Was wollen Sie von mir?«

Im Gesicht der Frau bildete sich ein Lächeln, aber die Augen lachten nicht mit. »Ich will gar nichts von Ihnen, sondern Sie von mir. Mein Name ist Anathema Hopkins. Ich bin Lektorin.«

Unsicher schielte ich in Richtung Schreibtisch, auf dem mein Manuskript nach wie vor unangetastet lag. Hatte ich etwas vergessen? Einen Termin?

»Nein, nicht für Ihr Buch. Ha! Ich bin die Lektorin Ihres Lebens. Ich korrigiere, editiere, redigiere – kurzgefasst, ich sorge dafür, dass Ihr Leben veröffentlichungstauglich wird.«

Langsam ließ ich mich am Regal hinuntergleiten, das glatte Holz in meinem Rücken, bis ich den sicheren Boden erreicht hatte. »Die Lektorin meines Lebens?«, wiederholte ich ungläubig. »Und was soll das sein?«

Anathema drehte sich auf dem Absatz ihrer Stilettos um und schnappte sich das rote Buch. »Das hier«, erklärte sie, öffnete die erste Seite und tippte mit dem Zeigefinger auf die Worte, »ist das Buch Ihres Lebens. Ich werde die Geschichte verändern, Ihre Vergangenheit, Gegenwart und somit auch Ihre Zukunft. Wenn ich den Text editiere, wird auch Ihr Leben editiert. Sie werden es merken und wissen, was verbessert wurde, und Sie können die Änderungen dann annehmen oder auch nicht. Wie bei einem echten Lektorat. Das kennen Sie doch.«

Verlegen biss ich mir auf die Lippe. Mein letztes Lektorat lag lange zurück, nach einem gescheiterten Projekt hatte ich mir eine Pause gegönnt und dann zu viele private Sorgen gehabt, um mir über eventuelle Veröffentlichungen Gedanken zu machen. Ich war Buchhalterin, und so gerne ich schrieb, fehlte mir doch das grundlegende Handwerkszeug für ein komplettes Buch. Was Anathema erzählte, klang vollkommen verrückt, aber auch nach einer echten Chance.

Langsam stand ich auf. »Beweisen Sie es mir«, presste ich hervor, »zeigen Sie mir, dass Sie das können.«

Anathemas rechter Mundwinkel hob sich zeitgleich mit ihrer Augenbraue. Das sah beeindruckend aus. Doch bevor ich den Ausdruck gebührend bewundern konnte, hatte sie den Stift hinter dem Ohr hervorgezogen und angefangen, in dem roten Buch herumzukritzeln. Es kitzelte in meinem Bauch, mein Arm juckte und wurde heiß. Instinktiv zog ich den Ärmel meiner Bluse hoch und erstarrte. Die lange Narbe, die ich von dem Unfall in Apulien davongetragen hatte, als ich blind verliebt mit Marco Motorrad gefahren war, war verschwunden. Entgeistert schaute ich Anathema an.

»Sie haben den Auftrag«, brachte ich krächzend hervor.

Anathema reichte mir ihre Hand und wir besiegelten das Geschäft. Bevor ich ihr einen Tee anbieten konnte, rauschte sie an mir vorbei, rief mir ein »Bis bald, es liegt Arbeit vor uns!« zu und verließ das Zimmer, dann das Haus. Verblüfft sah ich ihr hinterher. Das Pendel der Standuhr bewegte sich wieder. Wie ich es an dem Abend schaffte, einzuschlafen, weiß ich nicht mehr. Nur dass ich, entgegen meiner sonstigen Gewohnheiten, die Schlafzimmertür offenstehen ließ, weil mich das Ticken der Standuhr beruhigte.

Am nächsten Tag wartete ich vergeblich auf Anathema, verließ das Haus nur, um frische Milch zu kaufen und den Briefkasten zu leeren, der weit entfernt am Ende der mit Eschen gesäumten Einfahrt stand. Auch am darauffolgenden Tag ertappte ich mich, wie ich immer wieder aus dem Fenster schaute. Die Sonne schob sich näher an den Horizont, das Licht wurde golden. Ich seufzte und setzte den Kessel auf dem Herd auf.

»Machen Sie mir einen mit«, sagte eine Stimme hinter mir, und ich erschrak so sehr, dass mir die Tasse, die ich gerade aus dem Schrank geholt hatte, aus den Händen rutschte und ins Spülbecken fiel. Scherben klirrten, ich fasste mir entsetzt an die Brust. Ungehalten wandte ich mich Anathema zu, die seelenruhig auf der Sitzbank in der Küchenecke saß und in dem roten Buch las.

»Müssen Sie das immer machen? Können Sie nicht einfach klopfen, bevor Sie mein Haus betreten?«

Anathema ignorierte meine Frage und strich sich nachdenklich über ihr Kinn. »Haben Sie die Änderungen bereits angenommen?«

»Nein«, antwortete ich schuldbewusst. »Das möchte ich erst machen, wenn ich mir sicher bin, dass ein gutes … Produkt herauskommt.«

»Das obliegt Ihnen«, antwortete Anathema zu meiner Erleichterung und fuhr fort: »Wir sollten in Ihrer

Schulzeit anfangen. Vielleicht mit der Abschlussprüfung in Philosophie. Zucker bitte.«

Augenrollend schaufelte ich einen Löffel Kandis in ihren Becher, bevor ich ihn mit heißem Wasser auffüllte und ein Tee-Ei hineingleiten ließ.

»Die Prüfung habe ich vergeigt.«

Anathema guckte streng über den Rand ihrer Brille. »Ich weiß. Wie ich sehe, haben Sie Ihre Schulzeit in Dublin verbracht. Ich schlage vor, wir streichen die Party im Pub am Abend vor Ihrer Prüfung. Sie waren fahrig und unkonzentriert am nächsten Morgen, Daten, die Sie wochenlang gepaukt hatten, waren plötzlich vergessen.«

Warme Erinnerungen an den Abend stiegen in mir hoch. Krügeweise Guinness, eine lokale Band, der Geruch von Schweiß und Ausgelassenheit. Und noch etwas fiel mir ein. »An dem Abend habe ich Eddie kennengelernt.«

»Eddie … ja, der taucht nur zwei weitere Male auf. Den würde ich ganz streichen. Denken Sie daran, dass Ihnen zum Medizinstudium schon ein geringfügig höherer Notendurchschnitt gereicht hätte.«

Kurz blitzte ein Bild vor meinem inneren Auge auf: Die Enttäuschung meines Vaters nach der Notenvergabe, das Stethoskop, das er für mich gekauft hatte und das er dann umtauschte, um mir einen zugegebenermaßen teuren Füller zu schenken.

»Eddie kann weg«, sagte ich selbstbewusst. Ein zartes Klingeln ertönte und ich hatte das Gefühl, als liefe warmer Sirup meinen Rücken hinunter. Gleichzeitig konnte ich spüren, wie die Erinnerung an Eddie verblasste, aber trotzdem noch tief in mir gespeichert blieb. Ich schüttelte mich wie ein regennasser Hund, aber Anathema beruhigte mich. »Das ist normal. Erst wenn

Sie die Änderung endgültig annehmen, verschwindet die Erinnerung ganz.«

»Aha«, antwortete ich, etwas beruhigt. Aber noch war ich nicht mutig genug, ganz loszulassen.

Ich wartete eine Minute, dann zwei. Der Dampf, der aus unseren Teetassen stieg, lichtete sich, ein Lichtstrahl brach durch die Wolken und hinterließ einen Streifen auf der Pflanze auf der Fensterbank. Nichts weiter passierte.

Enttäuscht knibbelte ich an der Tischdecke, eine Unart von mir, in die ich verfalle, wenn mir etwas nicht gefällt. »Ich hatte mehr erwartet«, gab ich zu. »Ich dachte, ich würde mich in eine Ärztin verwandeln oder so.«

Anathema erhob sich. »Kommen Sie mit.« Sie führte mich aus der Küche hinaus und in den Flur hinein. Dort hingen Fotos von meiner Familie, aus dem Urlaub. Meine Urkunde, die mich als Buchhalterin auszeichnete, war verschwunden. Stattdessen hing dort eine neue Urkunde, und ich musste die Augen zusammenkneifen, um den klein gedruckten Text zu lesen. »Ein Abschluss als Literaturwissenschaftlerin? Das verstehe ich nicht. Ich dachte, ich wäre zum Medizinstudium zugelassen worden.«

Eine steile Falte zwischen Anathemas Augenbrauen verriet ihre Unzufriedenheit mit mir. »So läuft das nicht. Ich kann Ihre Geschichte editieren und Optionen eröffnen, aber Sie müssen Ihr Leben selbst leben. Ich kann nichts einbauen, das nicht zu Ihnen passt. Eine Geschichte muss rund sein. Sie haben einmal bewiesen, dass Ihnen die Disziplin fehlt, sich auf eine derartig harte Prüfung einzulassen. Aber hier steht«, sie deutete auf eine Passage im Buch, »dass Sie die Philosophieprüfung mit Bravour bestanden haben und das hat Sie bestärkt, Literaturwissenschaftlerin zu werden.«

Hilflos biss ich mir auf die Unterlippe. »Aber«, setzte ich an, »Literaturwissenschaft ist eine brotlose Kunst.«

»Keine Sorge, alles passt zusammen. Kommen Sie mit.« Wieder folgte ich ihr, dieses Mal in mein Büro, in der sich auch meine Bibliothek befand. Lächelnd deutete sie auf ein Regalbrett in Augenhöhe und ich staunte nicht schlecht, als ich dort gleich mehrere Bände mit meinem Namen auf dem Buchrücken fand.

»Ich bin erfolgreiche Autorin geworden«, freute ich mich.

»So erfolgreich nun auch wieder nicht«, murmelte Anathema, aber ich entschied, den Kommentar zu ignorieren. »Wie fängt man einen Leprechaun?«, hieß ein Titel, und ein anderer: »Mit Bodhráns den Regen vertreiben.«

Vergnügt ließ ich mich auf der Récamiere nieder und fing an, in meinen eigenen Büchern zu lesen. Gleichzeitig wuchsen nun auch meine neuen Erinnerungen. Ich hatte studiert, nebenher für eine Tageszeitung gearbeitet und anschließend als freischaffende Autorin geschrieben. Eddie war weg – der berufliche Erfolg war da. Ich war zufrieden. Aber mein Ehemann Colin war auch noch da, ebenso seine Spielsucht und die Affäre mit meiner besten Freundin. »Als Nächstes möchte ich meine Ehe retten«, schlug ich enthusiastisch vor. Anathema rückte ihre Brille zurecht, schaute mich an, zögerte. »Das sollten wir vielleicht noch überdenken …« sagte sie vage.

»Was meinen Sie damit?«

»Schauen Sie, hier auf dieser Seite lernen Sie einen neuen Mann kennen, mit dem Sie lange Zeit glücklich sein werden. Mehr kann ich Ihnen dazu nicht sagen, da

es in der Zukunft liegt und das nicht mein Tätigkeits-
bereich ist. Aber wenn Sie Ihren Mann behalten, wird
dieser Teil Ihres Lebens gestrichen, fürchte ich.«

Das brachte mich zum Nachdenken. Liebte ich Colin
noch, jetzt, wo ich wusste, zu was er fähig war? War
unsere Ehe, die wegen seiner Untreue zerbrochen war,
etwas wert? Natürlich waren wir furchtbar verliebt gewesen, hatten uns viele Nächte am Lough Derg unter
dem Sternenhimmel geliebt und im County Galway so
ziemlich jeden Pub von Sonnenuntergang bis -aufgang
erlebt, aber letztendlich hatte es ihm nicht gereicht, um
unser Ehegelöbnis einzuhalten.

»Na gut«, sagte ich, »was schlagen Sie vor? Ich mache
das schließlich zum ersten Mal, und Sie haben deutlich
mehr Erfahrung als ich.«

»Fahren Sie morgen nach Loughrea in das Hotel am
See. Ich werde Sie dort um Punkt fünf Uhr in der Lobby
treffen.«

»Bitte gehen …« Bevor ich den Satz beenden konnte,
war Anathema bereits verschwunden. Ein einziger Wimpernschlag reichte ihr anscheinend, um sich in Luft auf-
zulösen.

Lange war ich nicht mehr in Loughrea gewesen, diesem
verwunschenen Ort, mit dem mich so viele Erinnerungen verbanden. Auf der Fahrt sah ich Schafe, die auf grünen Weiden grasten, weiß getünchte Häuschen, einige
davon mit Reet eingedeckt.

Darüber ein blauer Himmel, auf dem einzelne Wol-
kenfetzen im Wind tanzten. Ich war bereits gegen Mittag im Hotel und entschied, eine Runde spazieren zu
gehen. Ich musste nachdenken. Dieses Spiel, auf das ich
mich eingelassen hatte, war reizvoll, aber auch gefährlich. Gestern hatte ich erlebt, dass andere Entscheidun-

gen überraschende Änderungen des Lebenswegs mit sich bringen konnten. Ich war nun Autorin – aber es hätte auch anders ausgehen können. Die Schatten wurden länger, die Fußgänger weniger und ein kühler Wind kam auf. Schnellen Schrittes lief ich zum Hotel zurück und schaffte es gerade rechtzeitig, mich zum Glockenschlag der Kirchturmuhr in der Lobby in einen Sessel fallen zu lassen.

»Mhm-mhm«, machte es aus dem Sessel gegenüber und Anathema ließ die Zeitung sinken, die bisher ihren Kopf verdeckt hatte. Das rote Buch steckte im halb offenen Lederkoffer, der neben ihren Füßen stand. »Haben Sie mittlerweile herausgefunden, warum wir hier sind?«, fragte sie mich und legte die Fingerspitzen in einer konzentrierten Geste zusammen.

»Ich nehme an«, setzte ich an, »das hat mit dem Heiratsantrag zu tun, den Colin mir hier gemacht hat.« Demonstrativ öffnete ich den Samtbeutel, in dem sich der Claddagh-Ring befand, den Colin mir kniend überreicht hatte. Seufzend drehte ich den Ring zwischen den Fingern. Das Herz auf ihm symbolisierte die Liebe, die Hände das Vertrauen und die Krone die Loyalität. »Es war so ein schöner sonniger Morgen, als Colin mich bat, seine Frau zu werden.« Aber unsere Liebe hatte nicht lang angehalten. Colin war beruflich viel unterwegs gewesen, stand ständig unter Stress und die langen, blonden Locken, die ich so gerne um meinen Finger gewickelt hatte, fielen, als sein Chef ihn beförderte.

Anathema holte einen Stift und ein Lineal aus der Tasche. »Ohne Colin werden Sie das Erbe Ihrer Eltern behalten. Denken Sie daran, dass er einen Großteil davon verspielt hat.«

Geld hatte mich nie sonderlich interessiert, aber es

war ein wichtiger Aspekt – denn es war ein Unterschied, ob man selbst sein Geld nicht anrührte oder ob jemand anders es einem stahl.

»Wir sind hierhergekommen, damit Ihnen die Tragweite Ihrer Entscheidung klar wird und Sie sicher sind, welchen Weg Sie einschlagen wollen.« Ihre Stimme war zart wie die Blüten des Weißdorns im Mai, weich wie das Moos, das in den dunklen Wäldern rund um mein Haus wuchs.

»Na gut«, sagte ich. »Ich bin bereit.« Bevor ich mich innerlich wappnen konnte, schwappte eine Welle eisiger Kälte durch mich hindurch, wogte vom Scheitel bis zu den Zehenspitzen und ließ mein Herz binnen weniger Sekunden frieren. Meine Lippen wurden steif. Es war kein schönes Gefühl, aber es verschwand so schnell, wie es gekommen war. Anathema strich fleißig Zeilen in dem Text des roten Buches durch, schrieb Randbemerkungen und addierte Zeichen. Sie arbeitete so schnell, als würde Zeit für sie keine Rolle spielen, ihre Hände waren flink wie der Flügelschlag eines Kolibris.

»So«, sagte sie nun, klappte das Buch zu und sah mich bedeutungsvoll an. »Das lief doch alles prima bisher. Sie sind erfolgreiche Autorin, besitzen ein großzügiges Erbe und sparen sich eine traurige Scheidungsepisode, die Sie in die Depression gestürzt hätte.«

Und ich werde mich wieder verlieben, fügte ich in Gedanken hinzu, denn das hatte Anathema mir ja auch verraten. Die eisige Kälte in mir ließ nach, wurde ersetzt durch eine buttrige Schwere, wie sie Apfelkuchen in einem auslöste, wenn man sich ein Stück zu viel davon gegönnt hatte.

»Wir sehen uns in ein paar Tagen wieder. Das wird eine starker Handlungsstrang«, sagte sie zufrieden,

»aber es gibt noch Details, an denen wir arbeiten sollten. Machen Sie sich Gedanken, wo die Geschichte hakt, wo Teile nicht zusammenpassen und wo Einzelheiten, die den Handlungsfluss stören, gestrichen werden könnten.«

»Aber ich«, rief ich noch, aber wie zuvor war Anathema bereits verschwunden, ließ mich allein in diesem Hotel, mit dem mich nun nichts mehr verband als eine Erinnerung, die bald gelöscht werden würde. Ich entschied, trotzdem noch eine Nacht zu bleiben, um nachzudenken und die neuen Erinnerungen, die sich nun in meinem Kopf bilden würden, in Ruhe zu betrachten. Abends zog der Himmel zu, kurz darauf rollte der Donner. Ich erinnerte mich an den stürmischen Tag, an dem ich Anathema kennengelernt hatte. Von dem kleinen Fenster meines Hotelzimmers aus hatte man einen weiten Blick auf den grauen, aufgewühlten See, über dem die Blitze zuckten. Während ich hinausschaute, spürte ich, dass es so weit war. Ein Teil von mir lebte nun ein anderes Leben, jenes, das Anathema lektoriert hatte. Ohne Colin, mit gefülltem Konto und einem Herzen, das nicht gebrochen war. Der kleine Rest in mir, der diese wie auch die vorherigen Änderungen nicht annehmen wollte, tobte. So schön sich das alles anhörte, etwas stimmte nicht. Denn andere Erfahrungen verschwanden auch, nämlich jene, die mit Colin oder dem Aufenthalt im Hotel verbunden waren.

Am Tag meines Heiratsantrags war ich zur Feier des Tages mit meiner Mutter auf ein Konzert gegangen – sie war glücklich gewesen und es war das letzte Mal, dass ich sie mit einem strahlenden Lächeln gesehen hatte, denn kurz darauf war sie völlig unerwartet an einem Hirnaneurysma gestorben.

In meinem neuen Leben hatte ich Colins Antrag abgelehnt und war überstürzt abgereist. Es gab nichts zu feiern und also keinen Konzertbesuch mit meiner Mutter. Ich hatte immer eine gute Beziehung zu meiner Mutter gehabt, und dass sie so oder so gestorben wäre, das war mir klar. Auch Anathema hätte nichts daran ändern können.

Aber es fehlten weitere wichtige Erinnerungen. Colin hatte mich zum Geburtstag mit einer Reise nach Paris überraschen wollen, und weil er wieder mal spontan auf Geschäftsreise musste, war ich allein gereist.

Wieder blitzte es draußen, der Himmel wurde kurz erhellt, und die Erinnerung trug mich fort in die Vergangenheit, ließ Nebel lichten und platzierte mich mitten auf die Rue du Sacré-Coeur unweit des Carrousel de Saint Pierre. Kristallklar bildeten sich die Details heraus, die Blätter der Platanen, die an diesem Spätsommertag besonders kräftig leuchteten. Selbst der Geruch der Parfümerie, in der ich mir das goldbraun schillernde Eau de Toilette gekauft hatte, das so herrlich nach Bergamotte und Pfirsich roch, stieg mir in die Nase. Es war so real, dass ich für einen kurzen Augenblick verwirrt dastand, bevor ich realisierte, dass dies nur ein Trugbild, eine Erinnerung war. Ich stand vor dem kleinen Café, in dem ich die beste Zwiebelsuppe meines Lebens gegessen hatte. Sie war so gut gewesen, dass ich noch heute den Geschmack auf der Zunge liegen hatte, wenn ich nur die Augen schloss. Das Aroma der karamellisierten Schalotten, der Hauch von Weißwein und der Käse, der im Mund zu schmelzen schien – etwas Besseres konnte es auf der Welt nicht geben.

Plötzlich wurde mir schlagartig klar, dass auch diese Zwiebelsuppe bald nicht mehr Teil meiner Erfahrungswelt sein würde. Mit dem Löschen des Konzerts würde auch mein Frankreichaufenthalt eine gestrichene Passage im Text meines Lebens sein. Eine Kleinigkeit vielleicht, aber eine, die mich bewegte. Denn was war das Leben, wenn nicht eine Sammlung dieser kleinen Momente, in denen man völlig vom Moment vereinnahmt Zwiebelsuppe in einem schummrigen Café in Paris schlürft?

Das nächste Mal, als ich Anathema sah, war ich vorbereitet. Die dampfende Teekanne stand auf dem Tisch, der mit dem guten Porzellan eingedeckt war. Ich hatte eine Dose mit Shortbread vom Kaufmann geholt und eine silberne Zange danebengelegt. Ich selbst trug das grüne Musselinkleid, das sich weich an meinen Körper schmiegte und mich leichter fühlen ließ. Im Nachbarzimmer brannte ein Feuer im Kamin, es verbreitete eine angenehme Wärme. Warum ich wusste, dass Anathema in genau diesem Augenblick kommen musste, kann ich nicht sagen, ich spürte es einfach, es lag in der Luft. Ich drehte mich kurz zum Regal, um den Zuckertopf zu holen. Als ich wieder zum Tisch schaute, saß sie auf dem Eckplatz, das rote Buch in ihrer Hand. Bevor sie etwas sagen konnte, baute ich mich vor ihr auf, die Arme verschränkt. Stirnrunzelnd blickte sie mich an.

»Stopp!«, sagte ich. »Sagen Sie nichts. Als ich Sie engagierte, hatte ich einen schlechten Tag. Oder eher eine schlechte Woche, vielleicht war auch der ganze Monat mies gewesen. Ich habe mir gewünscht, Vergangenes zu ändern. Wer wünscht sich das nicht?« Nun beugte ich mich vor, wandte den Trick an, den sie mir beigebracht hatte, kam ihr so nahe, dass sich unsere Nasenspitzen fast berührten. Die Muskeln in Anathemas Augenwinkeln zuckten, die Farbe wich aus ihrem Gesicht. »Und wissen Sie was? Das funktioniert nicht. Alles hat einen Kontext, das Leben ist mehr als die Summe seiner Ereignisse. Es wird nicht besser, nur weil man schlechte Erfahrungen eliminiert. Ohne die schlechte Erfahrung mit Colin werde ich nicht wissen, was ich verpasst habe. Werde mich leer fühlen und andere Pärchen beim Spaziergehen im Park beobachten. Ich werde nicht wissen, wie sich ein gebrochenes Herz anfühlt. Wie soll ich so bereit für eine neue Liebe sein? Ich habe nie in einem verdammten Pariser Café gesessen und Zwiebelsuppe gelöffelt, die mich mit so viel Wärme erfüllt hat, wie ich sie selbst am Beltaine-Fest, wenn alle Herdfeuer neu entzündet werden, nie verspürt habe. Und ich habe meine Mutter nicht beim ausgelassenen Tanzen gesehen, mit einem Lächeln breiter als der Shannon, kurz bevor sie in die Nebelwelt des Todes übertrat.«

Anathema rang um Fassung. Ihre Lippen zitterten, dann atmete sie langsam aus. »Sehen Sie«, sagte sie mit gepresster Stimme. »Sie betrachten Einzelheiten, kleine Details. Insgesamt wird Ihr Leben besser. Glauben Sie mir, ich kenne mich aus.«

»Nein!«, entgegnete ich entschieden. »Einzelheiten sind wichtig. Sie machen mich aus, mich und mein Leben. Und ich bin bereit, es so zu leben, wie es kommt. Ich werde die Änderungen des Lektorats nicht annehmen. Sie sind gefeuert.«

Dann entriss ich Anathema das Buch und rannte, so schnell ich konnte, ins Nebenzimmer. Anathema reagierte augenblicklich, hatte mich fast eingeholt, als ich über eine Teppichkante stolperte, mich fing, ausholte und das rote Buch nach vorne schleuderte, direkt in das zuckende Feuer des Kamins.

Entsetzt starrte Anathema auf die Flammen, die sich gierig in den Einband fraßen. »Was haben Sie nur getan?«, fragte sie leise.

Das Papier knisterte unter der Hitze, bald schon flogen Aschestückchen hoch. Ich horchte in mich hinein: Da war keine Reue, sondern endlose Erleichterung. Mein Leben war gut, wie es war, denn es war meins.

CHRISTIAN POKERBEATS HUBER

Gleich und gleich

Selbst wenn man mit komplett durchgeschwitzten Sportklamotten und – wegen massiver Muskelschmerzen – wie in Slow Motion aus dem Auto eines Pizzaboten steigt, während man gleichzeitig gierig eine dampfende Jumbo-Pizza mit den bloßen Händen in sich hineinschaufelt, ist man häufig nicht die seltsamste Gestalt an einer Berliner Bushaltestelle.

Wie zum Beweis steht an meinem Bushäuschen ein Mann in Nachthemd und Reiterstiefeln und wiederholt in heiserem Singsang, dass er nie wieder Packungsbeilagen lesen wird. Ich glaube ihm. Müde sieht er aus. Erschöpft. Ausgemergelt. Als wäre er in seinem Leben schon sehr viel gejoggt. Sein lichtes Haar klebt ihm in silbernen Fetzen am Kopf. Seine spindeldürren Arme hängen kraftlos nach unten und schlackern bei jeder Bewegung wie knorriges Gummi. Wir nicken uns aufmunternd zu. Schwer zu sagen, wer von uns beiden gerade den schlechteren Eindruck macht.

Gerade neu in die Stadt gezogen, hatte ich mal einen älteren Herren dabei beobachtet, wie er, nur mit einem Kimono bekleidet, Passanten Aktienkurse aus der *Wirtschaftswoche* vorlas. Man hatte sogar den Eindruck, dass er genau wusste, wovon er sprach. Zwischendurch nahm er immer wieder einen tiefen Schluck aus einer großen gelben Gießkanne, die – wie ein geladenes Maschinengewehr – über seine rechte Schulter hing. Das

Seltsamste aber war, dass sich absolut niemand über diesen Typen zu wundern, ja, ihn nicht einmal jemand wirklich weiter zu beachten schien.

Ein anderes Mal, im Winter vor vier Jahren – ich hatte mich gerade noch vor den peitschenden Schneeböen unter das Dach des zugigen Wartehäuschens geflüchtet –, stand plötzlich ein über zwei Meter großer Astronaut neben mir. Im kompletten Anzug. Mit Helm. Ein baumlanger Neil Armstrong. Ich traute meinen Augen nicht. Halloween war lange vorbei, und dass ein Raketenstart von Prenzlauer Berg aus durchgeführt werden sollte, zu dem die Beteiligten noch mit den öffentlichen Verkehrsmitteln anfahren mussten, wäre mir auch neu gewesen. Der Bus kam, der Astronaut streckte dem Fahrer wie selbstverständlich seine Jahreskarte entgegen und setzte sich auf einen freien Platz nahe der hinteren Tür. Fünf Stationen später musste ich aussteigen. Weder einer der anderen Fahrgäste noch der Busfahrer hatten sich in der Zwischenzeit verwundert die Augen gerieben, den Astronauten angesprochen oder heimlich versucht, ein Foto zu machen. Aufblicken, gucken, Schulterzucken. Eine fließende Bewegung der Gleichgültigkeit.

Ich erinnere mich, dass ich mal einem Piraten mit Säbel, Augenklappe und in kompletter Seeräubermontur begegnet bin, der mir im Vorübergehen zuraunte: »Was ist? Ich bin ein ganz normaler Mann aus dem 14. Jahrhundert.« Er wunderte sich über mich, dass ich mich über ihn wunderte. Zu Recht.

Ein Sheriff mit Bierdosen im Pistolenhalfter und einem Einkaufswagen voller Stofftiere. Ein Bergsteiger ohne Hose, dafür mit Sporen an den Kletterstiefeln. Eine Frau mit Poncho und Indianerschmuck, die laut rief: »Alles ist vorbei, Gott hat Burnout!«

In den fünf Jahren, die ich jetzt in Berlin lebe, habe ich etliche komische Vögel gesehen. Manchmal kommt man sich hier tatsächlich vor, als wäre man mitten in das Casting für einen Film von Helge Schneider geraten. Eine Geisterbahn, in der die Besucher so tun, als wären die Geister unsichtbar. Im Grunde sind die Freaks auch nicht viel verrückter als diejenigen, die sie ignorieren. Alle spielen ihre Rolle, mit der sie über die Zeit mehr und mehr verschmelzen. Der Typ im Kimono, der Astronaut, der Pirat, der Sheriff, der Bergsteiger und die Indianerin sind einfach schon ein paar Level weiter.

Die Pizza schmeckt großartig. Knuspriger Boden, direkt aus dem Steinofen. Delikater, saftiger Belag. Hauchdünner Prosciutto cotto, Büffelmozzarella und frisches Basilikum. Richtig italienisch und richtig pikant – obwohl mir die Kraft fehlt, ein Foto für Instagram zu machen. Mein Bus kommt in zwei Minuten. Eigentlich perfektes Timing, aber mit dem Essen wird es etwas knapp.

»Möchten Sie ein Stück?« Ich halte dem Reiterstiefelmann den offenen Pizzakarton hin. Er zuckt zusammen. Gegenseitiges Zunicken scheint okay zu sein, meine Frage und die drohende Konversation aber überfordern ihn. Seine Augen verengen sich zuerst zu misstrauischen Schlitzen, weiten sich dann jedoch vor Gier. Noch zögert er und beäugt mich argwöhnisch.

»Nehmen Sie ruhig«, ermutige ich ihn auf ein Neues. »Ich schaffe das in den zwei Minuten eh nicht mehr. Und ich will mir auch nicht direkt wieder alles drauffuttern, was ich eben mühsam an Kalorien verjoggt habe. Im Bus lässt der Fahrer mich ohnehin niemals essen.« Der Reiterstiefelmann traut mir nicht. Keinen Meter.

»Die ist wirklich gut. Und ich will von Ihnen auch kein Geld, falls das das Problem sein sollte. Sie können sich gerne bedienen und mitessen.« Keine Reaktion. Er sieht jetzt wie durch mich hindurch. Sicher hält er mich für verrückt.

Mein Bus kommt, und Nachthemd-Ludger-Beerbaum macht keinerlei Anstalten, mitfahren zu wollen. Gut möglich, dass er in der Bushaltestelle wohnt. Es muss einen auch wahnsinnig machen, wenn einem ständig ein Bus durch das Wohnzimmer fährt.

»Passen Sie auf: Ich lege Ihnen den Karton hier auf die Bank. Sollten Sie Hunger haben, greifen Sie einfach zu. Die ist sogar noch heiß.«

Ich steige ein. Der Busfahrer sieht mich abschätzig an. Sicher hat er Angst, dass ich ihm die Sitze vollschwitze. Als ob das in irgendeinem Fahrzeug der BVG noch einen Unterschied machen würde. In den meisten Bussen und Bahnen hier kann man froh sein, wenn man sich nicht einen Pilz, Ausschlag oder Schlimmeres einfängt. Auch irgendwie logisch, wenn sich alle immer und überall mit dreckigen Händen, verschwitzt und ungeduscht hinlungern. Ein Putzteufelskreis.

»Einmal einfach«, sage ich und strecke dem Fahrer – einem breitschultrigen Berliner Original mit Ziegenbart und verspiegelter Magnum-Sonnenbrille – einen Fünfeuroschein entgegen, was bei diesem auf wenig Begeisterung zu stoßen scheint.

»Hamse dit nicht passend? Immer diese Kacke!«, raunzt er mich an.

»Nächstes Mal fahr ich schwarz, Sie Vollpfosten!« Zwischen dem Busfahrer und mir menschelt es. Der ganz normale Umgangston. Berliner Schnauze! Missmutig zählt er mir mein Wechselgeld ab: »Eeeensfuffzich, zweeeefuffzich, vier, fünf …«

»Dreihundertsiebenundzwanzig, vierhundertachtundsiebzig, achthundertsechsundzwanzigtausenddreihundertvierundvierzig ...« Egal, wie erwachsen man ist, wenn jemand versucht, etwas zusammenzuzählen, ruft man laut andere Zahlen dazwischen. Der Busfahrer grunzt wütend, lässt sich aber nicht beirren und gibt mir mein Restgeld auf den Cent passend. Alles Routine.

»Du hältst dir wohl für superwitzig, wa? Gleech kannste looofen!« Er sitzt am längeren Hebel. Das weiß er. Deshalb duzt er mich. Weil er kann.

»Kann ich leider nicht mehr«, gebe ich kleinlaut zurück, stecke die Münzen ein und setze mich auf den nächsten freien Sitz neben eine Frau, etwa in meinem Alter, die genervt von ihrem Sitz am Gang auf den Platz am Fenster rückt. Angespannt streicht sie sich eine Strähne ihrer einen Tick zu schwarz gefärbten Haare aus der vom Selbstbräuner fleckigen Stirn. Es scheint für sie nichts Rücksichtsloseres zu geben, als dass jemand nicht bemerkt, dass sie den Platz außen für sich und den Fensterplatz für ihre Handtasche benötigt. Aus ihren pinken *Skullcandy*-Kopfhörern schallt blechern irgendein Sommerhit von Fritz oder Paul Kalkbrenner, der sich klanglich kaum vom ständig quäkenden WhatsApp-Ton ihres Smartphones mit Playboy-Schutzhülle unterscheidet. Ich schaue an ihr vorbei aus dem Fenster und sehe, wie der Reiterstiefelmann gerade glücklich das letzte Stück Pizza in sich hineinstopft. Auch er sieht mich, winkt und lächelt dabei breit über das hohlwangige Gesicht. Sein papierdünnes Nachthemd flattert in der lauen Sommerbrise. Es scheint hinten offen zu sein. Ich winke zurück. Meine Sitznachbarin legt den Kopf schief und funkelt mich so böse an, dass ich einen Moment Angst habe, ihr Permanent-Make-up könnte zerspringen. Die kahlen Stellen, an denen früher einmal ihre Augenbrauen gewesen sein müssen, runzeln sich wie bedrohlich gereizte Nacktraupen. Ihre Nasenflügel beben ablehnend, was ihren silbernen Kristallnasenstecker wie ein undichtes Ventil wirken lässt. Erst jetzt fällt mir auf, dass sie meinen neuen Bekannten beobachtet hat. Ihren Mund umspielt eine Mischung aus Verachtung und Ekel. Sie mustert mich und meinen Aufzug und hackt dann wütend auf das Display ihres Smartphones ein, das der Wucht ihrer aufgeklebten French Nails gerade noch so standhalten kann. Tastenton-Maschinengewehr. Endlich fährt der Bus an.

Nach meinem Lauf immer noch nicht ganz bei Kräften, stolpere ich leicht, als ich von meinem Platz aufstehe und in den hinteren Teil des Busses hinke. Ich stoße dabei ein verächtliches »Pfffffffff« aus, genau so laut, dass Smartphone-Susi es zwischen zwei Kalkbrenner-Hits gehört haben muss.

Ich hoffe, sie überlegt jetzt, warum in aller Welt ich mich von ihr weggesetzt habe und was denn wohl bitte mit ihr nicht stimmen könnte.

URSULA SCHRÖDER

Die letzte Kreuzfahrt

Unsere Route war wieder mal die Mittelmeer-Tour, sehr beliebt bei Reisenden jeden Alters, die sich nach schönem Wetter und etwas Kultur sehnen. Das Schiff war voll belegt, was gute Trinkgelder versprach. Wobei sich hartnäckig die Gerüchte hielten, das Schiff würde nach dieser Reise verkauft, auch wenn die Reederei dazu noch nicht Stellung genommen hatte. Aber alle Crew-Mitglieder waren verunsichert, ob wir unsere Jobs behalten oder im Zuge dieses Geschäfts entlassen würden. Die Einstellungen dazu waren unterschiedlich.

»Mir wäre es egal«, sagte Josh, der Barkeeper. »Ich überlege sowieso, ob es nicht Zeit ist, mal was anderes zu machen. Auf dem Festland. Ein gemütlicher Pub in Liverpool oder Bristol, das wär doch was.«

Rosalie hingegen war bestürzt. »Ich brauche diesen Job! Meine Eltern in Manila verlassen sich darauf, dass ich ihnen regelmäßig Geld schicke!«

Ich persönlich war mir nicht sicher, was ich darüber denken sollte, aber ich hielt Augen und Ohren offen, damit ich neue Entwicklungen rechtzeitig mitbekam. Und die erste auffällige Beobachtung machte ich dann auch, als wir in Catania anlegten. Die meisten der Passagiere hatten den Landausflug Richtung Ätna gebucht, sodass es für das Mittagsbüfett im großen Speisesaal wenig zu tun gab. Aber dann gab es die Anweisung, einen Tisch für vierzehn Personen einzudecken, für ein Essen mit Bedienung, und ich wusste sofort: Jetzt passiert etwas Besonderes.

Kapitän Kleinschmidt würde daran teilnehmen und Mister Greggs von der Reederei mit einigen Kollegen. Die restlichen Gäste gehörten zu einer Firma namens Gottlieb Enterprises, wie mir Josh verriet, als ich bei ihm das Tablett mit den Aperitifs abholte. Keine Ahnung, woher er das wieder wusste, aber als Barkeeper bekam er einiges mit, was uns anderen verborgen blieb.

»Gottlieb Enterprises?«, wiederholte ich. »Nie davon gehört. Ist das die Firma, die das Schiff kaufen will?«

»Da bin ich mir ziemlich sicher«, meinte Josh. »Der alte Gottlieb ist selbst mit von der Partie, du erkennst ihn an der Glatze und dem grauen Bart. Der kommt nur dazu, wenn es wirklich wichtig ist. Seine Frau hat er auch mitgebracht.«

»Dann bin ich ja mal gespannt«, sagte ich und machte mich auf den Weg zu der Tafel, wo sich die Gesellschaft schon mitten in den Verhandlungen befand. Auf dem Tisch lagen technische Zeichnungen und Konstruktionspläne, Broschüren und andere Dokumente. Es gab kaum noch Platz, um die Gläser hinzustellen.

Mister Greggs sah mich kommen und stellte mich direkt vor: »Meine Herrschaften, da ist Sally mit den Drinks. Sie gehört zu unserem erfahrenen Stammpersonal und kennt das Schiff wie ihre Westentasche; wenn Sie irgendwelche Fragen haben, wenden Sie sich an sie, sie hilft Ihnen gern weiter.« Und zu mir gewandt fuhr er fort: »Herr und Frau Gottlieb und ihr Team werden uns für den Rest der Reise begleiten und einige größere Umbauten auf dem Schiff vorbereiten. Bitte sorgen Sie dafür, dass sie jede notwendige Unterstützung bekommen, Sally.«

»Selbstverständlich, Mister Greggs. Haben die Herrschaften noch einen Wunsch, bevor wir die Amuse-Gueules auftragen?«

Aber die Herrschaften waren schon wieder äußerst beschäftigt mit ihren Unterlagen, sodass ich mich diskret zurückzog.

Damit war die Sache klar: Unser Schiff würde in andere Hände übergehen, und ohne Zweifel hatten die Leute von Gottlieb Enterprises größere Veränderungen geplant. Offiziell wurde zwar nichts verlautbart, aber natürlich tauschten wir Angestellten uns aus – schließlich ging es um unsere Jobs. Deshalb trafen wir uns immer wieder mal in der Personalkantine, um unsere Beobachtungen zu erörtern.

»Auf jeden Fall planen die mehr, als nur neue Teppiche im Flur zu verlegen oder ein paar Bäder zu sanieren«, berichtete Cem. Er betreute den Service im großen Konferenzraum, der für den Rest der Reise für Gottlieb Enterprises reserviert war. »Ich bin ja kein Architekt, aber wenn ich mir die Pläne so angucke, haben sie eine Menge Umbauten vorgesehen. Die Mittschiff-Kabinen werden jedenfalls komplett auseinandergenommen.«

Torben aus dem Büro des Zahlmeisters konnte dem nur zustimmen. »Ich sehe immer die Fax-Ausdrucke, die bei uns ankommen«, erzählte er. »Ihr glaubt gar nicht, was die alles an Material anfragen. Maschendraht in einer Größenordnung, als wollten sie das ganze Schiff darin einwickeln. Diverse Gitterstäbe. Terrarien-Glas. Fässerweise Desinfektionsmittel. Und besonders interessant fand ich das Angebot für Kontrazeptiva in unterschiedlichen Zusammensetzungen.«

Jack, der zierliche Filipino aus dem Küchenteam, runzelte verständnislos die Stirn. »Was ist Konzertiva? Hat mit Musik zu tun?«

Torben lachte. »Nein, nicht direkt. Das sind Verhütungsmittel. Anti-Baby-Pillen, verstehst du?«

Jack war immer noch ratlos. »Aber gibt nicht in Bord-Apotheke?«

»Sicher nicht in solchen Mengen«, erwiderte Torben. »Wenn ich Herrn Gottlieb nicht schon selbst begegnet wäre, würde ich sagen, da will ein Ölscheich seinen Harem langfristig eindecken, weil er mittlerweile genug Kinder zu versorgen hat.«

Wir sahen uns alle irritiert an. Ginge es nicht um unsere Jobs, könnte es uns egal sein, was der neue Besitzer mit diesem Schiff machen würde, aber die meisten von uns hatten doch gehofft, noch länger hier beschäftigt zu sein. Da interessiert es einen schon, unter welchen Bedingungen man dann arbeiten würde.

Cem sprach zuerst seinen Verdacht aus. »Haltet ihr es für möglich, dass die aus dem Kahn eine Art schwimmenden Puff machen wollen?«

Torben schürzte die Lippen. »Ehrlich gesagt ist mir der Gedanke auch gekommen, aber dann müsste es schon etwas richtig Perverses sein. Ich meine, Gitterstäbe? Verglaste Kabinen? Das ist bestimmt nicht jedermanns Geschmack.«

Josh verzog das Gesicht. »Mein Geschmack ist es jedenfalls nicht. Ich sag euch, wenn es auf so was hinausläuft, dann bin ich weg.«

Ich musste den Kopf schütteln. »Leute, ich kann mir das nicht vorstellen. Ein Mittelmeer-Kreuzer als Bordell? Und das Ganze organisiert von Herrn Gottlieb und seiner Frau? Also ehrlich, das scheint mir doch etwas abwegig zu sein.«

»Ich finde es ja auch ziemlich absurd«, gestand Torben. »Aber wenn es das nicht ist – was haben sie stattdessen vor?«

Natürlich machten uns diese unerklärlichen Beobachtungen noch neugieriger, und ich glaube, es gab keinen Mitarbeiter auf dem Schiff, der nicht versuchte, im Rahmen seiner Möglichkeiten Informationen über die Gottliebs und ihre Pläne zu sammeln. Das traf auch auf mich zu. Und weil Mister Greggs mich ihnen quasi persönlich empfohlen hatte, versuchte ich, immer in der Nähe zu sein, wenn sie sich aus ihrer Luxuskabine herausbewegten.

Die erste Gelegenheit dazu ergab sich, als ich Frau Gottlieb am Pool einen Granatapfel-Drink servierte. »Ist alles zu Ihrer Zufriedenheit, gnädige Frau?«, fragte ich sie und versuchte einen Blick auf das Buch zu ergattern, das sie las. Ich konnte den Titel nicht entziffern, hatte aber den Eindruck, dass es irgendwas mit Meteorologie zu tun hatte.

»Sie sind Sally, nicht wahr?«, fragte sie mich in ihrem fremden Akzent. Cem hatte mir erzählt, dass sie aus Ägypten oder Äthiopien stammte – genau konnte ich mich nicht erinnern.

»Sehr wohl, gnädige Frau. Kann ich etwas für Sie tun?«

»Ich hörte, Sie arbeiten schon lange auf diesem Schiff?«

»Schon über fünf Jahre«, erwiderte ich. Es stand zu hoffen, dass sie wenigstens die Mitarbeiter mit Erfahrung und langer Betriebszugehörigkeit behalten würden, deshalb war es wichtig, das zu betonen.

»Dann können Sie mir sicher sagen, wie viele Swimmingpools es gibt hier?«

»Natürlich, gnädige Frau. Wir haben insgesamt vier. Dieser hier ist der größte. Es gibt auch einen flachen Kinder-Pool mit Rutsche und einen, der noch etwas tiefer ist zum Tauchen.«

»Ah«, sagte sie. »Und haben die alle diese steile Wände? Oder gibt es auch einen mit schräge Ebene, aus dem man nicht muss klettern über Leiter?«

»Ich glaube, darauf wurde aus Platzgründen verzichtet«, erklärte ich ihr. »Aber wir haben selbstverständlich eine Anlage, mit der gehbehinderte Menschen in den Pool abgesenkt und auch wieder herausgehoben werden können.«

»Verstehe«, sagte Frau Gottlieb. »Ich fürchte nur, es reicht nicht für richtig dickes Nilpferd.«

Ich fand die Wortwahl ziemlich respektlos von ihr, und auch eine korpulente Frau hinter ihr guckte ärgerlich herüber, aber vielleicht war das in ihrer Muttersprache gar nicht so eine Beleidigung. In meinem Job erlebt man täglich solche Dinge, und so lächelte ich höflich, als hätte sie einen fabelhaften Scherz gemacht, und zog mit meinem Tablett wieder davon.

Auf dem Rückweg begegnete ich Rosalie, die gerade vom Bettenmachen in den Luxuskabinen kam, und wir tauschten unsere Beobachtungen aus. »Ich werde nicht klug aus dieser Frau«, meinte sie. »Einerseits diskutiert sie mit ihrem Mann, wie viel Platz sie für ihre Boas braucht, andererseits hat sie noch nicht mal ein Abendkleid für das Captain's Dinner im Schrank. Dafür aber zwei Paar Gummistiefel.«

»Gummistiefel?«, rief ich überrascht aus. »Was will sie denn damit?«

»Ja, das habe ich mich auch gefragt. Hat sie vielleicht die falsche Beschreibung der Landgänge heruntergeladen und denkt, wir steuern die Camargue-Sümpfe an?«

Ich schüttelte den Kopf. »Soweit ich weiß, haben die überhaupt keine Landgänge gebucht! Aber letztlich geht es uns auch nichts an.«

»Im Prinzip hast du recht«, sagte Rosalie. »Und wenn man schon Passagiere an Bord hatte, die ihr eigenes Klopapier mitbringen oder fünf Tüten Mehl in ihren Koffer packen, dann wundert einen sowieso nichts mehr. Aber in diesem Fall bin ich doch etwas nervös, es geht schließlich um unsere Jobs.«

»Ich weiß, was du meinst«, nickte ich. »Halten wir also weiterhin die Augen offen!«

Sie zückte ihren Schlüssel für die Wäschekammer, und ich wollte in die entgegengesetzte Richtung gehen, prallte aber unvermutet gegen eine breite Männerbrust in einem grünen Polohemd mit Gottlieb-Logo. Mein zum Glück leeres Tablett fiel scheppernd zu Boden.

»Verzeihung!«, stotterte ich.

Eine tiefe Stimme erwiderte: »Nein, ich muss mich entschuldigen. Alles in Ordnung?«

»Alles gut!« Ich blickte eine Etage höher in freundliche braune Augen in einem sympathischen Gesicht. Dann bückten wir uns gleichzeitig nach dem Tablett und wären beinahe wieder zusammengestoßen. Der Mann streckte die Hände aus und half mir, mich aufzurichten.

Wie es mir immer wieder eingetrichtert worden war, fragte ich: »Kann ich irgendwas für Sie tun, Sir?«

»Ich denke schon«, antwortete er. »Sie sind Sally, nicht wahr? Die Dame, die uns in jeder Hinsicht unterstützen soll?«

»Ganz richtig, Sir.«

»Sehr gut. Dann fangen wir mal damit an, dass Sie das alberne ›Sir‹ weglassen. Ich heiße Steve.«

»In Ordnung, Steve. Wie kann ich Ihnen helfen?«

Jetzt grinste er breit. »Indem Sie mit mir einen Kaffee trinken gehen. Ich muss etwas mit Ihnen besprechen.«

Normalerweise ist es nicht üblich, auf solche Wünsche einzugehen. Die Reederei sieht es nicht gern, wenn sich zwischen Passagieren und Personal etwas anspinnt, und andere Gründe gibt es für eine solche Einladung selten. Aber in diesem Fall war es etwas anderes; das Gottlieb-Team brauchte schließlich Informationen, und wir waren ausdrücklich angehalten worden, sie damit zu versorgen.

Es fiel mir auch nicht schwer, darauf einzugehen. Steve war höflich und wirkte sehr unkompliziert. Wir gingen zusammen in die Lounge und setzten uns an einen der Tische. »Ich habe zufällig Ihr Gespräch mitbekommen«, begann er. »Über Frau Gottlieb.«

Ich konnte nicht verhindern, dass ich etwas rot wurde. »Das ist mir sehr unangenehm«, versicherte ich ihm. »Normalerweise tratsche ich nicht mit meinen Kollegen über unsere Gäste.«

Er hatte ein Lächeln, an das ich mich gewöhnen könnte. »Ach, kommen Sie, Sally, das ist doch normal. Ich weiß, wie das ist. Als Serviceangestellter kriegt man eine Menge mit, weil die Leute einen gar nicht als Person wahrnehmen, und dass Sie sich Gedanken darüber machen, wie es mit dem Schiff weitergeht, ist mehr als verständlich.«

Steve hatte etwas Vertrauenerweckendes an sich, und ich beschloss, ihm gegenüber mit offenen Karten zu spielen. Vielleicht würde er mir dann auch etwas mehr erzählen. »Meine Kollegen und ich sind sehr beunruhigt«, gestand ich. »Es gibt Gerüchte über große Umbaupläne, auf die wir uns keinen Reim machen können.«

Er nickte verständnisvoll. »Das glaube ich gern, Sally. Herr Gottlieb wünscht sich eine sehr diskrete Vorgehensweise, aber es ist gewiss nicht zu verhindern, dass einige von Ihnen unsere Pläne gesehen haben. Sagen Sie, was denkt denn die Mannschaft darüber?«

Für einen Moment dachte ich, es würde einfach zu albern klingen. Aber dann erzählte ich es ihm doch. »Es gibt Leute, die fürchten, es würde eine Art Club daraus gemacht. Man munkelt von Ketten und Gitterstäben und seltsamen anderen Dingen.«

Zum Glück lachte er mich nicht lauthals aus, aber ein amüsiertes Fünkchen tanzte doch in seinen Augen. »Können Sie sich das auch vorstellen, Sally?«

Ich wand mich ein wenig. »Ich weiß nicht … Aber inzwischen gibt es schwimmende Kasinos und alles Mögliche, warum also nicht einen schwimmenden Sex-Club?«

Steve grinste. »Ich muss gestehen, die Idee hat was. Aber wenn ich Ihnen berichte, dass wir momentan die Fracträume daraufhin überprüfen, wie viel Sand, Heu und Stroh dort eingelagert werden kann, was würden Sie dann sagen?«

Ich zuckte mit den Schultern. »Zu ungemütlich für meinen Geschmack. Aber heißt das, Ihre Firma hat etwas ganz anderes vor?«

»Etwas völlig anderes«, nickte er. »Wissen Sie, Sally, die Gottliebs haben ein Herz für Tiere. Und deshalb möchten sie eine ganze Reihe gefährdeter Tierarten hier unterbringen.«

»Tiere!« Vermutlich sah ich ziemlich verblüfft aus. »Dann wird das eher eine Art schwimmender Zoo? Und Frau Gottlieb hat ein echtes Nilpferd gemeint?«

»Ich schätze mal, ja. Sie befasst sich schon seit längerer Zeit sehr ausgiebig mit dem Klimawandel und seinen Auswirkungen auf die Lebensbedingungen exotischer Tiere.«

Ich brauchte eine Weile, um das auf mich wirken zu

lassen. Man fühlt sich schon etwas dämlich in so einer Situation. Zum Glück war Steve sehr nett und verzichtete darauf, sich über mich lustig zu machen. »Was ich nicht verstehe«, sagte ich, »ist, warum das nicht von vorneherein kommuniziert wurde. Es ist alles so geheimnisvoll, da kommen natürlich die wildesten Gerüchte auf.«

»Ich weiß«, sagte er bekümmert. »Aber darauf haben wir leider keinen Einfluss. Den Gottliebs ist es wichtig, das Projekt nicht an die große Glocke zu hängen. Man bekommt schnell eine Menge negativer Presse, wenn man auf diesem Gebiet unterwegs ist.«

Das leuchtete mir ein. »Und was jetzt? Darf ich meine Kollegen einweihen?«

Er verzog das Gesicht. »Mir wäre lieber, wenn Sie das nicht tun, Sally. Das Ganze ist noch im Projektstadium.«

»Na gut«, sagte ich widerstrebend. Eigentlich passte mir das nicht so recht, aber ich konnte seinem Lächeln nicht widerstehen. Kaum zu glauben, wenn man bedachte, dass ich ihn gerade erst kennengelernt hatte.

»Und noch lieber wäre mir«, fuhr er fort, »wenn Sie mal etwas Zeit außerhalb dieses Schiffes für mich hätten. Der nächste Landgang ist Venedig. Glauben Sie, Ihr Dienstplan lässt das zu?«

»Das müsste ich prüfen.« Das war gelogen. Ich wusste ganz sicher, dass ich wieder für die Mittagsschicht eingetragen war, aber in diesem Fall würde ich irgendjemanden zum Tauschen nötigen. So ein Angebot würde ich mir keinesfalls entgehen lassen.

Schon lange war ich nicht mehr in Venedig gewesen. Es war fabelhaft, gemeinsam die Stadt zu erkunden, die Brücken und Kanäle und den berühmten Markusplatz.

Schnell stellten wir fest, dass wir nur eine Seitengasse weit weg von den betriebsamen Hauptrouten gehen mussten, um die ruhigeren, verträumten Ecken kennenzulernen. Dort fanden wir auch ein uriges Lokal mit nur fünf Tischen, in dem wir zu Mittag aßen.

»Ist das angenehm«, stellte ich mit einem zufriedenen Seufzer fest. »Mal nicht dieser ständige Trubel vor dem Büfett.«

»Man sollte meinen, das wärest du mittlerweile gewohnt«, sagte Steve.

»Ich bin es gewohnt, aber ich mag es nicht«, antwortete ich.

»Dann würdest du selbst keine Kreuzfahrt buchen?«, fragte er mich grinsend.

»Bestimmt nicht.« Ich schüttelte heftig den Kopf. »Selbst wenn ich mir eine große Außenkabine leisten könnte. Ich kann nicht verstehen, wie Leute freiwillig so viel Geld dafür bezahlen, um mit mehreren Tausend Menschen auf engem Raum Urlaub zu machen.«

Steve schaute mich eine Weile nachdenklich an, bevor er sagte: »Und wenn du nun die Gelegenheit bekämest, mit relativ wenigen Menschen auf dem Schiff zu sein?«

Ich runzelte verständnislos die Stirn. »Was meinst du damit?«

Er räusperte sich, bevor er antwortete. »Wenn alle Umbauten fertig sind, wird es dort komplett anders zugehen. Dann gibt es nur noch die großen Kabinen achtern, die sind ja sehr komfortabel.«

»Aber da ist höchstens für fünfzig Personen Platz«, wandte ich ein. »Wo wohnen die restlichen Passagiere?«

»Es gibt keine Passagiere mehr«, erklärte er. »Nur noch die Gottliebs und ihr Mitarbeiterteam. Du müsstest dich allerdings darauf einstellen, eher eimerweise

Kraftfutter zu verteilen, als Vorspeisen zu servieren. Könntest du dir das vorstellen?«

Das kam natürlich überraschend für mich. Aber wenn sich sein Blick mit meinem auf diese ganz spezielle Weise verfing, so wie jetzt, und mein Herz automatisch ein wenig schneller klopfte, dann war ich durchaus bereit, eine solche Veränderung in Erwägung zu ziehen. Es gab nur eine wichtige Vorbedingung. »Wirst du denn auch zu diesem Team gehören?«

Seine Augen funkelten. »Na klar«, sagte er. Und dann streckte er seine Hand aus, um sie über meine zu legen. »Irgendjemand muss dir ja den Eimer reichen, oder?«

»Auf jeden Fall«, erwiderte ich ein wenig atemlos. »Lass mich bitte noch eine Nacht darüber schlafen.«

»Natürlich«, sagte er und hob meine Hand, um einen Kuss auf mein Handgelenk zu drücken. »Und wenn ich dir dabei Gesellschaft leisten soll, sag einfach Bescheid.«

Man könnte sagen, das ging alles ziemlich schnell. Aber für mich war Steves Vorschlag gerade noch rechtzeitig gekommen. Schon am nächsten Morgen erhielten alle Mitarbeiter die offizielle Information, dass das Schiff verkauft sei und uns deshalb nur die Wahl bliebe, entweder Jobs auf einem anderen Schiff der Reederei anzunehmen oder gegen Zahlung einer Abfindung abzuheuern.

Sofort suchte ich Steve auf, der gerade in einem der großen Lagerräume irgendwelche Flächen ausmaß. »Steve, steht dein Angebot noch?«

»Natürlich, Sally!« Er legte mir den Arm um die Schulter und zog mich an sich. »Hast du es dir überlegt?«

»Du meinst, ob ich lieber allein auf die Feuerland-Route wechsle oder hier mit dir Käfige ausmiste?«

»Ich denke, das trifft es ungefähr.«

Ich sah ihn augenzwinkernd an. »Ich weiß auch nicht, aber mir ist plötzlich total nach Ausmisten.«

Er atmete deutlich erleichtert aus. »Das freut mich sehr, Sally. Ich kümmere mich um alles, was deinen Arbeitsvertrag angeht. Und du behältst das noch eine Weile für dich, ja? Wir können leider nicht die ganze Crew übernehmen.«

»Geht klar.« Und dann wurde ich ohne Vorwarnung ein bisschen herumgewirbelt und zum Abschluss sehr enthusiastisch geküsst, sodass ich auch die letzten Zweifel aufgab, ob meine Entscheidung richtig war.

Fünf Tage später legten wir in Valetta an, und sowohl die Passagiere als auch der größte Teil der Mannschaft gingen von Bord. Ich war die Einzige, die ihre Sachen nicht vor der Gangway aufgestapelt hatte.

»Du bleibst tatsächlich hier und hoffst auf das Beste?«, fragte Josh mich skeptisch. »Na ja, du musst selbst wissen, was du tust. Melde dich auf jeden Fall, wenn es dich mal nach England verschlägt, okay?«

»Was soll sie denn da?«, fragte Cem bissig. »Wie man hört, wird das Wetter hier auch richtig schlecht. Macht's gut, Leute, ich hab ein Jobangebot auf einem Kreuzer rund um die Bahamas.« Er kniff die Augen zusammen und schaute in Richtung Kai. »Sind das etwa Strohballen, die da verladen werden? Na, dann viel Spaß, Sally.«

Ich winkte ihnen nach und blieb an der Reling stehen, bis sie alle von Bord gegangen waren. Dann ging ich in den Salon, um für die nächste Mahlzeit einzudecken. Und ich bekam gerade noch mit, wie Frau Gottlieb von ihrem Handy aufsah und zu ihrem Mann sagte: »Ich sehe hier gerade langfristige Wetterbericht. Ich glaube, es wird Zeit, dass wir die Kinder anrufen und herkommen lassen, Noah.«

Und ich hatte das Gefühl, die richtige Entscheidung getroffen zu haben.

TOMÁS MAC SÍOMÓIN

Die Zähne des Tigers

Relihan schreckt aus dem Schlaf hoch. Zuerst weiß er nicht, wo zum Teufel er ist. In Irland? Japan? Russland? Es ist nicht das erste Mal, dass er absolut keine Ahnung hat, wo er sich gerade befindet.

Ehe er seine Gedanken ordnen kann, spürt er, wie eine Hand sanft seine Schulter antippt. Es ist diese kräftige kleine japanische Flugbegleiterin, die seine Sitzreihe bedient. Sie lächelt ihn ein wenig verlegen an, als er langsam in eine Art Halbbewusstsein zurückkehrt, und erklärt ihm, dass sein Schnarchen die anderen Fluggäste belästige. Da begreift Relihan, dass er in einem Flugzeug der Japanese Airlines sitzt, der JAL, auf einem Fensterplatz dieser luxuriös ausgestatteten Maschine, die jetzt den Himmel zwischen Tokio und Moskau durchfliegt. Ein kleiner Bildschirm vor ihm teilt ihm mit, dass sie soeben Wladiwostok passieren. Das begreift er immerhin, Gott sei Dank.

Der kleine Arsch, der neben ihm gesessen hat, ist verschwunden, hoffentlich auf Dauer. Zum Teufel mit ihm. Und mit diesen Waschlappen, die sich beim Kabinenpersonal über sein Schnarchen beschwert haben, statt die Eier zu haben, sich direkt an ihn zu wenden.

Schlagartig registriert er diesen teuflischen Hammer, der immer wieder gegen die Innenseiten seines Schädels schlägt. Die nervigen Symptome eines heraufziehenden Katers. Er hat befürchtet, dass das passieren würde.

Erst der Spaß, dann der Scheiß, wie der alte Onkel Ned immer sagte.

Er gähnt und reckt sich und wirft einen trüben Blick durch den Mittelgang. Die meisten anderen Fluggäste haben Decken wie Leichentücher übergeworfen und scheinen zu schlafen. Ihm fällt auf, dass er, abgesehen von einigen wenigen kräftig gebauten, russisch aussehenden Herren, der einzige Europäer auf diesem Flug ist. Er sieht sich gern als ein Abenteurer und Entdecker: Marco Polo Relihan, irischer Geschäftsabenteurer in Japan! Dem momentan allerdings ein gehöriger Kater das Leben schwer macht.

Relihan schaut aus dem Fenster. Als ob er Erlösung von den physischen Qualen finden könnte, indem er seine Aufmerksamkeit der gewaltigen verschneiten Bergwelt zuwendet, die langsam unter ihnen dahinzieht. Doch der unermüdliche Hammer in seinem Schädel lässt nicht locker. Lenk dich ab, Relihan, schärft er sich ein, denk an etwas Positives. Zum Beispiel daran, wie du es heute Morgen gerade noch rechtzeitig zum Flughafen geschafft hast. Nur durch pures Glück hat er diesen Flug noch erwischt, das weiß er noch genau. Er erinnert sich, wenn auch undeutlich, dass er an diesem Morgen in einem Hotel in Roppongi aufgewacht ist. Er glaubt jedenfalls, dass es in Roppongi war. Aber ganz ehrlich, als er morgens die Augen aufschlug, hatte er keine Ahnung, in welchem Hotel er sich befand. Irgendwo in Tokio eben.

Und dass er vollständig angezogen war, als er aufwachte. Er trug seinen Anzug und sogar seine Schuhe. Im Bett! Immer ein schlechtes Zeichen. Er konnte sich nicht einmal erinnern, wie er in dieses Hotel gelangt war. Und welche Termine er noch haben würde und wo. Er lag da im Halbdunkel und hoffte, dass sein Gedächtnis ihm irgendeine Rettungsleine zuwerfen würde. Genau das passierte dann auch. Nach und nach kam die Erinnerung an den gestrigen Tag zurück und gipfelte in der plötzlichen und erregenden Erkenntnis, dass das Ziel seiner Japan-Reise, der Vertrag mit Matsoka Cosmetech International, am Vorabend im Hauptquartier des Multikonzerns in Harajuku vom Präsidenten der Matsoka und von ihm selbst unter Dach und Fach gebracht worden war. Relihan grinst. Das müsste den Neidhammeln in Glenlongan, von denen es nicht wenige gibt, doch bitter auf der Zunge liegen. Nicht ohne Grund hat er sich selbst den Beinamen »Tiger von Glenlongan« gegeben. Durch die guten Dienste seiner Freunde vom *Baile Mór Kurier* war eine Variante dieses Namens, nämlich »Tiger Relihan«, schon fest im lokalen öffentlichen Gedächtnis verankert. Dem könnte nun »Der Tiger vom Glen, Bezwinger Japans« folgen. Er würde diesen Titel absolut verdient haben, bei Gott, auch wenn er ihn selbst ersonnen hat. Fünfunddreißig Hightechjobs, nur mal so für den Anfang. Und später weitere, wenn Matsoka Cosmetechs Aktivitäten in Glenlongan von Erfolg gekrönt sein würden.

Und warum sollten sie keinen Erfolg haben, wo doch alle Welt ein jugendliches Äußeres vorweisen will! Der fette Wunsch, die schlanke Gestalt ihrer Jugend zurückzugewinnen, alte Schachteln, die davon träumen, sich in junge Frauen zu verwandeln. Die Nachfrage nach Schönheit und Jugend wächst sprunghaft an, während die Generation des keltischen Tigers das Fundament für dauerhaften Wohlstand im armen alten Irland legte.

Würde er eine Chance haben, den alljährlich ausgeschriebenen Titel »Unternehmer des Jahres« zu ergattern? Warum nicht, verdammt noch mal? Er muss unbedingt herauskriegen, ob irgendein Jurymitglied zu seinen Bekannten zählt. Ein wohlgewähltes Wort in ein wohlplatziertes Ohr könnte Wunder wirken.

Vor seinem geistigen Auge schickt sich der irische Premierminister bereits an, ihm diesen begehrten Preis zu verleihen. Smoking und *dickie bows*. Und Máires Augen, strahlend vor Stolz, beten ihn an, als er auf das Podium tritt. Der Applaus ist Musik in seinen Ohren, während er über den dicken roten Teppich auf den lächelnden Premierminister zuschreitet. Fernsehkameras surren. Dieser Traum ist nicht das Kind einer überhitzten Fantasie, er ist verdammt noch mal eine Möglichkeit. Er nimmt sich vor, die Sache seinem Freund, dem Minister, gegenüber zu erwähnen, wenn er auf dem Weg nach Glenlongan durch Dublin kommt.

Aber nichts gegen diese Japaner. Nichts gegen sie. Diese Jungs wissen, wie man einen erfolgreichen Geschäftsabschluss mit einer geselligen Runde krönt. Er weiß schon gar nicht mehr, wie viele Bars diese Matsoka-Vertreter und er besucht und wie viele Taxis sie genommen hatten, nach der Besprechung in Harajuku. Sie hatten auf den Abschluss und aufeinander angestoßen, bis zum Morgengrauen, so kommt es ihm vor. Sie hatten ihm das Wort »kampai« beigebracht. Und er hat versucht, ihnen »Cheers« beizubringen. Offenbar kannten sie das Wort schon, oder zumindest eines, das so ähnlich lautete: »chills«. Wenn sie also ihre Gläser hoben und »chills« riefen, erwiderte er »kampai«, und alles lachte. Eine großartige Nacht. Was hatten sie sich amüsiert, auch wenn es keine Musik gab! Jede Menge Sapporo-Bier, unterbrochen von Suntory Whiskey. Whiskey vermischt mit Bier war der pure Teufel, wie der alte Onkel Ned immer sagte. Aber schlimmer noch war der Sake, der japanische Reiswein, den er für seinen Filmriss verantwortlich macht. Da ihm die Stärke dieses Getränks nicht klar war, hatte er es wie Wasser in sich hineingekippt, bis einer von seinen Gastgebern ihn darauf aufmerksam machte, dass man sich vor Sake in Acht nehmen müsse. Jedenfalls weiß er nicht mehr, wie er in sein Hotel, geschweige denn in sein Zimmer, geschweige denn in sein Bett gekommen war. Hatten seine japanischen Gastgeber ihn hingebracht, damit er sich nicht verirrte?

Relihan lehnt sich im Flugzeugsitz zurück und gratuliert sich selbst. Dass er sich in der vergangenen Nacht dermaßen abgefüllt hat, scheint ohne große Folgen geblieben zu sein. Das ist ein Wunder. Ein wahres Wunder!

Doch dann fällt Relihan auf einmal wieder der Moment ein, in dem er mit der Geschwindigkeit einer versengten Katze aus dem Hotelbett gesprungen ist.

Jesus Christus! Hätte er nicht vor halb zehn am Narita-Flughafen sein sollen, zwei Stunden vor Abflug nach Moskau? Das teilte jedenfalls der ausgedruckte Reiseplan ihm mit. Und wie spät war es jetzt?

Narita lag ein ganzes Stück außerhalb von Tokio. Heilige Mutter Gottes! Es war bereits halb acht, das Hotelpersonal wusste offenbar nichts über seine Flugzeiten. Jetzt hatte er keine Scheißsekunde zu verlieren. Keine Zeit, sich zu rasieren, ganz zu schweigen von der langen heißen Dusche, die er sich versprochen hatte! In aller Eile stopfte er seine im Zimmer verstreuten Habseligkeiten in seine Reisetasche.

Großer Gott! Wenn Natascha mich jetzt sehen könnte! An diesen Gedanken erinnert er sich jetzt auch wieder.

Während er an der Rezeption seine Rechnung beglich, schilderte er dem Hotelangestellten seine Notlage. Der hörte dem scheidenden Gast aufmerksam zu, sein Gesichtsausdruck war unergründlich. Sicher musste er nicht zum ersten und nicht zum letzten Mal einen eiligen Taxitransport zum Flughafen organisieren. Noch so ein versoffener *Gaijin,* der Gefahr lief, seinen Flug zu verpassen.

»Ich fürchte, Sie können Ihren Flug nicht mehr erreichen«, sagte er. »Um diese Tageszeit herrscht immer dichter Verkehr zwischen Narita und hier.«

»Das Problem ist, dass ich heute in Moskau einen ungeheuer wichtigen Termin habe«, sagte Relihan. »Wenn ich meinen Flug und den Termin verpasse, bedeutet das für Japan einen hohen Verlust. Die Finanzlage des Landes würde in arge Bedrängnis geraten, wenn ich nicht persönlich dort antreten könnte.«

Die ganze Zeit hoffte er wider alle Vernunft, dass sein verkommenes, unrasiertes Auftreten und sein zerknitterter Anzug ihn nicht als Lügner entlarven würden.

Dem Gesicht des Rezeptionisten war unmöglich zu entnehmen, ob er Relihans Ammenmärchen glaubte. Aber der Mann begleitete ihn auf seinem Eilmarsch an die Spitze der Taxischlange vor dem Hotel. Als er dem kleinen vierschrötigen japanischen Fahrer etwas zurief, besser gesagt zubellte, klang es eher nach einem militärischen Befehl als nach einem Auftrag. Dann drückte er Relihan stumm auf den Beifahrersitz und reichte ihm ein Kärtchen. Der Taxifahrer steckte sofort den Zündschlüssel ins Schloss, der Motor sprang an und das Taxi schoss mit einem gequälten Kreischen der Reifen davon. Egal, was der Rezeptionist ihm mitgeteilt hatte, der Fahrer schien wild entschlossen zu sein, jede der zivilisierten Welt bekannte Verkehrsregel zu brechen. Das Taxi bretterte durch die Vororte von Tokio, ließ den Verkehr im Chaos zurück, und Relihan betete, dass dieser wahnsinnige Wettlauf mit der Zeit keinem wachsamen Verkehrspolizisten auffallen möge. Sie ignorierten jede rote Ampel zwischen Tokio und Narita. Aber jetzt, da Japans Wohlergehen auf dem Spiel stand: *Banzai!*

Relihan erinnert sich jetzt, wie er, begleitet von vielen feindseligen Blicken, als letzter Fluggast die Maschine nach Moskau betrat und dachte: Wenn die wüssten, dass das Wohlergehen Japans davon abhängt, dass er diesen Flug erwischt! Dann würden sie zweifellos ein anderes Gesicht machen. Egal! Der Bezwinger Japans breitet seine Schwingen aus! Und der Vertrag mit Matsoka International ist sicher in einer Reisetasche verstaut.

Relihan schaut jetzt hinunter auf die Landschaft, über die sie gerade hinwegfliegen, und das Bild von Natascha schiebt sich vor sein inneres Auge. Natascha, die entzückende junge Russin, die er nachher im Irish Pub auf dem Scheremetjewo-Flughafen noch treffen wird. Der Gedanke an Nataschas glatte Marmorschenkel verdrängt etwas den mörderischen Kater, der sich in seinem Körper breitmacht. Seine Frau Máire ahnt nicht einmal etwas von Nataschas Existenz. Ganz zu schweigen von deren Jugend, Schönheit, Figur und ihren Fähigkeiten im Bett. Was Máire aus Pflichtgefühl tut, entspringt bei Natascha absoluter Begierde. Relihans Gattin weiß natürlich, dass ihr Mann auf seinen Reisen von Dublin nach Tokio ab und zu ein oder zwei Tage Zwischenstation in Moskau macht. Und als überaus vernünftiger und verständnisvoller Frau ist ihr natürlich auch klar, dass ihr Gatte zwischen den harten Verhandlungsrunden in Tokio Entspannung braucht.

Máire ist eine gute Mutter, daran besteht kein Zweifel. Relihan sieht keinen Widerspruch zwischen dieser ehrlichen Wertschätzung und der Befriedigung seiner

Bedürfnisse, die sich während ihrer zwangsweisen Trennung nun einmal ergeben. Und er ist ungeheuer stolz auf die Kinder, die Máire ihm geschenkt hat. Ian ist schließlich bereits der Kapitän des Rugbyteams seines Colleges. Und Jason wird wohl noch der beste Schwimmer des Landes werden, der zweifellos in die Olympiamannschaft aufgenommen werden wird, falls König Alkohol ihn nicht vorher schachmatt setzen wird.

Was die Mädchen angeht, so hat Rosalind das gute Aussehen ihrer Mutter geerbt, interessiert sich aber zu sehr für Bücher. Und sie schreibt Gedichte auf Irisch, um Gottes willen! Man konnte nur hoffen, dass die Zeit und ein netter junger Mann ihr diese Flausen austreiben würden. Máire jr. dagegen macht ihm große Sorgen. Er muss sich irgendetwas überlegen, um seiner jüngsten Tochter diesen mittelalterlichen Blödsinn auszutreiben, mit dem die verdammten Nonnen ihren jungen Kopf vernebeln. Warum, fragt sich Relihan in zehntausend Metern über Sibirien zum wiederholten Mal, warum zum Teufel sollte Máire jemals von Nataschas Existenz erfahren? Würde ein Geständnis sein Gewissen erleichtern? Wer im Namen Jesu behauptet denn überhaupt, dass er ein Gewissen habe? Das ist ein Scheißluxus, auf den Relihan gern verzichten kann. Der Tiger weiß, dass nur die Schwachen im Geiste, die Hilflosen und Müßigen von einem Schuldgefühl belästigt werden. Jammergestalten ohne Rückgrat! Er muss daran denken, was einer der Referenten bei dem letztjährigen Geschäftsseminar gesagt hat: Gier ist die einzige moderne Tugend. Außerdem hat er erst kürzlich gelesen, dass kleine außereheliche Abenteuer eingeschlafene Ehen wieder beleben, ja, sogar retten können.

Natascha wiederum weiß ihrerseits nichts von Máires Existenz, sie weiß nicht, dass er überhaupt verheiratet ist, geschweige denn, dass er vier wunderbare Kinder hat. Vielmehr hatte er ihr an jenem Tag auf dem Roten Platz, gleich neben dem Kreml, als im Schatten der ziegelroten Mauern der rußbedeckte Schnee schmolz, zugeflüstert, dass ihm bis zu diesem Augenblick noch nie die Frau seines Herzens begegnet sei. Und dass er sich in sie verliebt habe, in Natascha, seine blonde Bolschoi-Ballerina. Es muss der Ordnung halber gesagt werden, dass seine russische Traumfrau keine Ahnung hat von der Existenz des Relihan *per se*. Denn Relihan hat sich ihr mit dem Nachnamen Black vorgestellt, Bob Black aus Saskatchewan, freier Journalist kanadischer Nationalität!

Natascha geht davon aus, dass sie und Bob Black bald heiraten werden. Das Leben in Russland werde immer verzweifelter, sagte sie. Und sie möchte der unsicheren Zukunft und dem Elend entkommen und ist bereit, ihr geliebtes Heimatland wegen der Kinder zu verlassen, die sie und Bob Black bekommen werden. Die dunkle Wolke, die in dem Moment über Relihans Gesicht huschte, bemerkte sie nicht. Sie möchte mit ihm in Vancouver leben. In einem Holzhaus nahe beim Meer, fügte sie hinzu. Mit Blumen im Garten! Sie hat Bilder von Vancouver in einem Reiseprogramm im Moskauer Fernsehen gesehen. Und die kanadische Botschaft hat ihr einen Stapel vielfarbige Reiseprospekte geschickt.

Relihan, als Bob Black, stimmte zu und sagte noch, dass er zufälligerweise auch schon mit dem Gedanken gespielt habe, sich in Vancouver niederzulassen. Sie erinnerte ihn daran, dass Vancouver nicht so weit von Saskatchewan entfernt sei. Relativ gesehen. Das hat sie jedenfalls der Landkarte entnommen, die die Botschaft ihr geschickt hat. Und da wäre es für sie beide möglich, ab und zu nach Osten zu reisen und seine Verwandten zu besuchen, die noch immer dort auf ihren Farmen lebten, die weitverzweigte Black-Sippe.

Aber Relihan ist klar, dass es nun an der Zeit ist, diesem irrwitzigen Versteckspiel ein Ende zu setzen. Seine Affäre mit Natascha ist viel zu gefährlich geworden. Wie ist diese verdammte Welt in der Globalität doch geschrumpft! Die Mauern haben Ohren an Stellen, wo du sie am wenigsten erwarten würdest, wie der alte Onkel Ned immer sagte. Und wie recht er doch hat.

Allmächtiger Jesus! Wenn Máire je davon Wind bekäme, hätte er ein Riesenproblem am Hals, vor allem wären sein Ruf und seine Stellung in der Gesellschaft von Glenlongan unwiederbringlich ruiniert.

Er öffnet die Augen, als er registriert, dass um ihn herum eine gewisse Unruhe entsteht. Die meisten Fluggäste haben ihre Decken weggelegt, einige wandern im Mittelgang hin und her. Es riecht nach Essen. Seine Laune hebt sich, als er sieht, dass die Servierwagen sich nähern. Ein Leckerbissen in seinem Magen würde ihm helfen, die Katersymptome zu bekämpfen. Und dazu am besten ein Halfpint und einige Tropfen Sake.

Relihan schließt wieder die Augen. Ja, er wird einen Entschluss fassen. Das wird er, noch ehe in seiner Reihe serviert wird. Ja, er ist fest entschlossen, diese »Wie Bob um Natascha warb«-Soap ein für alle Mal zu beenden. Ja, er wird eine Entscheidung treffen. Die Lovestory von Natascha und Bob Black muss zu Ende gehen. Aber noch nicht sofort! Die Verabredung für diesen Abend ist bereits getroffen, und vorher kann er Natascha ja auch nicht erreichen.

Nachdem er diesen schicksalhaften Entschluss gefasst hat, öffnet Relihan wieder die Augen. In dem Moment überreicht ihm eine lächelnde Flugbegleiterin sein Essenstablett und stellt, weil er es ihr gesagt hat, auch zwei kleine Flaschen Sake dazu. Relihan bemerkt ihren irritierten Blick, wundert sich, stutzt und begreift dann schlagartig, was los ist. Wie um alles in der Welt konnte das geschehen? Er fährt sich mit der Hand unwillkürlich über den Mund. Er tastet. Verdammt noch mal! Er hat seine Scheißzähne nicht im Mund!

Ist er in diesem Zustand von Tokio bis hierher gereist? Er war offenbar zu betrunken gewesen, um seine Zahnlosigkeit vorher zu bemerken. Und wenn sie nicht in seinem Mund sind, wo zum Teufel liegen sie dann? Wie sollte er ohne Zähne jetzt dieses köstliche Sashimi verzehren?

Relihan ist ein Gewohnheitstier. Es gehört zu seinem Morgenritual, noch vor dem Aufstehen sich das Gebiss in den Mund zu stecken. Jeden verdammten Morgen, ohne Ausnahme! Aber an diesem Morgen, aufgrund der Hektik und seines desolaten Zustandes, der Verwirrung, hat er das offenbar versäumt. Wo ist das verdammte Gebiss? Panisch durchsucht er seine Hosen- und Jackentaschen. Vergeblich. Nun macht er sich wirklich Sorgen.

Keine Panik, Relihan, ganz ruhig bleiben! Mach dich nicht verrückt. Eine ruhige Stimme spricht aus seinem Hinterkopf zu ihm und rät ihm, tief durchzuatmen und in Gedanken den ganzen Weg gedanklich zurückzugehen, langsam und methodisch. Relihan holt tief Luft und lässt sich in seinen Sitz zurücksinken. Er schließt die Augen und versucht, im Nebel der vergangenen Nacht klare Bilder einzufangen. Es sollte hier erwähnt werden, dass Relihan ungeheuer stolz auf sein Gebiss ist. Schließlich hat er ein hübsches Sümmchen dafür bezahlt, 25 000 Dollar, um genau zu ein. Er hat diese gewaltige Summe gern hingeblättert, aus Eitelkeit, denn das war beste zahntechnische Arbeit. Dieser Zahnersatz würde niemals für ein künstliches Gebiss gehalten werden. Vollkommene Natürlichkeit. So natürlich, dass nicht einmal Natascha bemerkt hat, dass ihr zukünftiger Gatte, Bob Black, ein künstliches Gebiss hat. Sie hat ihm sogar gesagt, dass sie sich besonders von der Sorgfalt angezogen fühlte, die er seiner Zahnpflege widmete. Leider, sagte sie, scheint Zahnpflege für die Menschen des neuen Russlands nicht wichtig zu sein, viel dringlicher brauchen wir etwas, das wir mit unseren natürlichen Zähnen essen können, ob die nun strahlen oder nicht. Máire wiederum hat ihm gesagt, dass die magischen amerikanischen Zähne ihn mindestens zehn Jahre jünger machten. Weshalb Relihan Natascha erzählte, dass er fast fünfundvierzig sei, während er einige Monate zuvor seinen siebenundfünfzigsten Geburtstag gefeiert hatte.

Schön und gut. Aber wo zum Henker hat sich das amerikanische Gebiss jetzt versteckt? Und wie sollte er Natascha nachher entgegentreten? Relihan durchsucht noch einmal seine Taschen, wieder ohne Ergebnis. Könnte es sich in seinem Reisegepäck befinden, irgendwo unten im dunklen Laderaum des Flugzeugs? Eher unwahrscheinlich. Denn wenn er das Gebiss am Morgen in die Hand genommen hätte, hätte er es doch in seinen Mund gesteckt und nicht in die Reisetasche.

Während er diesen Gedanken noch verdaut, kündet Kapitän Nemoto an, dass die Maschine nun den Anflug auf Moskau beginnt. In dem Augenblick erinnert sich Relihan. Er sieht sich wieder in der vergangenen Nacht, unmittelbar, bevor er sich auf dem Bett ausstreckt. Und dann sieht er seine Zähne, wie er sie vorsichtig unter das Kissen in einem Hotel irgendwo in Tokio legt. Dieses Bild ist glasklar. Irgendwo in Tokio, Gott möge ihm helfen, unter das Kissen, damit ihnen nichts passieren kann!

Da müssen sie noch immer sein. Oder sie sind inzwischen vom Reinigungspersonal weggeworfen worden. Wenn er nur wüsste, in welchem Hotel er gewesen war. Irgendwo in Tokio. Warum hat er nur bei der Kamikaze-fahrt nach Narita das Kärtchen, das der Rezeptionist ihm in die Hand gedrückt hat, zerrissen und weggeworfen? Jetzt würde er das Hotel nie wiederfinden.

Dem Tiger von Glenlongan wird das Ausmaß des Geschehens jetzt erst richtig klar.

Sie sind nur zehn Minuten von Scheremetjewo entfernt, unter sich sehen sie schon die Lichter von Moskau, als Kapitän Nemoto wieder eine Durchsage macht in Gott weiß wie vielen Sprachen, von denen eine möglicherweise Englisch ist. Ein Unglück kommt bekanntlich selten allein. Der Kapitän teilt mit, dass er eine dringende Nachricht für Bob Black habe. Einen solchen Namen gäbe es aber nicht auf der Passagierliste, sagt der Kapitän. Und die Nachricht scheint in einem geheimnisvollen Code verfasst zu sein. Befinde sich wohl jemand an Bord, der der Besatzung helfen könne, dieser Nachricht einen Sinn zu entlocken?

Relihan fasst rasch einen Entschluss. Er klingelt nach der Flugbegleiterin. Er vermutet, dass es sich um eine dringende Mitteilung von Natascha handele, und er betet inständig dafür, dass sie ihn versetzen will.

Die Flugbegleiterin eilt durch den Mittelgang auf ihn zu. Relihan sagt ihr, dass die Nachricht aller Wahrscheinlichkeit für ihn bestimmt sei. Sie sieht ihn skeptisch an. Seinen zahnlosen Mund, seine unrasierten Wangen und seine blutunterlaufenen Augen. Sie gleicht die Sitznummer und die Passagierliste, die sie in der Hand hält, ab. Aber sind Sie nicht P. J. Relihan?, fragt sie.

Genau, antwortet er, das bin ich. Bob Black ist ein Künstlername, den ich als Schauspieler benutze.

Können Sie das irgendwie beweisen?

Ich fürchte, nein. Ich bin gerade nicht auf Tournee.

Dann muss ich erst den Kapitän fragen, ob Sie die Nachricht sehen dürfen.

Sie läuft wieder durch den Mittelgang zurück und schließt die Tür zum Cockpit hinter sich. Relihan denkt kurz über die Eigenheiten der japanischen Bürokratie nach. Diese unerklärlichen Schwierigkeiten, die noch in den einfachsten Zusammenhängen auftauchen! Die Strenge, die keinerlei Ausnahmen zulässt. Die langen, labyrinthischen Diskussionen, ehe ein Entschluss gefasst werden kann.

Das unangenehme Gefühl in seinem Trommelfell sagt ihm, dass es jetzt abwärts geht. Als er wieder aus dem Fenster schaut, kippen die Lichter von Moskau, als sie noch einmal drehen, denn sie sind nur eine von vielen Maschinen, die über dem Flughafen kreisen und auf die Landeerlaubnis warten. Die Stimme des Kapitäns informiert die Fluggäste, dass die Temperatur in Scheremetjewo kühle minus 17 Grad beträgt und dass für die Region Moskau mit Schneestürmen gerechnet wird.

Ja, wie schön.

Relihan hört das Rattern, als das Fahrgestell ausgefahren wird.

Soll er denn niemals den Inhalt dieser Nachricht für Bob Black erfahren? Was kann Natascha ihm so Dringendes zu erzählen haben? Hoffentlich will sie ihm sagen, dass sie ihre Verabredung nicht einhalten kann. Denn, beste Natascha, ohne sein amerikanisches Gebiss existiert Bob Black nicht mehr. Dein Herzallerliebster, der kanadische Journalist aus Saskatchewan, den du zum Vater deiner Kinder auserkoren hast, ist verschwunden.

Gerade, als Ungeduld und Neugier Relihan dazu zwingen wollen, auf den Notknopf zu drücken, um die Aufmerksamkeit des Kabinenpersonals auf sich zu lenken, öffnet sich die Tür zum Cockpit. Und abermals kommt die Flugbegleiterin durch den Mittelgang auf ihn zu, bewegt sich im Takt der Bewegungen der Maschine und hält diesmal ein Tablett in der Hand. Sie bleibt neben Relihan stehen.

Der Kapitän sagt, Sie dürfen die Nachricht lesen. Aber da wir keinen Beweis dafür haben, dass Sie wirklich Bob Black sind, dürfen wir sie Ihnen nicht überlassen.

Eine japanische Lösung für ein nicht-japanisches Problem. Die Flugbegleiterin hält ihm das Tablett hin, auf dem ein Blatt Papier liegt.

Relihan liest die Nachricht. Das ist kein Code, bei Gott. Es ist einfach eine kurze Mitteilung. Auf Irisch.

Bleib bei deiner russischen Hure, du Arschloch!
Máire (deine Ex-Gattin in spe)

DIE AUTORINNEN UND AUTOREN

Ingvar Ambjørnsen, 1956 in Tønsberg (Südnorwegen) geboren, lernte Schriftsetzer, war Gärtner, Fabrikarbeiter und Pfleger in einer psychiatrischen Klinik, bevor er sich dem Schreiben widmete. Mit seinem liebenswerten Helden »Elling« schuf er eine Romanfigur, die auch durch die Verfilmungen international bekannt wurde. Seit 1985 lebt Ambjørnsen mit seiner Frau, der Übersetzerin Gabriele Haefs, in Hamburg. Mehr über den Autor unter www.ingvar-ambjoernsen. de

(Aus: I. Ambjørnsen, Yoko Ono er en sjarlatan, Cappelen Damm, Oslo, 2020, Deutsch von Gabriele Haefs. Abdruck mit freundlicher Genehmigung des Autors. © 2020 Ingvar Ambjørnsen)

Maren Dammann lebt seit ihrem Studium der Umweltwissenschaften in Australien, wo sie sich neben ihrer Arbeit als Autorin ehrenamtlich als Wildtierretterin engagiert. Sie reist gerne an interessante Orte, um sich inspirieren zu lassen. Zu der hier veröffentlichten Geschichte etwa wurde sie in Irland angeregt. Maren Dammann schreibt Kinderbücher sowie Romane für Jugendliche und Erwachsene. Mehr über die Autorin unter www.marendammann.de

(Erstveröffentlichung. Abdruck mit freundlicher Genehmigung der Autorin. © 2022 Maren Dammann)

T. Coraghessan Boyle, geboren 1948 in Peekskill/New York im Hudson Valley, entdeckte seine Liebe zum Schreiben während des Geschichtsstudiums. Heute zählt er zu den bekanntesten und produktivsten amerikanischen Autoren. Für seinen Roman ›World's End‹ erhielt er 1987 den PEN/Faulkner-Preis. Er lebt mit seiner Familie in Kalifornien und unterrichtet an der University of Southern California in Los Angeles. Mehr über den Autor: www.tc-boyle.de

(Abdruck mit freundlicher Genehmigung des Carl Hanser Verlags, München. Aus: T. C. Boyle, Sind wir nicht Menschen. Stories. Deutsch von Annette Grube und Dirk van Gunsteren. München 2020)

John von Düffel, geboren 1966 in Göttingen, aufgewachsen u. a. in Londonderry, Irland, Vermillion South-Dakota (USA) und in Niedersachsen, studierte Philosophie und Volkswirtschaft und promovierte 1989 über Erkenntnistheorie. Er arbeitet als Dramaturg am Deutschen Theater Berlin und ist Professor für Szenisches Schreiben an der Berliner Universität der Künste. Für seine Werke wurde er mehrfach ausgezeichnet.

(Abdruck mit freundlicher Genehmigung des DuMont Buchverlags, Köln. Aus: J. v. Düffel, Wassererzählungen, Köln 2014)

Horst Evers, 1967 in Diepholz geboren, lebt seit seinem Lehramtsstudium in Berlin und nennt sich selbst »Geschichtenerzähler aus Berlin«. In Büchern wie ›Für

Eile fehlt mir die Zeit‹ (2012) oder ›Wäre ich du, würde ich mich lieben‹ (2015) beschreibt er die kleinen und großen Sorgen seiner Mitmenschen. Evers ist ein klassischer Vorleser: Er tritt mit seinen Geschichten in Soloprogrammen oder zusammen mit kleinen Ensembles auf. 2008 erhielt er den Deutschen Kleinkunstpreis.

(Abdruck mit freundlicher Genehmigung der Rowohlt · Berlin Verlags GmbH, Berlin. Aus: H. Evers, Wer alles weiß, hat keine Ahnung, Berlin 2021)

Marlies Ferber, geboren 1966, studierte Sinologie in Deutschland, China und den Niederlanden und arbeitete viele Jahre als Verlagslektorin, bevor sie sich ganz dem Schreiben und Übersetzen widmete. Für dtv schrieb sie die originelle vierbändige 0070-Krimi-Reihe um den britischen Ex-Agenten James Gerald im Ruhestand. 2021 erschien ihr Roman ›Wohin die Reise geht‹ (dtv 26 267).

(Erstveröffentlichung. Abdruck mit freundlicher Genehmigung der Autorin. © 2022 Marlies Ferber)

Axel Hacke, 1956 in Braunschweig geboren, lebt als Schriftsteller und Journalist in München. Er arbeitete zwanzig Jahre für die ›Süddeutsche Zeitung‹, in deren Magazin bis heute seine Kolumne ›Das Beste aus aller Welt‹ erscheint. Seine journalistische Arbeit wurde mit vielen Preisen ausgezeichnet, und seine Bücher, zu denen Bestseller wie ›Der kleine Erziehungsberater‹ (1992), ›Der kleine König Dezember‹ (2000) und ›Der weiße Neger Wumbaba‹ (2004) gehören, wurden in zahlreiche Sprachen übersetzt.

›Lyrik ohne Absicht. Das typische
(Abdruck mit freundlicher Genehmigung der Verlag
Antje Kunstmann GmbH, München. Aus: A. Hacke,
Im Bann des Eichelhechts, München 2021)

Romy Hausmann, Jahrgang 1981, hat sich 2019 mit ihrem Thrillerdebüt ›Liebes Kind‹ an die Spitze der deutschen Spannungsliteratur geschrieben: ›Liebes Kind‹
landete auf Platz 1 der SPIEGEL-Bestsellerliste, mit
›Marta schläft‹ folgte 2020 ihr zweiter Bestseller. Über-
setzungen ihrer Bücher erscheinen in 25 Ländern, die
Filmrechte wurden hochkarätig verkauft. Romy Hausmann wohnt mit ihrer Familie in einem abgeschiedenen
Waldhaus in der Nähe von Stuttgart. 2022 erscheint ihr
dritter Thriller ›Perfect Day‹. Mehr über die Autorin
unter www.romy-hausmann.de
(Abdruck mit freundlicher Genehmigung der Autorin. © 2021 Romy Hausmann)

Dora Heldt, 1961 auf Sylt geboren, ist gelernte Buch-
händlerin und lebt heute in Hamburg. Mit ihren Ro-
manen führt sie seit Jahren die Bestsellerlisten an, die
Bücher werden regelmäßig verfilmt. Weitere Informationen unter www.dora-heldt.de
(dtv Verlagsgesellschaft mbH & Co. KG, München.
Aus: D. Heldt, Im Grunde ist alles ganz einfach, München 2016)

Ulrike Herwig wurde 1968 geboren und wuchs in Jena
auf. Sie studierte Englisch und Deutsch und lebte fast

zehn Jahre lang in London. 2001 zog sie mit ihrer Familie nach Seattle, USA, wo sie auch heute noch wohnt. Seit vielen Jahren schreibt sie unter verschiedenen Psyeudonymen für Kinder und Erwachsene. www.ulrikerylance.com

›Schnexitus‹ 65
(Erstveröffentlichung. Abdruck mit freundlicher Genehmigung der Autorin. © 2022 Ulrike Herwig)

Christian Pokerbeats Huber, geboren in Regensburg, schreibt für Print, Online, Fernsehen und die Bühne. Sein Comedy-Roman ›7 Kilo in 3 Tagen‹ stand ebenso wie der Nachfolgeroman wochenlang auf der SPIEGEL-Bestsellerliste. Mit dem Team von Jan Böhmermanns ›Neo Magazin Royale‹ wurde er u. a. für die Goldene Kamera und den Deutschen Comedypreis nominiert. Unter @christian_huber folgen ihm in den sozialen Netzwerken über 100 000 Menschen, sein Podcast ›Gefühlte Fakten‹, mit über 100 000 Hörerinnen und Hörern pro Woche, zählt zu den beliebtesten Deutschlands. Der Autor lebt in Köln.

›Gleich und gleich‹ 239
(Abdruck mit freundlicher Genehmigung der Piper Verlag GmbH, München. Aus: C. Huber, Fruchtfliegendompteur. Geschichten aus dem Leben und andere Irritationen. München 2015)

Frieda-Alice Kahro, Ende der Sechzigerjahre in Süddeutschland geboren, studierte Germanistik in München und Dijon. Seit vielen Jahren arbeitet sie in verschiedenen Professionen mit Büchern. Sie lebt mit ihrer Familie in München. Frieda-Alice Kahro ist ein Pseudonym.

›Am Gardasee‹ 105

Mascha Kaléko, am 7. Juni 1907 in Chrzanów/Galizien, heute Polen, als Tochter jüdischer Eltern geboren, fand in den Zwanzigerjahren in Berlin Anschluss an die intellektuellen Kreise des Romanischen Cafés. Sie veröffentlichte erste Gedichte in Zeitungen, bevor sie 1933 mit dem ›Lyrischen Stenogrammheft‹ ihren ersten großen Erfolg feiern konnte. 1938 emigrierte sie in die USA, 1959 siedelte sie von dort nach Israel über. Sie starb am 21. Januar 1975 nach einem längeren Krankenhausaufenthalt in Zürich.

Wladimir Kaminer wurde am 1967 in Moskau geboren. Er absolvierte eine Ausbildung als Toningenieur für Theater und Rundfunk und studierte danach Dramaturgie am Moskauer Theaterinstitut. Seit 1990 lebt er mit seiner Familie in Berlin. Bekannt wurde er als Veranstalter der legendären Russendisco. Er ist Radiomoderator, Kolumnist und Autor und gern gesehener Gast in Talkshows.

Julia Karnick lebt und schreibt in Hamburg – unter anderem Kolumnen in der FÜR SIE und Bestseller übers

Hausbauen (›Ich glaube, der Fliesenleger ist tot!‹, 2012). 2022 erscheint bei dtv ihr Romandebüt ›Am liebsten sitzen alle in der Küche‹.

(Aus: J. Karnick, Einerseits ist alles ganz einfach. Die besten Brigitte-Kolumnen, München 2011. Abdruck mit freundlicher Genehmigung der Autorin.)

Tomás Mac Síomóin, geboren 1938, Dichter, Geschichtenerzähler, Poet und Journalist, schreibt auf Irisch. Er hat an Universitäten in den Niederlanden, den USA und in Irland unterrichtet und war Chefredakteur der irischen Zeitschriften ›Anois‹ und ›Comhar‹. Seine Kurzgeschichten und auch sein Roman ›An Tionscadal‹ wurden mehrfach ausgezeichnet. Mac Síomóin lebt und arbeitet seit 1998 in Katalonien. Auf Deutsch sind bisher nur einzelne Erzählungen erschienen.

(Deutsch von Gabriele Haefs. Abdruck mit freundlicher Genehmigung des Autors. © 2022 Tomás Mac Síomóin)

Sandra Niermeyer lebt mit ihrer Familie in Mainfranken. Sie schreibt für Kinder und Erwachsene und hat schon zahlreiche Literaturpreise gewonnen, zuletzt den Sonderpreis des Kinder- und Jugendliteraturpreis des Landes Steiermark für ›Die Kuh im Pool‹.

(Erstveröffentlichung. Abdruck mit freundlicher Genehmigung der Autorin. © 2022 Sandra Niermeyer)

Séamus Ó Grianna wurde 1889 als Sohn einer Familie von Dichtern und Geschichtenerzählern im County

Donegal geboren, einer der stärksten Bastionen der irischen Sprache und ihrer mündlichen Erzähltradition. Er schrieb auf Irisch und auf Englisch und setzte sich zeitlebens für die irische Unabhängigkeit und den Erhalt der irischen Sprache ein. Ó Grianna starb 1969 in Dublin.

(Deutsch von Gabriele Haefs und Julian Haefs. Mit freundlicher Genehmigung des mareverlags, Hamburg. Aus: S. Ó Grianna, Selbst der beste Plan, Hamburg 2021)

Catrin Ponciano, 1967 in Bielefeld geboren, lebt seit 1999 in Portugal. Die ehemalige Küchenchefin wagte 2006 einen beruflichen Neuanfang, legte das Messer aus der Hand und nennt seither einen Stift ihr Werkzeug. Ponciano publiziert kulturjournalistische Artikel über Portugal in deutschsprachigen Reisemagazinen sowie Reiseliteratur, einen belletristisch kulinarischen Almanach, literarische Essays und Kriminalromane. Ihr Debüt ›Leiser Tod in Lissabon‹ wurde mit dem Stuttgarter Kriminächte Debütpreis 2021 ausgezeichnet. TV-Dokus und Studienreisebegleitung runden das Portfolio der Portugalkennerin ab. Mehr über die Autorin: www.catringeorge.com

(Erstveröffentlichung. Abdruck mit freundlicher Genehmigung der Autorin. © 2022 Catrin Ponciano)

Max Scharnigg, 1980 in München geboren, ist Journalist und Autor. Sein Romandebüt ›Die Besteigung der Eiger-Nordwand unter einer Treppe‹ (2010) wurde mit dem Bayerischen Kunstförderpreis sowie dem Mara-Cassens-Preis ausgezeichnet. Weitere Bücher folgten.

Seit 2014 ist er Redakteur der ›Süddeutschen Zeitung am Wochenende‹. Mehr über den Autor unter www.scharnigg.de

(Abdruck mit freundlicher Genehmigung des Verlags Hoffmann und Campe, Hamburg. Aus: M. Scharnigg, Die Stille vor dem Biss, Hamburg 2015)

Florian Schneider, geboren 1972 in Mainz. Studium der Katholischen Theologie und Germanistik in Regensburg und Wien. Seit 2016 Mitglied des Berliner Autorenforum e.V. Verfasst vorrangig Kurzgeschichten. Zuletzt erschien im dtv-Urlaubslesebuch 2021 die Erzählung ›Diktatoren‹.

(Erstveröffentlichung. Abdruck mit freundlicher Genehmigung des Autors. © 2022 Florian Schneider)

Alena Schröder, geboren 1979, arbeitet als freie Journalistin und Autorin in Berlin. Sie hat Geschichte und Politikwissenschaft in Berlin und San Diego studiert und die Henri-Nannen-Schule besucht. Nach einigen Jahren als Redakteurin in der BRIGITTE-Redaktion, arbeitet sie heute frei u.a. für BRIGITTE und das SZ-Magazin. Sie ist Autorin mehrerer Sachbücher. Bei dtv erschien 2021 ihr Bestseller-Romandebüt ›Junge Frau, am Fenster stehend, Abendlicht, blaues Kleid‹.

(Abdruck mit freundlicher Genehmigung der Autorin. © 2022 Alena Schröder)

Ursula Schröder arbeitet neben ihrer Schriftstellertätigkeit in ihrer eigenen ›Text- & Ideenwerkstatt‹ als PR-Beraterin. Mittlerweile sind fünfzehn Romane und mehrere Kurzgeschichten von ihr erschienen. Sie lebt mit ihrer Familie im Sauerland.

(Erstveröffentlichung. Abdruck mit freundlicher Genehmigung der Autorin. © 2022 Ursula Schröder)

Stefan Ulrich, geboren 1963, wuchs am Starnberger See auf, hundert Kilometer Luftlinie von Italien, das er seit seiner Kindheit bereist. Nach Jurastudium und Referendarzeit ging er zur ›Süddeutschen Zeitung‹, für die er von 2005 bis 2009 aus Rom und von 2009 bis 2013 aus Paris berichtete. Heute lebt und arbeitet er in München. Sein Italien-Reisebuch ›Und wieder Azzurro‹ erscheint 2022 bei dtv. Das hier abgedruckte Kapitel trägt im Buch die Überschrift ›Lo chef in black‹.
(dtv Verlagsgesellschaft mbH & Co. KG, München. Aus: St. Ulrich, Und wieder Azzurro, München 2022)

Kurzweilige Geschichten für alle Lebenslagen

»Thank you
for murdering!«

Der zehnte Band der
Fredenbüll-Krimireihe

Die Magie der Bücher – und der Liebe

Dieses Buch
öffnet die Augen
und Herzen